十八家詩鈔

四部備要

集部

中華書局據原刻本校刊

桐鄉陸費逵總勘
杭縣高時顯
吳汝霖輯校
杭縣丁輔之監造

十八家詩鈔卷十六目錄

黃山谷七古百六十五首

和答子瞻
子瞻以子夏邱明見戲聊復戲答
省中烹茶懷子瞻用前韻
以雙井茶送孔常父
常父答詩有煎點徑須煩綠珠之句復次韻戲
答
戲呈孔毅父
謝黃從善司業寄惠山泉
以團茶洮州綠石研贈無咎文潛
次韻答曹子方雜言
次韻子瞻武昌西山
謝送碾賜壑源揀芽
以小團龍及半挺贈無咎並詩用前韻爲戲
送謝公定作竟陵主簿

十八家詩鈔卷十六目錄

十八家詩鈔卷十六

湘鄉曾國藩纂　合肥李鴻章審訂
東湖王定安校

黃山谷七古百六十五首

送范德孺知慶州（德孺名純粹元豐八年八月除知慶州山谷以次年春爲此詩贈之）

乃翁知國如知兵（乃翁謂范文正公）塞垣草木識威名敵人開戶玩處女掩耳不及驚雷霆平生端有活國計百不一試薶九京阿兄兩持慶州節（阿兄謂忠宣公純仁也）十年麒麟地上行潭潭大度如臥虎邊人耕桑長兒女折衝千里雖有餘論道經邦政要渠妙年出補父兄處公自才力應時須春風旍旗擁萬夫幕下諸將思草枯智名勇功不入眼可用折箠笞羌胡

次韻李之純少監惠硯

黃公山下黃雞秋持節卹刑曾少休小人負弩得開

道掃葉張飲林巖幽汝州葉縣有黃公山山谷熙甯閒嘗爲葉縣尉嘗迎候之純也相傳有石非地產列仙持來自羅浮酒酣步出雲雨上南撫方城西嵩邱林端乃見石空洞猛獸奰屭踞上頭猛獸奰屭借以言石之狀鳥道兔迒謀挽致萬牛不動五丁愁道家蓬萊見仙伯我亦洗湔與清流探囊贈研頗宜墨近出黃山非遠求乃知此山自才美物欲致用當窮搜迷邦故令成器晚不琢元非匠石羞仙伯謂李之純蓬萊謂見李於京師也與清流者山谷以哲宗初除館職也黃山卽黃公山謂前此見石不知其可爲硯材

次韻子瞻題郭熙畫秋山

黃州逐客未賜環江南江北飽看山玉堂臥對郭熙畫發興已在青林閒郭熙官畫但荒遠短紙曲折開秋晚江村煙外雨腳明歸鴈行邊餘疊巘坐思黃甘洞庭霜恨身不如鴈隨陽熙今頭白有眼力尚能弄

筆映窗光畫取江南好風日慰此將衰鏡中髮但熙肯畫寬作程十日五日一水石

詠李伯時摹韓幹三馬次蘇子由韻簡伯時兼寄李德素

太史瑣窗雲雨垂太史當謂子由作起居郎左史之任雲雨垂謂如在天上也試開三馬拂蛛絲李侯寫影韓幹墨自有筆如沙畫錐絕塵超日精爽緊若失其一望路馳馬官不語臂指揮乃知仗下非新羈二句言其馴伏如此必非新自西極來者吾嘗覽觀在坰馬駑駘成列無權奇緬懷胡沙英妙質一雄可將千萬雌決非廝養所成就天驥生駒人得之任注詩意若曰老於中朝之士與來自釣築者其英傑之氣固自不同如仗下馬與渥洼之驥也千金市骨今何有士或不價五羖皮言五羖皮已自輕其身矣而今乃有並不須此價者李侯畫隱百僚底初不自期人誤知戲弄丹青聊卒歲身如閱世老禪師

次韻子瞻和子由觀韓幹馬因論伯時畫天馬

于闐花驄龍八尺看雲不受絡頭絲西河驄作蒲萄錦雙瞳夾鏡耳卓錐長楸落日試天步知有四極無由騁電行山立氣深穩可耐珠韉白玉羈李侯一顧歎絕足領略古法生新奇一日真龍入圖畫在坰羣雄望風雌曹霸弟子沙苑丞喜作肥馬人笑之李侯論幹獨不爾妙畫骨相遺毛皮翰林評書乃如此賤肥貴瘦渠未知翰林謂東坡也坡詩云少陵評書貴瘦硬此論未公吾不憑言少陵評幹不畫骨李侯亦不以爲憑也況我平生賞神俊一作駿僧中云是道林師

次韻錢穆父贈松扇

銀鉤玉唾明繭紙銀鉤字也玉唾詩也松箑輕涼並送似可憐遠度幘溝婁幘溝婁高麗城名適堪今時褦襶子褦襶謂不曉事人山谷以自道也丈人玉立氣高寒三韓持節見神山合得安

期不死草使我蟬蛻塵埃閒

戲和文潛謝穆父松扇

猩毛束筆魚網紙（山谷有猩毛筆詩亦穆父高麗所得）蓋松柎織扇清相似動搖懷袖風雨來想見僧前落松子張侯哦詩松韻寒六月火雲蒸肉山（文潛體肥故有肉山之譏）持贈小君聊一笑不須射雉彀黃閒（黃閒弩名）

次韻王炳之惠玉板紙

王侯須若緣坡竹哦詩清風起空谷古田小牋惠我百（古田隸福州）信知溪翁能解玉鳴碪千杵動秋山裹糧萬里來輦轂儒林丈人有蘇公相如子雲再生蜀往時翰墨頗橫流此公歸來有邊幅小楷多傳樂毅論高詞欲奏雲門曲不持歸掃蘇公門乃令小人今拜辱去騷甚遠文氣卑畫虎不成書勢俗董狐南史一筆無誤掌殺青司記錄（此二句山谷時爲史官自謙云爾）雖然此中

有公議或辱五鼎榮半菽願公進德使見書不敢求君米千斛

送王郎（王純亮字世弼山谷之妹壻）

酌君以蒲城桑落之酒泛君以湘纍秋菊之英贈君以黟川點漆之墨送君以陽關墮淚之聲酒澆胸中之磊隗菊制短世之頹齡墨以傳千古文章之印歌以寫一家兄弟之情江山萬里頭俱白骨肉十年眼終青連牀夜語雞戒曉書囊無底談未了有功翰墨乃如此何恨遠別音書少炊沙作糜終不飽鏤冰文章費工巧要須心地收汗馬孔孟行世日杲杲（任注云謂道義戰勝胸中開明曉然見聖賢用心處）乃有弟有弟力持家婦能養姑供珍鮭兒大詩書女絲麻公但讀書煮春茶

送鄭彥能宣德知福昌縣

往時河北盜橫行白晝驅人取（一作入）城郭唯聞不犯

鄭冠氏冠氏縣屬大名府鄭由冠氏遷福昌故稱之曰鄭冠氏猶稱王元之曰王黃州稱范德孺曰慶州稱孫賁曰孫陽翟耳犬臥不驚民氣樂祗今化民作鋤耰田舍老翁百不憂銅章去作福昌縣山中讀書民有秋福昌愛民如父母當官不擾萬事舉用才之地要得人眼中虛席十四五不知諸公用心許魯恭卓茂可人否

雙井茶送子瞻雙井在洪州分甯縣山谷所居也

人間風日不到處天上玉堂森寶書想見東坡舊居士揮毫百斛瀉明珠我家江南摘雲腴落磑霏霏雪不如爲公喚起黃州夢獨載扁舟向五湖

和答子瞻

一月空回長者車報人問疾遣兒書山谷時病目故云翰林貽我東南句東坡謝山谷餽茶詩云明年我欲東南去故云窗閒默坐得玄珠故園溪友膾腴遠包春茗問何如玉堂下直長

廊靜爲君滿意説江湖

子瞻以子夏邱明見戲聊復戲答

化工見彈大早計端爲失明能著書邇來似天會事發淚睫見光猶隕珠喜公新賜紫琳腴上清虛皇對久如對久如謂奏對久之詩箋曰丞然猶言久如也請天還我讀書眼願載軒轅訖鼎湖軒轅謂神宗時山谷修實錄故云

省中烹茶懷子瞻用前韻

閤門井不落第二文德殿東上閤門之東有井絕佳竟陵谷簾定誤書陸羽復州竟陵人著茶經三篇以廬山康王谷水簾爲天下第一思公煮茗共湯鼎蚯蚓竅生魚眼珠罝身九州之上腴爭名燄中沃焚如謂衆人爭名於烈燄之中東坡則以水沃其焚如之燄也但恐次山胸磊魄終便酒舫石魚湖

以雙井茶送孔常父

校經同省並門居無日不聞公讀書故持茗椀澆舌

本要聽六經如貫珠心知韻勝舌知腴何似寶雲與
真如湯餅作魔應午寢慰公渴夢吞江湖

常父答詩有煎點徑須煩綠珠之句復次韻戲

答

小鬟雖醜巧粧梳掃地如鏡能檢書欲買娉婷供煮
茗我無一斛明月珠知公家亦闕掃除但有文君對
相如政當爲公乞如願作牋遠寄宮亭湖

戲呈孔毅父

管城子無食肉相孔方兄有絕交書文章功用不經
世何異絲窠綴露珠校書著作頻詔除（山谷以元豐八年四月爲校書郎元祐二年正月爲著作佐郎）猶能上車問何如忽憶僧床同野
飯夢隨秋鴈到東湖

謝黃從善司業寄惠山泉（從善名降一名隱）

錫谷寒泉橢石俱（橢音妥圓而長曰橢橢石所以澄水也）並得新詩蠆

尾書急呼烹鼎供茗事晴江急雨看跳珠是功與世滌羶腴令我屢空常晏如安得左蟠清潁尾風鑪煑茗臥西湖

以團茶洮州綠石研贈無咎文潛

晁子智囊可以括四海張子筆端可以回萬牛自我得二士意氣傾九州道山延閣委竹帛清都太微望寃旒貝宮胎寒弄明月天網下罩一日收此地要須無不有紫皇訪問富春秋（元祐元年十二月試太學錄張耒試太學正晁補之並爲祕書省正字所謂道山延閣所謂此地並指禁省館閣言之也）晁無咎贈君越侯所貢蒼玉璧可烹玉塵試春色澆君胸中過秦論斟酌古今來活國張文潛贈君洮州綠石含風漪能淬筆鋒利如錐請書元祐開皇極第入思齊訪落時（思齊指宣仁太后紫皇及訪落並指哲宗也）

次韻答曹子方雜言（曹輔字子方）

醽池寺山谷在京寓居此寺湯餅一齋盂曲肱懶著書騎馬天津看逝水滿船風月憶江湖往時盡醉冷卿酒冷卿如稱祠部爲冷廳廣文爲冷官之類謂光祿卿也或云冷姓也侍兒琵琶春風手竹閒一夜鳥聲春明朝醉起雪塞門當年聞說冷卿客黃鬢鄰下曹將軍挽弓石八不好武讀書臥看三峯雲誰憐相逢十載後釜裏生魚甑生塵冷卿白首大官寺樽前不復如花人曹將軍江湖之上可相忘春鋤對立雙鴛鴦無機與游不亂行何時解纓濯滄浪喚取張侯來平章張侯似是張仲謀烹茶煮餅坐僧房首五句山谷自敘逝狀時持戒律甚嚴故有齋盂之句往時以下八句山谷昔在冷宅始知曹之名誰憐四句敘與曹相遇時曹貧而冷亦不如昔矣末七句招曹偕隱

次韻子瞻武昌西山元次山因石顛有窊因修之以藏酒命爲窪樽而銘之鄧聖求在武昌嘗作元次山窪樽銘東坡在玉堂與鄧同夜直話及此事因作武昌西山詩請鄧同賦山谷和之

漫郎江南酒隱處古木參天應手栽石坳爲尊酌花鳥自許作鼎調鹽梅平生四海蘇太史酒澆不下胸崔嵬黃州副使坐閒散諫疏無路通銀臺鸚鵡洲前弄明月江妃起舞襪生埃次山醉魂招髣髴步入寒溪金碧堆洗湔塵痕飲嘉客笑倚武昌江作罍誰知文章照今古野老爭席漁爭隈鄧公勒銘留刻畫剜剔銀鉤洗綠苔琢磨十年煙雨晦摸索一讀心眼開謫去長沙憂鵩入歸來杞國痛天摧玉堂卻對鄧公直北門喚仗聽風雷山川悠遠莫浪許富貴崢嶸今鼎來萬壑松聲如在耳意不及此文生哀首四句敘次山作窪樽平生四海以下十二句敘東坡在黃州尋次山之遺跡鄧公勒銘四句敘東坡摩崖鄧公之銘謫去長沙至末八句敘東坡還京與鄧同直玉堂

謝送碾賜壑源揀芽

矞雲從龍小蒼璧熙甯末神廟有旨下建州製密雲龍元豐至今人未

識鑾源包貢第一春建州茶以北苑鑾源爲上沙溪爲下第一春謂元豐元年緗
匳碾香供玉食睿思殿東金井欄睿思神宗便殿也甘露薦
椀天開顏橋山事嚴庀百局橋山謂作神宗裕陵也補衮諸公
省中宿中人傳賜夜未央雨露恩光照宮燭右丞似
是李元禮好事風流有涇渭肯憐天祿校書郎右丞謂李清臣邦直校書郎山谷以元豐八年召爲校書郎也親敕家庭遣分似春風飽
識太官羊春風爲茶不慣腐儒湯餅腸搜攪十年燈火讀
令我胸中書傳香已戒應門老馬走客來問字莫載
酒

以小團龍及半挺贈無咎並詩用前韻爲戲

我持玄圭與蒼璧以暗投人渠不識城南窮巷有佳
人佳人謂無咎不索賓郎常晏食赤銅茗椀雨斑斑銀粟
翻光解破顏上有龍文下碁局碁局謂團茶下隱隱有此文蓋篾痕也
擔囊贈君諾已宿此物已是元豐春先皇聖功調玉

燭晁子胸中開典禮平生自期莘與渭故用澆君磊隗胸莫令鬢毛雪相似曲几團蒲聽煑湯煎成車聲繞羊腸鷄蘇胡麻留渴羌（鷄蘇胡麻俗人煑茶多以此二物雜之晉有羌人姚馥但言渴於酒羣輩呼爲渴羌）不應亂我官焙香肥如瓠壺鼻雷吼幸君飲此勿飲酒

送謝公定作竟陵主簿

謝公文章如虎豹（謝公謂師厚公定蓋其子也）至今斑斑在兒孫竟陵主簿極多閑萬事不理專討論潤松無心古須鬣天球不琢中粹溫落筆塵沙百馬奔劇談風霆九河翻胸中恢疏無怨恩當官持廉庭不煩吏民欺公亦可忍慎勿驚魚使水渾漢濱耆舊今誰存（竟陵與襄陽皆在漢水之濱）駟馬高蓋徒紛紛安知四海習鑿齒拄笏看度南山雲（四海句以習鑿齒比公定才行之高拄笏句以王徽之比公定襟懷之雅）

贈送張叔和

張侯溫如鄒子律能令陰谷黍生春有齊先君之季女塤字叔和洛中人張壽龍圖之後娶山谷季妹十年擇對無可人箕帚掃公堂上塵家風孝友故相親廟中時薦南澗蘋兒女衣袴得補紉兩家俱為白頭計察公與人意甚真吏能束縛老姦手要使鰥寡無顰呻但迴此光還照己平生倦學皆日新我提養生之四印君家所有更贈君百戰百勝不如一忍萬言萬當不如一默無可簡擇眼界平不藏秋毫心地直我肱三折得此醫自覺兩踵生光輝團蒲日靜鳥吟時鑪薰一炷試觀之

僧景宗相訪寄法王航禪師自注智航道人住嵩山法王寺數遣小僧景宗到都城因宗還寄之

抱犢稍退鳧鶩行倦禪時作橐駝坐王洙避雪佛廟見一老僧著皁裘背及肋有白補處明日視之乃橐駝也忽憶頭陀雲外人閉門作夏與僧過一絲不掛魚脫淵萬古同歸蟻旋磨山中雨熟

瓜芋田喚取小僧休乞錢（首二句山谷自敘近狀三四句指智航一絲句謂智航無罣無礙脫離世網萬古句慨世人爲物所牽如蟻之旋磨末二句謂智航能以法力致雨熟其田園不須令小僧景宗乞化也）

謝王仲至惠洮州礪石黃玉印材（仲至名欽臣）

洮礪發劍虹貫日印章不琢色蒸栗磨礱頑鈍印此心佳人持贈意堅密佳人鬢彫文字工藏書萬卷胸次同日臨天閑豢真龍新詩得意挾雷風我貧無句當二物看公倒海取明月

次韻子瞻詠好頭赤圖

李侯畫骨不（一作亦）畫肉筆下馬生如破竹秦駒雖入天仗（一作馬）圖猶恐真龍在空谷精神權奇汗溝赤（銅馬相法曰汗溝欲深長）有頭（一作自有）赤烏能逐日安得身爲漢都護三十六城看歷歷

觀伯時畫馬（元祐三年春東坡知貢舉山谷與李伯時皆爲其屬故試院中作數）

詩

儀鸞供帳饕蟊行。翰林溼薪爆竹聲。儀鸞司掌奉供帳之事翰林司掌供御酒茗湯菓及內外筵設風簾官燭淚縱橫木穿石槃未渠透太極老君與傅先生木鑽使穿一石槃厚五寸許積四十七年而石穿遂得神丹坐窗不遨令人瘦貧馬百藖逢一豆眼明見此五花驄徑思著鞭隨詩翁城西野桃尋小紅

記夢洪駒父詩話謂山谷見一貴宗室攜妓女游某寺此篇記其事也僧惠洪冷齋夜話謂山谷晝臥醽池寺夢與一道士游蓬萊覺而作此詩二說未知孰是

衆真絕妙擁靈君曉然夢之非紛紜窗中遠山是眉黛席上榴花皆舞裙借問琵琶得聞否靈君色莊妓搖手兩客爭棋爛斧柯一兒壞局君不呵杏梁歸燕空語多奈此雲窗霧閣何

次韻子瞻送李豸豸字方叔東坡知貢舉而豸不第有詩送之

驥子墮地追風日未試千里誰能識習之實錄葬皇

祖斯文如女有正色今年持槖佐春官遂失此人難塞責雖然一鬨有奇耦博懸於投不在德君看巨浸朝百川此豈有意潢潦前二句言其所成者大願為霧豹懷文隱莫愛風蟬蛻骨仙二句勸其不求速化

次韻子瞻寄眉山王宣義王淮奇字慶源蜀之青神人東坡叔丈人也東坡有王文求紅帶詩

參軍但有四立壁初無臨江千木奴白頭不用折腰具桐帽椶鞵稱老夫滄江鷗鷺野心性陰壑虎豹雄牙須鸜鵒作裘初服在猩血染帶鄰翁無昨來杜鵑勸歸去更待把酒聽提壺當今人材不乏使天上二老須人扶兒無飽飯尚勤書婦無複褌且著襦社甕可漉溪可漁更問黃雞肥與癯林間醉著人伐木猶夢官下聞追呼聞伐木喧噪之聲猶以為追呼也萬釘圍腰莫愛渠富貴安能潤黃壚

聽宋宗儒摘阮歌

翰林尚書宋公子（翰林尚書當是宋景文公）文采風流今尚爾自疑耆域是前身囊中探丸起人死（耆域天竺高僧也嘗以淨水一杯楊柳一枝起滕永文之病）貌如千歲枯松枝落魄酒中無定止得錢百萬送酒家一笑不問今餘幾手揮琵琶送飛鴻促絃聒醉驚客起寒蟲催織月籠秋獨鴈叫羣天拍水楚國羇臣放十年漢宮佳人嫁千里深閨洞房語恩怨紫燕黃鸝韻桃李楚狂行歌驚市人漁父挐舟在葭葦問君枯木著朱繩何能道人意中事君言此物傳數姓玄璧庚庚有橫理閉門三月傳國工身今親見阮仲容我有江南一邱壑安得與君醉其中曲肱聽君寫松風

博士王揚休碾密雲龍同事十三人飲之戲作

矞雲蒼璧小盤龍貢包新樣出元豐王郎坦腹飯牀

東太官分物來婦翁棘闈深鎖武成宮談天進士雕虛空（任注國朝試進士多在武成王廟熙豐闈進士高談性命元祐初其習猶在）鳴鳩欲雨喚雌雄南嶺北嶺宮徵同（二句言程文聲調一律也）午窗欲眠視濛濛喜君開包碾春風注湯官焙香出籠非君灌頂甘露椀幾爲談天乾舌本

答黃冕仲索煎雙井並簡揚休（冕仲名裳）

江夏無雙乃吾宗同舍頗似王安豐（王戎封安豐侯善發談端此引以比揚休）能澆茗椀湔祓我風袂欲挹浮邱翁吾宗落筆賞幽事秋月下照澄江空（秋月澄江言詩之清絕如此）家山鷹爪是小草敢與好賜雲龍同不嫌水厄幸來辱寒泉湯鼎聽松風夜堂朱墨小燈籠（此句不知何指）惜無纖纖來捧椀唯倚新詩可傳本

再答冕仲

邱壑詩書雖數窮田園芋栗頗時豐小桃源口雨繁

紅春溪蒲稗沒鳬翁急就篇顏注曰翁鳬頸毛也投身世網夢歸去摘山鼓聲雷隱空秋堂一笑共燈火與公草木臭味同安用茗澆磊隗胸他日過飯隨家風漢書鮑宣傳俱過宣一飯去買魚貫柳雞著籠更當力貧開酒椀走謁鄰翁稱子本稱子本謂稱貸於鄰家以治具韓文子本相侔

戲答陳元輿元祐二年八月陳軒為主客郎中軒字元輿

平生所聞陳汀州陳汀州亦猶稱鄭冠氏孫陽翟之類蝗不入境年屢豐東門拜書始識面任注云東門拜書當是拜誥於東上閤門鬢髮幸未成老翁官饔同盤厭腥膩茶甌破睡秋堂空自言不復蛾眉夢枯淡頗與小人同小人山谷自謂也但憂迎笑花枝紅夜窗冷雨打斜風秋衣沈水換薰籠銀屏宛轉復宛轉意根難拔如薤本迎笑句謂少婦也夜窗句謂寒宵也秋衣句謂侍妾薰衣也謂元輿雖甘枯淡恐有少婦寒宵薰衣意根復動耳

再答元輿

君不能入身帝城結子公又不能擊强有如諸葛豐法當憔悴百寮底五十天涯一禿翁問君何自今爲郎便殿作賦聲摩空偶然樽酒相勞苦牛鐸調與黃鍾同牛鐸山谷自比黃鍾以比元輿也安得朱轓各憑熊江南樓閣白蘋風勸歸唬鳥曉窗籠男兒邂逅功補袞鳥倦歸巢葉歸本邂逅謂不期而得之補袞謂名位也言名位倉卒可得不如不忘其本也

演雅

桑蠶作繭自纏裹蛛蝥結網工遮邏燕無居舍經始忙蝶爲風光句引破老鶬銜石宿水飲稱蜂趨衙供蜜課唐食貨志有課戶今猶以賦稅爲國課此謂蜂以釀蜜爲課也鵲傳吉語安得閑雞催晨與不敢臥氣陵千里蠅附驥枉過一生蟻旋磨蟁聞湯沸尚血食雀喜宮成自相賀晴天振羽樂蜉蝣空穴祝兒成蜾蠃蛣蜣轉丸賤蘇合飛蛾赴燭甘死禍井邊蠹李螬苦肥枝頭飲露蟬常餓天螻

伏隙錄人語射工含沙須影過訓狐啄屋真行怪蟰
蛸報喜太多可鸕鷀密伺魚蝦便白鷺不禁塵土涴
絡緯何嘗省機織布穀未應勤種播五技鼯鼠笑鳩
拙百足馬蚿憐鼈跛老蚌胎中珠是賊醯雞瓮裏天
幾大螳螂當轍恃長臂熠燿宵行矜照火提壺猶能
勸沽酒黃口小雀也只知貪飯顆伯勞饒舌世不問鸜
鵒纔言便關鎖春蛙夏蜩更嘈雜土蚓壁蟫何碎瑣
江南野水碧於天中有狎鷗閑似我狎鷗一作白鷗

戲答趙伯充勸莫學書及為席子澤解嘲

平生飲酒不盡味五鼎饋肉如嚼蠟二句言不好飲我醉欲
眠便遣客三年窺牆亦面壁二句言不好色空餘小來翰墨
場松煙兔穎傍明窗偶隨兒戲灑墨汁眾人許在崔
杜行崔謂崔瑗杜為杜慶晚學長沙小三昧長沙僧懷素也自言得草書三昧
幻出萬物真成狂龍蛇起陸雷破柱自喜奇觀繞繩

牀家人罵笑甯有道汚染黃素敗粉牆誠不如南鄰席明府任注席君蓋京師醫者與山谷寓舍相鄰山谷書帖中所謂席三郎其人也蛛網鎖硯蝸書粱懷中探丸起九死才術頗似漢太倉感君詩句喚夢覺邯鄲初未熟黃粱身如朝露無牢强玩此白駒過隙光從此永明書百卷杭州永明寺智覺禪師延壽著宗鏡錄一百卷自公退食一爐香

戲書秦少游壁任注云觀此詩意當是少游過南京時有所盼主翁待少游厚欲令從歸而其家難之也

丁令威化作遼東白鶴歸朱顏未改故人非微服過宋風退飛謂少游過宋之南京今之歸德也宋父擁篲待來歸宋父以喻所盼者誰饋百牢鸜鴒妃百牢喻百兩之禮鸜鴒喻此女也秦氏烏之父生八九子秦氏喻少游之夫人雅烏之兄畢逋尾兄喻少游之子已長矣憶炊門牡烹伏雌此句喻少游昔年與妻同貧苦未肎增巢令妆棲此句喻妻意不欲少游納妾莫愁野雉疏家雞此句勸少游妻無怨其夫但願

主人印纍纍言富貴後不妨廣置姬妾也

送少章從翰林蘇公餘杭

東南淮海惟揚州國士無雙秦少游欲攀天闕守九虎但有筆力迴萬牛文學縱橫乃如此故應當家有季子時來誰能力作難鴻雁行飛入道山斑衣兒嬉真自樂從師學道也不惡但使新年勝故年即如常在郎罷前顧況詩曰隔地絕天直至黃泉不得在郎罷前

便糴王丞送碧香酒用子瞻韻戲贈鄭彥能王詵晉卿尚蜀國公主其家酒名碧香彥能名僅

食貧好飲嘗自嘲日給上尊無相骨漢賜丞相上尊酒言貧者無此骨相不能邀給賜也大農部丞送新酒碧香竊比主家釀應憐坐客竟無氊更遭官長頗譏謗二句謂王憐山谷憐其坐則無氊出則被謗也銀杯同色試一傾排遣春寒出幃帳浮蛆翁翁杯底滑坐想康成論泛盎重門著關不爲君但備惡客

來仇餉

戲和答禽語

南村北村雨一犂新婦餉姑翁哺兒田中嗁烏自四時催人脫袴著新衣著新替舊亦不惡去年租重無袴著

謝景叔惠冬笋雍酥水梨三物

玉人憐我長蔬食走送厨珍不自嘗秦牛肥膩酥勝雪漢苑甘寒梨得霜冰底斵春生笋束豹文解籜饌寒玉見他桃李憶故園饞獠應殘遶窗竹

再答景叔

女三爲粲當獻王三珍同盤乃得嘗甘泉下澆藜莧腸令我詩句挾風霜小人食珍敢取足都城一飯炊白玉賜錢千萬民猶飢元祐二年十二月以大雪寒出錢百萬令開封府賜貧民雪後排檐凍銀竹銀竹謂冰柱也

出城送客過故人東平侯趙景珍墓

朱顏苦留不肯住白髮政爾欺得人嬋娟去作誰家妾意氣都成一聚塵今日牛羊上邱壟當時近前左右瞋花開鳥嘑荊棘裏誰與平章作好春

題也足軒 並序

筠州景德寺覺範道人種竹於所居之東軒使君楊夢貺題其軒曰也足取古人所謂但有歲寒心兩三竿也足者也仍爲之賦詩余輒次韻

道人手種兩三竹使君忽來唾珠玉不須客賦千首詩若是當音一夔足世人愛處但同流一絲不掛似太俗客來若問一作問我有何好道人優曇一作波遠山綠

送石長卿太學秋補

長卿家亦但四壁文君窺之介如石胸中已無少年

事骨氣乃有老松格漢文新覽天下圖謂徽宗初立也詔山採玉淵獻珠再三可陳治安策第一莫上登封書

次韻黃斌老所畫橫竹

酒澆胸次不能平吐出蒼竹歲崢嶸臥龍偃蹇雷不驚公與此君俱忘形晴窗影落石泓處松煤淺染飽霜兔中安三石使屈蟠亦恐形全便飛去

戲詠子舟畫兩竹兩鸜鵒

風晴日暖搖雙竹竹閒相語兩鸜鵒鸜鵒之肉不可肴人生不材果爲福子舟之筆利如錐千變萬化皆天機未知筆下鸜鵒語何似夢中蝴蝶飛

題榮州祖元大師此君軒

王師學琴三十年響如清夜落澗泉滿堂洗盡箏琶耳請師停手恐斷絃四句敘其善鼓琴神人傳書道人命死生貴賤如看鏡晚知直語觸憎嫌深藏幽寺聽鐘磬

四句敘其會推命有酒如澠客滿門不可一日無此君當時手栽數寸碧聲掀風雨今連雲此君傾蓋如故舊骨相奇怪清且秀程嬰杵臼立孤難此句狀竹之勁伯夷叔齊采薇瘦此句狀竹之瘦霜鍾堂上弄秋月微風入絃此君說二句因竹而及琴回顧篇首公家周彥筆如椽此君語意當能傳

青神縣尉廳葺城頭舊屋作借景亭下瞰史家園水竹終日寂然了無人迹又當大木綠陰之閒戲作長句奉呈信孺明府介卿少府尉卽張祉介卿祉父閭雅州人娶山谷之姑官太常卿

青神縣中得兩張愛民財力唯恐傷二公身安民乃樂新葺城頭六月涼竹鋪不涴吳綾襪東西開軒蔭清樾當官借景未傷民恰似鑿池取明月任注杜牧之盆池詩云鑿破蒼苔地偷他一片天此用其意

戲贈家安國安國字復禮眉山人初以武進後入左選

家侯口吃善著書常願執戈王前驅朱紱蹉跎晚監
郡吟弄風月思天衢二蘇平生親且舊二蘇謂東坡黄門亦眉人
皆有贈安國之詩少年筆硯老樝酒但使一氣轉鴻鈞此老
矍鑠還冠軍

和王觀復洪駒父謁陳無已長句王蕃字觀復沂公之孫官
閬中時常從山谷問學元符三年自京師改官復入蜀會山谷於荊州洪芻字駒父山谷
之甥也

陳君今古焉不學清渭無心映涇濁漢官舊儀重九
鼎謂無已有前輩典刑足爲士林之重集賢學士見一角一角以無已比麟謂如學
士中之瑞也王侯文采似於菟洪甥人聞汗血駒相將問
道城南隅無屋止借船官居有書萬卷繞四壁樵蘇
不爨談至夕主人自是文章伯鄰里頗怪有此客食
貧各仕一作在天一方佳人可思不可忘河從天來砥
柱立言無已獨立於頹波之閒愛莫助之涕淋浪

王充道送水仙花五十枝欣然會心爲之作詠

凌波仙子生塵襪。水上輕盈步微月。是誰招此斷腸魂。種作寒花寄愁絕。含香體素欲傾城。山礬是弟梅是兄。坐對真成被花惱。出門一笑大江橫。

庭堅以去歲九月至鄂登南樓歎其制作之美成長句久欲寄遠因循至今書呈公悅公悅名澤

江東湖北行畫圖。鄂州南樓天下無。高明廣深勢抱合。表裏江山來畫閣。雪筵披襟夏簟寒。胸吞雲夢何足言。庾公風流冷似鐵。誰其繼之方公悅。

題蓮華寺

狂卒猝起金坑西。脅從數百馬百蹄。所過州縣不敢誰。肩輿虜載三十妻。伍生有膽無智略。謂河可馮虎可搏。身膏白刃浮屠前。此鄉父老至今憐。

送密老住五峯密老蓋法昌之嗣

我穿高安過萍鄉七十二渡遶羊腸水邊林下逢衲子南北東西古道場五峯秀出雲雨上中有寶坊如側掌去輿青山作主人不負法昌老禪將栽松種竹是家風莫嫌斗絕無來往但得螺師吞大象從來美酒無深巷螺師吞大象法昌法身頌中語也美酒無深巷古語也謂酒之美者雖在深僻之地人必就沽山谷之意以爲密老但解法昌宗旨何患不爲人所知哉

武昌松風閣

依山築閣見平川夜闌箕斗插屋椽我來名之意適然老松魁梧數百年斧斤所赦今參天風鳴媧皇五十絃洗耳不須菩薩泉嘉二三子甚好賢力貧買酒醉此筵夜雨鳴廊到曉懸相看不歸臥僧氈泉枯石燥復潺湲山川光輝爲我妍野僧旱飢不能饘曉見寒谿有炊煙東坡道人已沈泉山谷以崇甯元年壬午九月至鄂東坡已於前一年辛巳死矣故曰沈泉張侯何時到眼前文潛時謫黃州安置尚未到黃故曰

何時到眼前。釣臺驚濤聒晝眠。怡亭看篆蛟龍纏。安得此身脫拘攣。舟載諸友長周旋。

次韻文潛

武昌赤壁弔周郎。寒溪西山尋漫浪。忽聞天上故人來。呼船凌江不待餉。凌江卽凌雲凌波之類韓詩遂凌大江極東陬我瞻高明少吐氣。君亦歡喜失微恙。年來鬼祟覆三豪。任注云三豪當是東坡先生范淳夫秦少游於時皆死矣詞林根柢頗搖蕩。天生大材竟何用。只與千古拜圖像。張侯文章殊不病。歷險心膽元自壯。汀州鴻雁未安集。風雪牖戶當塞向。有人出手辦茲事。政可隱几窮諸妄。二句謂安民修政自有廟堂諸人身任茲責吾輩政可隱几學道息諸妄念爾經行東坡眠食地。拂拭寶墨生楚愴。水清石見君所知。此是吾家祕家藏。二句言賢愚邪正久而自明猶水清而石自見

次韻元實病目范温字元實范祖禹淳夫之子秦少游之壻

道人常恨未灰心儒士苦愛讀書眼言爲道者惟恐心之不灰爲學者惟恐見之不博各異趣也要須玄覽照鏡空莫作白魚鑽蠹簡閱人朦朧似有味看字昏澁尤宜嬾范侯年少百夫雄言行一一無可柬看君眸子當瞭然乃稱胸次常坦坦如何有物食明月淚睫隕珠衣袖滿金篦刮膜會有時湯熨取快術誠短君不見岳頭嬾瓚一生禪鼻涕垂頤渠不管

花光仲仁出秦蘇詩卷思兩國士不可復見開卷絕歎因花光爲我作梅數枝及畫煙外遠山追少游韻記卷末仲仁蓋衡州花光山長老

夢蝶真人貌黃槁籬落逢花須醉倒夢蝶真人用莊子事籬落逢花用陶潛事以比秦少游逢花便醉也雅聞花光能畫梅更乞一枝洗煩惱扶持疑當作扶杖愛梅說道理自許牛頭參已早法融禪師入牛頭山幽棲寺有百鳥銜花之異長眠橘洲風雨寒少游卒於藤州其子處度藁殯

於潭故有此句今日梅開向誰好何況東坡成古邱不復龍蛇看揮埽我向湖南更嶺南繫船來近花光老歎息斯人不可見喜我未學霜前草霜前草言喜尚未死也寫盡南枝與北枝更作千峯倚晴昊

書磨崖碑後

春風吹船著浯溪扶藜上讀中興碑平生半世看墨本摩挲石刻鬢成絲明皇不作苞桑計顛倒四海由祿兒九廟不守乘輿西萬官已作烏擇栖撫軍監國太子事何乃趣取大物爲事有至難天幸爾上皇蹰躇還京師內閒張后色可否外閒李父頤指揮南內淒涼幾苟活高將軍去事尤危張后與李輔國謀徙上皇於西內高力士從上皇自蜀還爲李輔國所誣長流巫州臣結春陵二三策臣甫杜鵑再拜詩安知忠臣痛至骨世上但賞瓊琚詞同來野僧六七輩亦有文士相追隨斷崖蒼蘚對立久涷雨爲

洗前朝悲

太平寺慈氏閣（元注云晚與曾公袞同登）

青玻瓈盆插千岑湘江水清無古今何處拭目窮表裏太平飛閣暫登臨朝陽不聞皁蓋下愚溪但有古木陰（元結在零陵尋得巖洞名曰朝陽巖結爲春陵刺史死已久矣故曰不聞皁蓋下愚溪懷柳子厚也）誰與洗滌懷古恨坐有佳客非孤斟

題淡山巖二首（淡山巖在永州西南有巖空洞可容數千人）

去城二十五里近天與隔盡俗子塵春蛙秋蠅不到耳夏涼冬暖總宜人巖中清磬僧定起洞口綠樹仙家春惜哉次山世未顯不得雄文鑱翠珉

淡山淡姓人安在徵君避秦亦不歸（徵君謂周貞實零陵人居淡山石室秦始皇三徵不起遂化爲石）石門竹逕幾時有瓊臺瑤室至今疑回中明潔坐十客（元次山有大回中小回中詩言樊水之回洑也此借用以言巖洞之回環）亦可呼樂醉舞衣閬州城南果何似永州淡巖

天下稀

明遠菴

遠公引得陶潛住美酒沽來飲無數我醉欲眠卿且去只有空瓶同此趣 淵明好眠空瓶亦好卧故曰同此趣 誰知明遠似遠公亦欲我行菴上路多方挈取甕頭春大白棃花十分注 甕頭初熟酒也棃花酒杯樣製如此 與君深入逍遥遊了無一物當情素道卿道卿歸去來 元注云道卿涪溪僧 明遠主人今進步

戲答歐陽誠發奉議謝予送茶歌

歐陽子出陽山山奇水怪有異氣生此突兀熊豹顏飲如江水洞庭野詩成十手不供寫老來抱璞向涪翁東坡元是知音者蒼龍璧官焙香涪翁投贈非世味自許詩情合得嘗卻思翰林來餽光祿酒兩家冰鑒共寒光 歐陽昔年曾爲東坡所賞餽之以酒茲又與山谷往還餽之以茶 予乃安

敢比東坡有如玉盤金叵羅直相千萬不啻過愛公
好詩又能多老夫何有更橫戈奈此于思百戰何（歐陽
君必多髯故用朱華元于思事）

和范信中寓居崇甯遇雨二首

范侯來尋入桂路走避俗人如脫兔衣囊夜雨寄禪
家行潦升階漂兩屨遣悶悶不離眼前避愁愁已知
人處慶公憂民苗未立旻公憂木水推去（慶旻蓋崇甯兩禪僧）
兩禪有意開壽域歲晚築室當百堵（徽宗崇甯三年詔天下置崇甯寺觀爲上祈年）它時無屋可藏身且作五里公超霧（後漢張楷字公超性好道術能作五里霧）
當年游俠成都路黃犬蒼鷹伐狐兔二十始肎爲儒
生行尋丈人奉巾屨千江渺然萬山阻抱衣一囊徧
處處或持劍掛宰上回亦有酒罷壺中去昨來禪榻
寄曲肱上雨傍風破環堵何時鯤化北溟波好在豹

隱南山霧 已上內集

清江引 以下外集○嘉祐六年作時公年十七

江鷗搖蕩荻花秋八十漁翁百不憂清曉采蓮來盪槳夕陽收網更橫舟羣兒學漁亦不惡老妻白頭從此樂全家醉著篷底眠舟在寒沙夜潮落

還家呈伯氏 元注葉縣作○辛亥二十七歲

去日櫻桃初破花歸來著子如紅豆四時驅迫少須臾兩鬢飄零成老醜永懷往在江南日原上急難風雨後私田苦薄王稅多諸弟號寒諸妹瘦扶將白髮渡江來吾二人如左右手苟從祿仕我遭回且慰家貧兄孝友強趨手板汝陽城更責愆期被訶詬山谷初到汝州時鎮相富公以到官逾期下吏法官毒螫草自搖丞相霜威人避走賤貧孤遠蓋如此此事端於我何有一囊粟麥七千錢五人兄弟二十口官如元亮且折腰心似次山

羞曲肘北窗書冊久不開筐篋黃塵生鏁鈕何當略得共討論況乃雍容把杯酒意氣敷腴貴壯年不蚤計之且衰朽安得短船萬里隨江風養魚去作陶朱公斑衣奉親伯與儂四方上下相依從用舍由人不由己迺是伏轅駒犢耳

流民歎己酉二十五歲

朔方頻年無好雨五穀不入虛春秋迩來后土中夜震有似巨鼇復戴三山游傾牆摧棟壓老弱冤聲未定隨洪流地文劃劙水麕沸十戶八九生魚頭稍聞澶淵渡河日數萬河北不知虛幾州纍纍襁負襄葉閒問舍無所耕無牛初來猶自得曠土嗟爾後至將何怙刺史守令真分憂明詔哀痛如父母廟堂已用伊呂徒何時眼前見安堵疏遠之謀未易陳市上三言或成虎禍災流行固無時堯湯水旱人不知桓侯

之疾初無證扁鵲入秦始治病投膠盈掬侯河清一簞豈能續民命雖然猶願及此春略講周公十二政風生羣口方出奇老生常談幸聽之熙甯二年河北於旱後又遭水災流民南渡就食襄葉閒所云疏遠之謀老生常談者山谷是時必陳救荒之策也

次韻答張沙河知邢州沙河縣

張侯堂堂身八尺老大無機如漢陰猛摩虎牙取呑噬自歎日月不照臨策名日已汙軒冕逃去未必焚山林我評君才甚高妙孤竹截管空桑琴四十未曾成老翁紫髯垂頤鬱森森眉宇之閒見風雅藍田煙霧生球琳胸中磈磊政須酒東觀可攬北斗斟古人已悲銅雀上不聞向時清吹音百年毀譽付誰定取醉自可結舌瘖使公繫腰印如斗駟馬高蓋驅駸駸親朋改觀婢僕敬成都男子甯異今又言屋底甚縣磬兒婚女嫁取千金古來聖賢多不飽誰能獨無父

母心衆鷄墮地各有命强爲百草憂春霖艾封人子暗目睫與王同牀悔沾襟隴鳥入籠左右啄終日思歸碧山岑一生能幾開口笑何忍更遣百慮侵忽投雄篇寫逸興仰占乾文動奎參自陳使酒嘗駡坐惜予不與朋合讐君材蜀錦三千丈要在刀尺成衣衾南朝例有風流辭楚地俗多詞賦淫屈原離騷豈不好只今漂骨滄江潯政令夷甫開三窟獵以我道皆成禽温恭忠厚神所勞於魚得計豈厭深丈夫身在要勉力豈有吾子終陸沈鄙人相士蓋多矣勿作蔡澤笑噤吟

古風次韻答初和甫二首 元豐七年甲子四十歲

飢思河鯉與河魴渴思蔗漿玉盌凉冬願純綿對陰雪夏願緰絺度盛陽萬端作計身愁苦一事不諧鬢蒼浪調笑天街吟海燕藜羹脫粟非公狂

君吟春風花草香我愛春夜碧月涼美。人美。人美。人隔湘水其雨其雨怨朝陽蘭荃盈懷報瓊玖冠纓自潔非滄浪道人四十心如水那得夢爲蝴蝶狂

次韻答和甫盧泉水三首 並序○初虞世字和甫工醫居東平府須城縣盧泉鄉

和甫作盧泉之水不求於古樂府而規摹暗合予爲和成三疊自予官河外罕得逆耳之言於朋友和甫愛我也居有藥言吾不欲其思盧泉也故作其一。父母之邦有如仲尼柳下惠而懷安之以吾之樂雙井知和甫之不忘盧泉也故作其二坐進此道者於物無擇清漳之波濁河之流盧泉之水求其異味而不得也親樂之身安之斯可矣故作其三夫三言者雖不同唯知言者領其不異也

初侯不能六尺長少日結交皆老蒼勢利不可更炎涼解纓從我濯滄浪與君論心松柏香何爲獨憶盧泉之上多綠楊盧泉如練照秋陽泉上之人猶謗傷此邦當指德平言之雖陋有佳士勿厭風沙吹茫茫願君不負上池水囊中探丸起人死

盧泉之木百尺長下蔭泉色如木蒼蘋風和雨灑面涼倒影搖蕩天滄浪網登錦鱗蒲荇香何以貫之柳與楊古來希價入咸陽貪功害能相中傷君今已出紛爭外但思煙波春淼茫奉親安樂一杯水盧泉之濱可忘死

舍後鐘梵爐煙長舍前簾影竹蒼蒼事親燠席扇枕涼中有一士鬢蒼浪同心之言蘭麝香與游者誰似姓楊朝發枉渚夕辰陽懷瑾握瑜祇自傷東有濁河西清漳胡爲搔頭盧泉思茫茫清明在躬不在水此

曹狡獪可心死

贈趙言

饒陽趙方士眼如九秋鷹學書不成不學劍心術妙解通神明毉如俯身拾地芥相如仰面觀天星自言方術雜鬼怪萬種一貫皆天成大梁卜肆傾賓客二十餘年聲藉藉得錢滿屋不經營散與世人還寄食北門塵土滿衣襟廣文直舍官槐陰白雲勸酒終日醉紅燭圍棊清夜深大車駟馬不回首强項老翁來見尋（北門至此六句山谷時在北京他人不顧而趙言獨來相尋訪也）向人忠信去表襮可喜政在無機心輕談禍福邀重糈所在多於竹葦林翁言此輩無足聽見葉知根論才性飛騰九天沈九泉自種自收皆在行先期出語駭傳聞事至十九中時病輪囷離奇惜老大成器本可千萬乘自歎輕霜白髮新又去驚動都城人都城達官老於事

嫌翁出言不娬媚有手莫炙權門火有口莫辨荆山玉吳宮火起燕焚巢當時卞和斮兩足千里辭家卻入門三春榮木會歸根我有江南黃篾舫與翁長入白鷗羣

次韻晁補之廖正一贈答詩補之字无咎正一字明略元豐二年己未同榜晁无咎集云及第東歸將赴調寄李成季又云復用前韻荅明略並呈魯直

晁子抱材耕谷口世有高賢踐台斗頃隨計吏西入闒闒夫數日傳車還封侯半屬妄校尉射虎猛將猶行閒無因自致青雲上浪說諸公見嗟賞驥伏鹽車不稱情輕裘肥馬鳳凰城歸來作詩謝同列句與桃李爭春榮十年山林廖居士今隨詔書稱舉子文章宏麗學西京新有詩聲似侯喜君不見古來良爲知音難絶絃不爲時人彈已喜瓊枝在我側更恨桂樹無由攀千里風期初不隔獨憐形迹滯河山頃隨以下七句

俱言其不得志輕褻句言其登科也

再次韻呈廖明略

吾觀三江五湖口湯湯誰能議升斗物誠有之士則然晚得廖子喜往還學如雲夢吞八九文如壯士開黃間十年呻吟江湖上青楓白鷗付心賞未減北郭漢先生五府交書不到城後漢汝南廖扶州郡公府辟召皆不應時人號為北郭先生相者舉肥驥空老山中無人桂自樂君既不能如鍾世美甌函上書動天子元豐元年十一月鍾世美以內舍生上書稱旨得官世美蓋黨附王安石者山谷此言特戲之耳且向華陰郡下作參軍要令公怒令公喜君不見晁家樂府可管絃惜無傾城為一彈從軍補掾百僚底九關虎豹何由攀男兒身健事未定且莫著書藏名山

走答明略適堯民來相約奉謁故篇末及之

君不見生不願為牛後寧為雞口吾聞向來得道人

終古不忒如維斗希價咸陽諸少年可推令往挽令還俗學風波能自拔我識廖侯眉宇閒省庭無人與爭長唐宋試進士曰省試韓公詩下驢入省門此云省庭皆指試進士言之主司得之如受賞東家一笑市盡傾略無下蔡與陽城生珠之水砂礫潤生玉之山草木榮觀君詞章亦如此諒知躬行有君子更約探囊閱舊文蛛絲燈花助我喜賢樂堂前竹影班好鳥自語莫令彈北鄰著作指堯民也相勞苦整駕謁予邀同攀應煩下榻煑茶藥坐待月輪銜屋山

答明略並寄無咎

可以忘憂唯有酒清聖濁賢皆可口前日過君飲不多明日解酲無五斗古木清陰丹井欄夜來涼月屋頭還論交撥置形骸外得意相忘樽俎閒冰壺不可與夏蟲饗秋月不可與俗士賞已得樽前兩友生更

思一士濟陽城（兩生謂堯民明略一士謂無咎時在濟州也）雖無四至九卿之規畫猶有千秋萬歲之真榮空名未食太倉米今作斑衣老萊子卿家嗣宗望爾來（嗣宗謂堯民爲無咎之諸父以無咎比阮咸也）不獨我聞足音喜西風索寞葉初乾長鋏歸來亦罷彈窮巷蓬蒿深一尺朱門廉陛高難攀吾儕相逢置是事百世之下仰高山

再次韻呈明略並寄無咎

夏雲涼生土囊口周鼎湯盤見科斗清風古氣滿眼前乃是戶曹報章還只今書生無此語已在貞元元和閒一夫鄂鄂獨無望千夫唯唯皆論賞野人泣血漫相明和氏之璧無連城參軍拄笏看雲氣此中安知枯與榮我夢浮天波萬里扁舟去作鴟夷子兩士風流對酒樽四無人聲鳥聲喜（忽幻出一夢夢與二子對酒奇甚）夢回擾擾仍世間心如傷弓怯虛彈不堪市井逐乾沒

且願朋舊相追攀寄聲小掾篤行李落日東面空雲山一夫四句言舉世混濁不清是非不明故但當拄笏看雲不問榮枯耳

再答明略二首

挾策讀書計餬口故人南箕與北斗江南江北萬重山千里寄書聲不還當時朱絃寫心曲果在高山流水鬧枯桐滿腹生蛛網忍向時人覓清賞廖侯文字得我驚五岳縱横守嚴城萬夫之下不稱屈定知名滿四海非真榮富於春秋已如此他日卜鄰長兒子一邱各自有林泉扶將白頭覲宴喜秋風日暮衣裳單深巷葉落已如彈數來會面復能幾六龍去人不可攀短歌溷公更一和聊乞淮南作小山讀書餬口言不能有爲於時也南箕北斗言故人各在天一方也當時四句言良友遠别不復向時人索知音也

廖侯言如不出口銓量古今膽如斗度越崔張與二斑古風蕭蕭筆追還前日辭家來射策聲名籍甚諸

公閒華陰白雲鎖千嶂勝日一談誰能賞君不見曩時子產識然明知音鬱鬱閉佳城勿以匣中之明月計校糞上之朝榮我去邱園十年矣種桑可蠶犢生子使年七十今中半安能朝朝四暮三淚憂喜據席談經只强顏不安時論取譏彈愛君草木同臭味頗似瓜葛相依攀我有仙方煮白石何時期君藍田山

次韻謝子高讀淵明傳

枯木嵌空微暗淡古器雖在無古絃袖中政有南風手誰爲聽之誰爲傳風流豈落正始後甲子不數義熙前一軒黃菊平生事無酒令人意缺然

次韻孔著作早行

棄置鉏犂就車馬從來計出古人下塵埃好在三尺桐不疑萬世期子野明經使者著書郎風雨乘驛志夙夜回車過門問無恙何意深巷勤長者聖師之後

蓋多賢領略世故有餘暇白面長身雖不見好古發憤尚類也自然身如警露鶴每先鳴雞整初駕北行河決所至郡肅肅王命哀鰥寡力排滹沱避城郭深澤疲民且田舍賈生三策藏胸中羿矢百中不虛捨行歸定拜闕內侯但賜黃金恐非價但問無恙者言過家不遑久處也何意句言更不能過訪親長也韓文以孔戣之白面長身類孔子山谷此詩以孔著作之好古發憤類孔子史注云先言明經使者又言北行河決蓋比之漢平當也平當以明經爲博士又以明經禹貢使行河

次韻無咎閻子常攜琴入村

士寒餓古猶今向來亦有子桑琴倚檻嘯歌非寓淫伯牙山高水深深萬世邱壟一知音閻君七絃抱幽獨晁子爲之梁父吟山谷嘗寫梁父吟跋云武侯此詩乃以曹公專國殺楊修孔融苟彧耳此用梁父吟亦跋中之意也天寒絡緯悲向壁秋高風露聲入林冷絲枯木拂蛛網十指乃能寫人心村村擊鼓如

鳴鼉豆田見角穀成螺晉石崇及衞瓘傳皆言飯化爲螺此借用以言穀已堅栗也歲豐寒士亦把酒滿眼飣餖梨棗多此四句詠晁入村也晁家公子屢經過公子謂晁氏之羣從也笑談與世殊臼科文章落落暎晁董詩句往往妙陰何闇夫子勿謂知人難使琴抑怨久不和明光畫開疑當作晝開九門肅不令高才牛下歌

贈張仲謀名詢

車如雞栖馬如狗閉門常多出門少去天尺五張公子官居城南池館好健兒快馬紫游韁迎我不知沙路長高榆老柳媚寒日枯荷小鴨凍野航津人刺船起應客遙知故人一水隔下馬索酒呼三遲騎奴笑言客竟癡向來情義比瓜葛萬事略不置町畦追數存亡異憂樂燭如白虹貫酒卮開軒臨水弄長笛吹落殘月風淒淒城頭漏下四十刻破魔驚睡聽新詩

君詩清壯悲節物政與秋蟲同一律爾來更覺苦語工思婦霜砧擣寒月朱顏綠髮深誤人不似草木長青春潔身好賢君自有今日相看進于舊以茲敢傾一盃酒爲太夫人千萬壽首二句山谷自言近狀也平日出門極少今張君遣騎來迎故往張氏盡醉極歡

送薛樂道知鄖鄉元祐二年丁卯四十三歲

黃山葉縣連牆居謝公席上對樗蒱雙鬟女弟如桃李蚤許歸我舍中雞平生同憂共安樂歲晚相望青雲衢去年樽酒輦轂下各喜身爲反哺烏城頭歸烏尾畢逋春寒啄雪送行車解珮我無明月珠折柳不對千里駒念君胸中極了了作吏辦事猶詩書濁酒挽人作年少關防心地亦時須鄖鄉縣古民少訟但問自己不關渠登臨一笑雙白髮宜城凍爭供行廚人生此樂他事無行李道出漢南都寄聲諸謝今何

如謝公書堂迷竹塢手種竹今青青否我思謝公淚成雨屬公去灑檟下土首八句敘昔年交好重以婚姻近年同居京師也城頭四句敘送薛出都史注云無玉佩以贈送而徒折柳與千里駒不相稱也國藩疑不字有誤或作慙對千里駒耳念君以下九句論其到官後飲酒奉親也行李至末六句囑其過南陽問訊謝家也南陽漢之南都宋之鄧州山谷繼室南陽謝師厚之女諸謝謂公靜公定輩也

對酒歌答謝公靜謝師厚二子愔字公靜悰字公定○元豐元年戊午三十四歲

我爲北海飲君作東武吟看君平生用意處瀟灑定自知人心南陽城邊雪三日愁陰不能分皁白摧輪踠蹄泥數尺城門晝閉眠賈客移人僵尸在日夕誰能忍飢待食麥身憂天下自有人寒士何者愁填臆民生政自不願材可乘以車可鞭策君不見海南水沈紫旃檀碎身百鍊金博山豈如不蒙斧斤賞老大絕崕霜雪間投身有用禍所集何況四達之衢井先

汲昨日青童天上回手捧玉帝除書來一番通籍清都闕百身書名赤城臺飛昇度世無虛日怪我袒裼趨塵埃顧謂彼童子此何預人事但對金樽卽眼開一杯引人著勝地傳聞官酒亦自清徑須沽取續吾瓶南山朝來似有意今夜儻放春月明南陽城邊十句言雨雪嚴寒小民貧餓可憂而又以不居其位憂亦無益故作寬解之詞也青童之辭蓋言勸以枉尺直尋致身通顯者而答以但當飲酒詭辭謝之也

戲贈彥深元注云李原字彥深厚之弟家居南陽

李髯家徒立四壁未嘗一飯能留客春寒茅屋交相風倚牆捫蝨讀書策老妻甘貧能養姑甯翦髻鬟不典書大兒得飡不索魚小兒得褌不索襦庾郎鮭菜二十七太常齋日三百餘上丁分膰一飽飯藏神夢訴羊蹵蔬世傳寒士有食籍一生當飯百甕葅冥冥主張審如此附郭小圃宜勤鉏蔥秧青青葵甲綠早

韭晚菘羹糝熟充虛解戰賴湯餅毛以荓虀與甘菊幾日憐槐已著花一心呪筍莫成竹羣兒笑髯窮百巧我謂勝人飯重肉羣兒笑髯不若人我獨愛髯無事貧君不見猛虎卽人厭麋鹿人還寢皮食其肉濡需終與豕俱焦飫肥擇甘果非福蟲蟻無知不足驚橫目之民萬物靈請食熊蹯楚千乘立死山壁漢公卿李髯作人有佳處李髯作詩有佳句雖無厚祿故人書門外猶多長者車我讀揚雄逐貧賦斯人用意未全疏

和謝公定征南謠 熙甯八年交趾入寇陷欽廉邕三州神宗以趙卨爲招討使郭逵爲宣撫使討平之而費錢帛甚多二廣之民大困

傳聞交州初陸梁東連五溪西氐羌軍行不斷蠻標盾標槍大盾南蠻所執之軍器也謀主皆收漢畔士合浦廉州也譙門腥血沸晉興邕州也城下白骨荒謀臣異時坐致寇守

臣今日愧苞桑。已遣戈船下灕水。更分樓船浮豫章
頗聞師出三鴉路。盡是中屯六郎良漢南食麥如食
玉。湖南驅人如驅羊。營平請穀三百萬祁連引兵九
千里少府私錢不可知大農計歲今餘幾士兵蕃馬
貔虎同螻蚍毒草篁竹中未論芻粟捐金費直愁瘴
癘連營空我思荆州李太守欲募蠻夷令自攻至今
民歌尹殺我州郡擇人誠見功張喬祝良不難得誰
借前筯開天聰後漢永和二年日南徼外蠻反李固薦張喬祝良爲刺史太守募蠻夷自相攻嶺外悉平詔書哀痛言語切爲民一洗横尸血摧鋒陷
堅賞萬戶塹山堙谷窮三穴南平舊時頗臣順欲獻
封疆請旄節廟謀猶討病中原豈知一朝更屠滅天
道從來不爭勝功臣好爲可喜說交州雞肋安足貪
漢開九郡勞臣監呂嘉不肯佩銀印徵側持戈敵百
男君不見往年瀕海末郡縣趙佗閉關罷朝獻老翁

竊帝聊自娛白頭抱孫思事漢孝文親遣勞苦書。稽首請去黃屋車。得一士十終不忍。太宗之仁千古無。

和答梅子明王揚休點密雲龍 武英殿聚珍本無此詩

小壁雲龍不入香。元豐龍焙承詔作。二月嘗新官字盞游絲不到延春閣。去年曾□滅光輝人閒十九人未知外家春官小宗伯分送蓬山裁半壁建安甕椀鷓鴣班谷簾水與月共色五除試湯飮墨客泛甌銀粟無水脈辟宮邂逅王廣文初觀團團破龍紋諸公自別淄澠了。兎月葵花不足論。石磑春芽風雪落煮澆肺渴初不惡河伯來觀東海若鹿逢朱雲真折角子真雲孫唾成珠廟堂只今用諸儒鍊成五石補天手。上書致身可亨衢。顧我賜茶無骨相他年幸公肯相餉

送劉道純 劉格字道純劉恕道原之弟爲司馬温公蘇東坡所知

五松山下古銅官，邑居褊小水府寬。民安蒲魚少囂訟，簿領未減一邱欒。（道純時當爲銅陵主簿，故云。）胸中崢嶸書萬卷，簸弄日月江湖閒。稠人廣衆自神王，按劍之眼白相看。（謂道純對衆人自神王，而衆人則以白眼向之。）老身風浪諳世味，如食橘柚知甘酸。麒麟圖畫偶然耳，半枕百年夢邯鄲。平生樽俎宮亭上，涉世忘味皆朱顏。（皆朱顏謂長醉不省事也。）此時阿翁（謂劉凝之）尚無恙，追琢秀句酬江山。堂堂今爲蛻蟬去，五老偃蹇無往還。大梁城中笏拄頰，頷髭今成雪點斑。青雲何必出公右，亨衢在天無由攀。椎鼓轉船如病已，夢想樓臺落星灣。子政諸兒喜文史，阿秤亦聞有筆端。（子政謂道原也。諸兒曰義仲，曰和叔，曰秤。）丹徒布衣未可量，詩書且對藜藿盤。穴中生涯識陰雨，木末牖戶知風寒。我今四壁戀微祿，知公未能長挂冠。

次韻子瞻春菜

（熙甯十年丁巳，三十三歲時，東坡在徐州，山谷在大名，始與坡

通書問

北方春蔬嚼冰雪妍暖思采南山蕨韭苗水餅姑置之苦菜黃雞羹糝滑蓴絲色紫菰首白菰與苽同彫胡也蔞蒿芽甜燂頭辣燂音罕菜辛辣如火燂人故名生葅入湯翻手成芼以薑橙誇縷抹驚雷菌子出萬釘白鵝截掌鱉解甲琅玕林深未飄籜軟炊香秔煨短茁萬釘喻菌子之形鵝掌鱉甲喻菌子之色與味短茁筍之初出者萬錢自是宰相事一飯且從吾黨說公如端爲苦筍歸明日青衫誠可脫

六舅以詩來覓銅犀用長句持送舅氏學古之餘復味禪說故篇末及之

海牛壓紙寫銀鉤阿雅守之索自收阿雅蓋山谷之子也元注云師奴僧號守之守此故物也索自收者將據爲己有也長防玩物敗兒性得歸老成散百憂先生古心冶金鐵堂堂一角誰能折兒言觳觫持贈誰外家子雲乃翁師不著鼻繩袖兩手古

犀牛兒好看取。

次韻子瞻與舒堯文禱雪霧豬泉倡和元豐元年戊午

三十四歲

老農年饑望人腹按說文朢字从臣月滿也从𡈼朢其還也莊子無聚祿以朢人之腹謂無祿以滿人之腹當取盈滿之義不取盼望之義當从臣不从𡈼此云年饑望人腹蓋誤用莊子耳想見四溟森雨足林回投璧負嬰兒豈聞烹兒翁不哭未論萬戶無炊煙蛛絲蝸涎經杼軸使君閔雪無肉味閔雪用穀梁閔雨字煮餅青蒿下鹽豉豈云翦爪宜侵肌豈云猶曰豈止霜不殺草仍故綠幽靈吳顛西山霧牲肥酒香神未瀆得徼往從董父餐。得徼猶云得無也甯當罪繫葛陂淵。後漢費長房曰東海君有罪吾前繫於葛陂今出之使作雨於是雨立注下澤祠官齊博士。齊博士指舒堯文時爲教授暴露致告蒼崖顛。請天行澤不汲汲爾亦枯魚過河泣。二句堯文告龍之詞爾指龍也生鵝斬頸血未乾風馬雲車坐相及百里旌旗灑玉花使君義

動龍蛇蟄老農歡喜有春事呼兒飯牛理蓑笠博士
勿歎從公疲。從公指東坡也明年麥飯滑流匙。

答王道濟寺丞觀許道甯山水圖

往逢醉許在長安蠻溪大硯磨松煙忽呼絹素翻硯
水久不下筆或經年異時踏門闖白首巾冠敧斜更
索酒舉杯意氣欲翻盆倒臥虛樽將八九醉拈枯筆
墨淋浪勢若山崩不停手數尺江山萬里遙滿堂風
物冷蕭蕭山僧歸寺童子後漁伯欲渡行人招先君
笑指溪上宅。鸕鷀白鷺如相識。許生更拜謝不能。元
是天機非筆力。自言年少眼明時手揮八幅錦江絲
贈行卷送張京兆。史注云張京兆疑是張乖崖心知李成是我師。
張公身逐銘旌去流落不知今主誰。大梁畫肆閱水
墨我君槃礴忘揖客先君我君似皆指山谷之父蜘絲煤尾意昏
昏幾年風動人家壁雨雪涔涔滿寺庭四圖冷落讓

丹青笑訓肆翁十萬錢卷付騎奴市盡傾王丞來觀皆失席指點如見初畫日四時風物入句圖信知君家有摩詰我持此圖二十年眼見綠髮皆華顛許生縮手入黄泉衆史弄筆摩青天君家枯松出老翟風煙枯枝倚崩石蠹穿風物君愛惜不誣方將有人識首四句敘昔在京師見許作畫異時至非筆力十四句敘許曾在黄家作畫自自言以下至市盡傾敘許自言在蜀畫八幅山水而黄家在汴梁以十萬錢購得也讓丹青之下一本云往來睥睨誰比數十萬酬之觀者驚客還家次第閱春夏坐見歲序空崢嶸王丞來觀歎嘖嘖指點如見初畫日

聽崇德君鼓琴辛亥二十七歲○朝議大夫王之才妻南昌縣君李氏尚書公擇之妹能臨松竹木石等畫山谷有姨母李夫人墨竹詩又有觀崇德君墨竹歌

月明江靜寂寥中大家斂袂撫孤桐古人已矣古樂在髣髴雅頌之遺風妙手不易得善聽良獨難猶如優曇華時一出世閒兩忘琴意與己意。迺似不著十指彈。禪心默默三淵靜。幽谷清風淡相應。絲聲誰道

不如竹我已忘言得真性罷琴窗外月沈江萬籟俱空七絃定

次韻答楊子聞見贈

金盤厭飫五侯鯖玉壺澆潑郎官清長安市上醉不起左右明妝奪目精結交賢豪多杜陵桃李成蹊臥落英六句敘昔在京師宴游之盛黃綬今爲白下令元注云太和縣古白下蒼顏只使故人驚督郵小吏皆趨版陽春白雪分吞聲分吞聲猶云甘吞聲以其獨唱無和故甘吞聲不復道及也楊君青雲貴公子歎嗟簿領困書生贈我新詩甚高妙淚斑枯笛月邊橫文章不直一杯水老矣忍與時人爭江城歌舞聊得醉但願數有美酒傾莫要朱金纏縛我陸沈世上貴無名

答永新宗令寄石耳

飢欲食首山薇渴欲飲潁川水嘉禾令尹清如冰寄

我南山石上耳筠籠動浮煙雨姿淪湯磨沙光陸離竹萌粉餌相發揮芥薑作辛和味宜公庭退食飽下筯杞菊避席遺萍齏雁門天花不復憶況乃桑鵝與楮雞小人藜羹亦易足嘉蔬遺餉荷眷私以上贊石耳之佳以下言不以石耳難得之物累民吾聞石耳之生常在蒼崖之絕壁苔衣石腴風日炙捫蘿挽葛採萬仞仄足委骨豺虎宅佩刀買犢劍買牛作民父母今得職閔仲叔不以口腹累安邑我其敢用鮭菜煩嘉禾願公不復甘此鼎免使射利登嵯峨

寄張宜父史注云張宜父當是建德人而仕於山陽時已解去

建德之國有佳人明珠爲佩玉爲衣去國三歲阻音徽所種桃李民愛之射陽城邊春爛漫柳暗學宮烏相喚追隨裘馬多少年獨忍長飢把書卷讀書萬卷不直錢逐貧不去與志年虎豹文章被禽縛何如達

生自娛樂。

高至言築亭於家圃以奉親總其觀覽之富命曰溪亭乞余賦詩余先君之敝廬望高子所築不過十牛鳴爾故余未嘗登臨而得其勝處

逸人生長在林泉更築亭皋名意在明月清風共一家全以山川爲眼界鳥度。雲行。閱古。今溪濱。木末。聽竽。籟。老夫平生行樂處只今（一作令）許公分一派。

彭陂

彭陂之水清且泚屈爲印文三百里呼船載過七十餘褰裳亂流初不記（元注云乘舟上十餘渡徒涉者不可勝記）竹輿嘔啞山徑涼僕姑呼婦聲相倚篁中猶道泥滑滑僕夫慘慘耕夫喜窮山爲吏如漫郎安能爲人作嚆矢老僧迎謁喜我來。吾以王事篤行李。知民虛實應縣官。（應縣）

(官者供應公家之賦役也)我甯信目不信耳僧言生長八十餘縣令未曾身到此

上權郡孫承議

公家簿領如雞棲私家田園無置錐真成忍罵加飧飯不如江西之水可樂飢他人勤拙猶相補身無功狀甚上府公誠遣騎束縛歸長隨白鷗臥煙雨

奉答茂衡惠紙長句(羅茂衡太和人)

陽山老藤截玉肪烏田翠竹避寒光羅侯包贈室生白明於機上之流黃愧無征南蠹尾手爲寫黃門急就章(征南謂索靖爲征南司馬黃門謂史游也)羅侯相見無雜語苦問潙山有無句春草肥牛脫鼻繩菰蒲野鴨還飛去故將藤面乞伽佗(梵語伽佗此言諷誦)願草驚蛇起風雨長詩脫紙落秋河要知溪工下手處卻將冰幅展似君震旦花開第一祖

長句謝陳適用惠送吳南雄所贈紙(陳適用爲盧陵縣令與山谷同時作邑)

盧陵政事無全牛恐是漢時陳太邱書記姓名不肯學得紙無異夏得裘琢詩包紙送贈我自狀明月非暗投詩句縱横翦宮錦惜無阿買書銀鉤蠻溪切藤卷盈百側釐羞滑繭羞白想當鳴杵碪面平桄榔葉風溪水碧(桄榔木廣南所出南雄州亦隸廣南)千里鵞毛意不輕瘴衣腥膩北歸客君侯謙虛不自供胡不贈世文章伯一涔之水容牛蹄識字有數我自知小時雙鉤學楷法至今兒子憎家雞雖然嘉惠敢虛辱煮泥續尾成大軸寫心與君心莫傳平生落魄不問天樽前花底幸好戲爲君絕筆謝風煙已無商頌猗那手請續南華內外篇

和答師厚黃連橋壞大木亦爲秋雹所碎之作

戊午三十四歲

溪橋喬木下往歲記經過居人指神社不敢尋斧柯青陰百尺蔽白日。烏鵲取意占作窠。黃泉浸根雨長葉。造物著意固已多。風摧電一作雹打掃地盡竟莫知爲何讙訶獨山冷落城東路。不見指名終不磨

上大蒙籠乙卯晨起作元豐五年壬戌年三十八歲

黃。霧。冥。冥。小石門。苔衣草路無人迹。苦竹參天大石門虎。迒兔蹊聊倚息陰風搜林山鬼嘯千丈寒藤繞崩石清風源裏有人家牛羊在山亦桑麻向來陸梁嫚官府試呼使前問其故衣冠漢儀民父子吏曹擾之至如此窮鄉有米無食鹽今日有田無米食。史注云無米食當作無食米但願官清不愛錢。長養兒孫聽驅使。

追憶予泊舟西江事次韻按山谷以元豐六年十二月移監德平鎮此詩題曰追憶當在已離太和之後

老大無機如漢陰白鳥不去相知深往事刻舟求墜劍懷人揮淚著士簪城南鼓罷吹畫筒城北歸帆落晚風人煙犬吠西山麓鬼火狐鳴春竹叢

附李才甫西江泊舟後作江水冥冥沙石陰一舸行盡春已深浪花綠蔓曳錦帶短蘆刺水抽玉簪飢魚未沈波面筒小舫正橫溪上風清輝濯淨遠山碧白鳥飛入蒼煙叢

次韻郭明叔長歌

君不見懸車劉屯田屯田名渙字凝之歐陽公爲賦廬山高者騎牛澗壑弄潺湲八十脣紅眼點漆金鍾舉酒不留殘君不見征西徐尚書尚書徐禧字德占分甯人與山谷同鄉死於永樂之禍贈吏部尚書謚忠愍爲國捐軀矢石閒龍章鳳姿委秋草天馬長辭十二閑何如高陽酈生醉落魄長揖輟洗驚龍顏丈夫當年傾意氣安用蚓食而蝎蛀古人已作泉下土風義可想猶斑斑郭侯忠信如古人薦書飛名上九關詩

書自可老斲輪智略足以解連環銅章屈宰山水縣友聲相求不我頑鵬翼垂天公直起燕巢見社身思還（鵬翼句指郭燕巢句山谷自謂也山谷時自太和還家故云見社）文思舜禹開言路卽看承詔著豸冠尚趨手板事直指少忍吏道之多艱黃花零落一尊酒別有天地非人寰

奉送時中攝東曹獄掾（時中蓋太和同官將赴廬陵郡城攝事）

公退蒲團坐後亭短日松風吟萬籟黃葵紫菊委榛叢雪梅靚妝欲無對遣騎相呼近清樽言君曉鼓前征旆蒼崖按轡虎豹號野水呼船風雨晦昨日歸來有行色未曾從容解冠帶府中奪我同官良簡書趣行將數輩王事君今困馬鞍田園我亦思牛背安得歸舟載月明鸕鷀白鷗爲友生一身不是百年物五湖無邊萬里行欲招蓑笠同雲水念君未可及吾盟富於春秋貌突兀睥睨滿世收功名參軍雖卑獄司

命多由陰德至公卿頗頤折頞秦相國不滿三尺齊晏嬰丈夫身在形骸外俗眼那能致重輕首四句山谷自述近狀遣騎句山谷遣人邀時中來署同飲也昨日句時中甫自外歸又將赴郡也

次韻和答孔毅甫孔平仲字毅甫嘗爲吉倅時監江州錢監

鵬飛鯤化未卽逍遙游龍章鳳姿終作廣陵散盜浦鑪邊督數錢故人陸沈心可見氣與神兵上斗牛詩如晴雪濯江漢把詠公詩闔且開旁無知音面牆歎我今廢書迷簿領魚蠹筆鋒蛛網硯六年國子無寸功猶得江南萬家縣六年國子監謂作北京教授也萬家縣太和也客來欲語誰與同令人熟寐觸屏風竊食仰愧冥冥鴻少年所期如夢中江頭酒賤樽屢空南山有田歲不逢相思夜半涕無從千金公亦費屠龍

更用舊韻寄孔毅甫

鑒中之髮蒲柳望秋衰眼中之人風雨俱星散往者

託體同青山健者飄零不相見庾公樓上有詩人平生落筆寫河漢置驛勤來索我詩自說中郎識元歎我方凍坐酒官曹爲公然薪炙冰硯不解窮愁著一書豈有文章名九縣奴星結柳送文窮退倚北窗睡松風太阿耿耿截歸鴻夜思龍泉號匣中斗柄垂天霜雨空獨雁叫羣雲萬重何時握手香爐峯下看寒泉濯臥龍湓浦庾公樓香爐峯均指穀父時在江州也

寄題安福李令愛竹堂

淵明喜種菊子猷喜種竹託物雖自殊心期俱不俗千載得李侯異世等風流爲官恐是陶彭澤愛竹最如王子猷寒窗對酒聽雨雪夏簟烹茶臥風月小僧知令不凡材自掃竹根培老節富貴於我如浮雲安可一日無此君人言愛竹有何好此中難爲俗人道我於此物更不疏一官窘束何由到

八月十四日夜刀坑口對月奉寄王子難子聞

適用　元注云聞郡中數月未嘗有燕游

去年對月廬陵郡醉留歌舞踏金沙今年今夕千峯下。新磨古鑒動菱花寒藤老木被光景深山大澤皆龍蛇。西風爲我奏萬籟落葉起舞驚棲鴉遙憐城中二三友風流慣醉玉釵斜。今夕傳杯定何處應無二十四琵琶。

贈王環中

丹霞不踏長安道。生涯蕭條破席帽。囊中收得刼初鈴夜靜月明師子吼那伽定後一爐香梵言那伽此言龍也牛沒馬回觀六道耆域歸來日未西一鉏識盡婆娑草

戲和于寺丞乞王醇老米

君不見公車待詔老詼諧幾年索米長安街君不見杜陵白頭在同谷。夜提長鑱掘黃獨。文人古來例寒

餓安得野蠶成繭天雨粟王家圭田登幾斛于家買桂炊白玉

謝文灝元豐上文藁

虎豹文章非一斑乳雉五色蛋胎寒天生材器各有用相如名獨重太山風流小謝宣城後少年如春膽如斗裕陵書藁公不朽持心鐵石要長久

寄朱樂仲

故人昔在國北門（國北門謂北京大名也）鄰舍杖藜對樽酒十五餘年乃一逢黃塵急流語馬首懶書愧見南飛鴻君居三十六峯東我心想見故人面曉雨垂虹到望崧

次韻子瞻書黃庭經尾付蹇道士（成都道士蹇拱宸翊之葆光法師將歸廬山東坡爲書黃庭經一卷李伯時爲畫經相贈之時山谷亦正在史局）

琅函絳簡蘂珠編寸田尺宅可蘄仙高眞接手玉宸

前女丁來謁粲六妍金鑰閑欲形完堅萬物蕩盡正
秋天使形如是何塵緣蘇李筆墨妙自然萬靈拱手
書已傳傳非其人恐飛騫當付驪龍藏九淵蹇侯奉
告請周旋緯蕭探手我不眠此句疑有誤

送曹子方福建路運判兼簡運使張仲謀元祐三年

九月太僕寺丞曹輔權發遣福建路轉運判官

曹侯黃須便弓馬從軍賦詩橫槊閱阿瞞文武如兒
虎遠孫風氣猶斑斑昨解弓刀丞太僕坐看收駒十
二閑遠方不異輦轂下詔遣中使哀恫鰥吾聞斯民
病鹽策天有雨露東南乾謝君論河秉禹貢詰難鋒
起安如山老郎不作患失計凜然宜著侍臣冠願公
不落謝君後江湖以南尚少寬百城閱人如閱馬要之
駑亦要知才難鹽車之下有絕足敗羣勿縱爲民殘
官焙薦璧天解顏瀹湯試春聊加飧子魚通印蠔破

山（莆陽子魚名天下今人必求其大可容印者謂之通印子魚）不但蕉黃荔子丹

道逢使者漢郎官（使者謂張仲謀）清溪弭節問平安天子命

我參卿事奮鬚相對亦可歡迴波一醉嘲栲栳山驛

官梅破小寒

戲贈曹子方家鳳兒

揀芽（蠟茶名也）入湯師子吼。荔子新剝女兒頰。鳳郎但喜

風土樂。不解生愁山疊疊。目如點漆射清揚歸時定

自能文章莫隨閩嶺三年語。轉卻中原萬籟簧。（鳳兒當是

子方侍婢末句恐其以閩語而變嬌音也）

題韋偃馬

韋侯常喜作羣馬杜陵詩中如見畫忽開短卷六馬

圖想見詩老醉騎驢龍眠作馬晚更妙至今似覺韋

偃少一洗萬古凡馬空。句法如此今誰工。

和曹子方雜言（史注云曹輔字子方爲太僕寺丞前集有次韻答曹子方雜言）

此篇亦次韻也而不言次韻疑是先作此篇後復竄易故兩存耳

正月尾垂雲如覆盂雁作斜行書二十六陂浸煙水想對西江彭蠡湖人言春色濃如酒不見插秧吳女手冷卿小塢頗藏春史注云外集有冷庭叟詩其序云庭叟有佳侍兒因早朝而逸去疑庭叟卿冷卿也張侯官居柳對門史注云張侯謂閻漕張仲謀內集答曹雜言詩任注亦指張侯爲仲謀當風橫笛留三弄燒燭圍棊覆九軍盡是向來行樂事每見琵琶憶朝雲只今不舉蛾眉酒紅牙捍撥網蛛塵曹侯束書丞太僕試說相馬猶可人照夜白真乘黃萬馬同秣隨低昂一矢射落皁鵰雙張侯猶思在戎行橫山虎北開漢疆冷卿智多髮蒼浪平刀發硎思一邦政成十綴舞紅妝兩侯不如曹子方朵頭論詩蝟毛張龜藏六用中有光龜藏六謂首尾及四足凡六皆藏也六用又借用楞嚴經字何時端能俱過我掃除北寺讀書堂菊苗煮餅深注湯更碾盤龍不入香

送張材翁赴秦簽

金沙酴醾春縱橫提壺栗留催酒行公家諸父酌我醉橫笛送晚延月明此時諸兒皆秀發酒閒乞書藤紙滑北門相見後十年醉語十不省七八吏事衮衮談趙張乃是樽前綠髮郎風悲松邱忽三歲更覺綠竹能風霜去作將軍幕下士猶聞防秋屯虎兕只今陛下思保民所要邊頭不生事短長不登四萬日愚智相去三十里百分舉酒更若爲千戶封侯儻來爾

送呂知常赴太和丞（元豐七年甲子）

我去太和欲暮矣呂君初得太和官邑中亦有文字樂惜不同君瀾谷樂觀山千尺夜泉落快閣六月江風寒往尋佳境不知處掃壁覓我題詩看

老杜浣花谿圖引

拾遺流落錦官城故人作尹眼爲青碧雞坊西結茅

屋百花潭水濯冠纓故衣未補新衣綻空蟠胸中書萬卷探道欲度羲皇前論詩未覺國風遠干戈崢嶸暗寓縣杜陵韋曲無雞犬老妻稚子且眼前弟妹飄零不相見此公樂易真可人園翁溪友肯卜鄰鄰家有酒邀皆去得意魚鳥來相親浣花江樓散車騎野牆無主看桃李宗文守家宗武扶落日蹇驢馱醉起願聞解鞍脫兜鍪老儒不用千戶侯中原未得平安報醉裏眉攢萬國愁生綃鋪牆粉墨落平生忠義今寂寞兒呼不蘇驢失腳猶恐醒來有新作常使詩人拜畫圖煎膠續絃千古無

奉謝劉景文送團茶

劉侯惠我大玄璧上有雌雄雙鳳跡鵝溪水練落春雪（鵝溪蜀絹也以絕細之絹為羅使茶如雪落也）粟面一杯增目力（粟面蓋茗花也）劉侯惠我小玄璧自裁半璧煮瓊糜收藏殘月惜未

碾直待阿衡來說詩綷囊團團餘幾璧因來送我公
莫惜箇中渴羌飽湯餅雞蘇胡麻煑同喫

謝景文惠浩然所作廷珪墨

廷珪贗墨出蘇家麝煤漆澤紋烏韡蘇家謂蘇浩然墨也用高麗煤雜遠煙作之柳枝瘦龍印香字十襲一日三摩挲劉侯愛
我如桃李揮贈要我書萬紙不意神禹治水圭忽然
入我懷袖裏吾不能手抄五車書亦不能寫論付官
奴便當閉門學水墨灑作江南驟雨圖李成營邱人有驟雨圖

贈陳師道

陳侯學詩如學道又似秋蟲噫寒草日晏腸鳴不俛
眉得意古人便忘老君不見向來河伯負兩河觀海
乃知身一蠡旅床爭席方歸去秋水黏天不自多春
風吹園動花鳥霜月入戶寒皎皎十度欲言九度休
萬人叢中一人曉貧無置錐人所憐窮到無錐不屬

天呻吟成聲可管絃能與不能安足言

戲答仇夢得承制

仇侯能騎矍鑠馬席上亦賦競病詩玄冬未雷蒼蛇臥玉山無年天馬飢三年荷戈對搖落十倍乞第亦可縛何如萬騎出河西捕取弄兵黃口兒黃口兒指夏主乾順方幼也○秦少游作任師中墓表云元豐中朝廷治西南乞第之罪至於斬將帥絀監司兩蜀騷然四年而後定

和任夫人悟道

夫士子幼如月魄摧盡蛾眉作詩客二十餘年刮地寒見兒成人乃禪寂萬事新新不留故瘦藤六尺持門戶煩惱林中卽是禪更向何門覓重悟

雜言贈羅茂衡

嗟來茂衡學道如登欲與天地爲友欲與日月並行萬物崢嶸本由心生去子之取舍與愛憎惟人自縛

非天黥。墮子筋骨。堂堂法窟。九邱四溟。同一眼精不改五官之用而透聲色。常爲萬物之宰而無死生。念子坐幽室。爐香思青冥。是謂蟄蟲欲作吾驚之以雷霆

渡河

客行歲晚非遠遊河水無情日夜流去年排堤注東郡詔使奪河還此州憶昔冬行河粱上。飛雪千里曾冰壯人言河源凍徹天。冰底猶聞沸驚浪

玉京軒 元注云玉京山在香爐峯下落星寺僧開軒對之○元豐三年庚申三十六歲

蒼山其下向玉京五城十二樓鬱儀結鄰常杲杲黃庭經注云鬱儀奔日之仙結鄰奔月之仙 紫雲黃霧鎖玄關雷驅不祥電揮掃上有千年來歸之白鶴下有萬世不凋之瑤草野僧雲臥對開軒。一鉢安巢若飛鳥。北風卷沙過夜窗。枕底鯨波撼蓬島。箇中即是地行仙。但使心閑自

難老。前六句賦山後六句賦軒

宮亭湖

左手作圓右手方世人機敏便可爾一風分送南北舟斟酌鬼神宜有此江津留語同濟僧他日求我於宮亭吁嗟人蓋自有口獨爲欒公不舉酒欒公千歲湖冥冥白茅縮酒巫送迎朱轓皁蓋來託宿不聽靈君專此屋雄鴨去隨鷗鳥飛老巫莫歌望翁歸貝闕珠宮開水府雨棟風簾豈來處平生來往湖上舟一官四十已包羞山谷以乙酉生至元豐七年甲子去太和而北行恰四十歲靈君如願儻可乞收此桑榆老故邱史注引神仙欒巴一事又引高僧傳安清一事山谷似專指欒巴事

阻水泊舟竹山下元豐三年庚申三十六歲

竹山蟲鳥朋友語討論陰晴怕風雨丁甯相教防禍機。草動塵驚忽飛去。提壺歸去意甚真。柳暗花濃亦

半春北風幾日銅官縣欲過五松無主人

別蔣頴叔 蔣之奇字頴叔新法行慶爲福建通判淮東運副江西河北等運副又爲陝西運副後爲淮南轉運使江淮荊湖等路發運副使此詩當在蔣爲陝西運副時也

金城千里要人豪 金城千里謂秦中 理君亂絲須孟勞文星合在天東壁清都紫微醉雲擻荊溪居士傲軒冕胸呑雲夢如秋毫三品衣魚人仰首 蔣於元豐六年奏計賜三品服 不見全牛可下刀秦川渭水森長戟方壺蓬萊冠巨鼇萬釘寶帶琱狨席獻納論思近赭袍連營貔虎湛如水開盡西河擁節旄何時出入諸公閒淮湖閱船今二毛 此句疑有誤 鑿渠決策與天合 蔣在淮南始鑿泗州股渠以避長淮之險 支祈窘束縮怒濤衣食京師看上計陛下文武收英髦春風淮月動清鑒白拂羽扇隨輕舠下榻見賢傾禮數後車載士回風騷斲鼻於郢觀魚於濠小夫閔人蓋多矣幾成季咸三見逃

書石牛溪旁大石上石牛洞在三祖山山谷寺之西北其石狀如伏牛因以爲名初李伯時畫魯直坐石上因此號山谷道人題此詩於石上

鬱鬱窈窈天官宅諸峯排霄帝不隔六時謁天開關鑰我身金華牧羊客羊眠野草我世閒高眞衆靈思我還石盆之中有甘露青牛駕我山谷路

何氏悅亭詠柏

淵底長松風雨寒岡頭老柏顏色悅天生草木臭味同同盛同衰見冰雪君莫愛清江百尺船刀鋸來謀歲寒節千林無葉草根黃蒼髯龍吟送日月

薄薄酒二章並序

蘇密州爲趙明叔作薄薄酒二章憤世疾邪其言甚高以予觀趙君之言近乎知足不辱有馬少游之餘風故代作二章以終其意

薄酒可與忘憂醜婦可與白頭徐行不必駟馬稱身

不必狐裘無禍不必受福甘餐不必食肉富貴於我如浮雲小者譴訶大戮辱一身畏首復畏尾門多賓客飽僮僕美物必甚惡厚味生五兵匹夫懷璧死百鬼瞰高明醜婦千秋萬歲同室萬金良藥不如無疾薄酒一談一笑勝茶萬里封侯不如還家

薄酒終勝飲茶醜婦不是無家醇醪養生等刀鋸深山大澤生龍蛇秦時東陵千戸食何如青門五色瓜傳呼鼓吹擁部曲何如春雨一池蛙性剛太傅促和藥何如羊裘釣煙沙綺席象床琱玉枕重門夜鼓不停撾何如一身無四壁滿船明月臥蘆花吾聞食人之肉可隨以鞭朴之戮乘人之車可加以鈇鉞之誅不如薄酒醉眠牛背上醜婦自能搔背痒

巖下放言五首

史注文選陸士衡有連珠五十首山谷效其體而更其名曰放言國藩按冠鰲臺池亭之末不用偶句靈椿之首不用韻語又不與連珠體相合此體篇

無定句句無定字蓋雜言之類耳

釣臺

林居野處而貫萬事花落鳥啼而成四時物有才德水爲官師空明湛羣木之影搏擊下諸峯之巘游魚靜而知機君子樂而忘歸

冠鰲臺

石生涯於寒藤藤耇造於崕樹鰲插翼而成鵬隘六合而未翕我來兮自東攀桂枝兮容與倚嵌巖兮顧同來謂公等其皆去

池亭

水嬉者游魚林樂者啼鳥志士仁人觀其大薪翁笱婦利其小有美一人獨燕居萬物之表

博山臺

石蘊璵璠山得其來之澤木無犧象天開不材之祥

屹金爐之突兀其山海之來翔然以明哲之火熏以忠信之香俯仰一時非智所及付與萬世其存者長

靈椿堂

蒼苔古木相依澗壑之濱黃葛女蘿自致風雲之上人就陰而息迹鳥投莫而來歸水影林光常相助發溪聲斧響直下稱提

題章和甫釣亭放言 元豐六年癸亥

斬木開亭卻倚石壁寒潭百雷古木千尺觀魚樂而相忘聽鳥啼而自得去而京洛之閒數年猶常夢蘄巖之石

贈元發弟放言

虧功一簣未成邱山鑿井九階不次水澤行百里者半九十小狐汔濟濡其尾故曰時乎時不再來終終始始是謂君子

二十八宿歌贈別無咎

虎剝文章犀解角食未下亢奇禍作藥材根氐羅斸掘蜜蟲奪房抱飢渴有心無心材慧死人言不如龜曳尾有心謂虎犀與蜜無心謂藥材同一死也衞平哆口無南箕斗柄指日江使噫神龜爲江使漁者豫且網得之宋元王問衞平而知之見史記龜策傳無南箕云者謂衞平之口更大於南箕也此二句言神龜以慧而死與上六句同意狐腋牛衣同一燠高邱無女甘獨宿虛名挽人受實禍累棊既危安處我室中凝塵散髮坐四壁矗矗見天大奎啼曲隈取脂澤婁豬艾豭彼何澤傾腸倒胃得相知貫日食昴終不疑古來畢命黃金臺佩君一言等觜觿觜觿龜也謂等著龜耳月沒參横惜相違秋風金井梧桐落故人過半在鬼錄柳枝贈君當馬策歲晏星回觀盛德張弓射雉武且力此二句不知所謂白鷗之翼沒江波抽絃去軫君謂何

壽聖觀道士黃至明開小隱軒太守徐公爲題
曰快軒庭堅集句詠之
金華牧羊兒(太白古風)一粒粟中藏世界(呂洞賓)使君從南
來(羅鄴行)清風明月不用一錢買(太白襄陽歌)盧鷀杓鸚鵡
杯(同上)一杯一杯復一杯(太白山中對酌)玉山自倒非人推(襄陽
歌)盧山秀出南斗傍(太白盧山謠)登高送遠形神開銀河
倒挂三石梁(盧山謠)砯崖轉石萬壑雷(太白蜀道難)吟詩作
賦北窗裏(太白寒夜獨酌)安得青天化作一張紙長鯨白齒
若雪山(太白送竇明府)我願因之寄千里

再和公擇舅氏雜言

外家有金玉我躬之道術有衣食我家之德心使我
蟬蛻俗學之市烏哺仁人之林養生事親汔師古炊
玉爨桂能至今歲莫三十裘食口三百指寒不緝江
南之落毛飢不拾狙公之橡子平生荆雞化黃鵠今

日江鷗作樊雉人言無忌似牢之挽入書林覿文字
以上感其教養之德
以下專謝其贈研
更蒙著鞭翰墨場贈研水蒼珪
玉方蓬門繫馬晚色淨茅檐垂虹秋氣涼滿拂垢面
生寒光漢隸書呂規其陽呂翁之治與天通不但澄
泥燒鉛黃初疑蠻溪水中骨不見鸜鵒目突兀但見
受墨無聲松花發頗似龍尾琢紫煙不見羅縠紋粼
粼但見含墨不泄如寒淵往在海瀕時晨夕親几杖
恪居有官次遣吏問無恙撫摩寶泓置道山鬱鬱秀
氣似舅眉宇閒其重可以回躁進之首其溫可以解
橫逆之顏烏虖端是萬乘器紅絲潭石之際知才難
潭石之際知才難

奉送周元翁鎖吉州司法廳赴禮部試
周濂溪
二子壽
燾書壽字季老後改元翁燾字通老後改次翁
元翁於元豐五年登第此詩送其赴禮部試
也

江南江北木葉黃五湖歸雁天雨霜繫船溢城秣高馬客丁結束女縫裳貢書登名徹未央不比長卿薄游梁南山霧豹出文章去取公卿易驅羊與君初無一日雅傾蓋許子如班揚因拘官曹少相見忽忽歲晚稼滌場一盃僚友喜多在謝守不見空澄江澄江如練明橘柚萬峯相倚摩青蒼莫堂醺醺客被酒豔歌聒醉燭生光椎鼓發船星斗白明日各在天一方寒鴉滿枝二喬宅樽前顧曲憶周郎鱸魚斫膾蔗爲漿恨君不留誰與嘗殿前春風君射策漢庭諸公必動色故人若問黃初平將作金華牧羊客

送昌上座歸成都 崇甯元年壬午五十八歲

昭覺堂中有道人（昭覺寺在成都道人當是圓悟禪師克勤也崇甯初歸蜀住昭覺寺）龍吟虎嘯隨風雲。雨花經席冷如鐵。一牕日轉十二輪。寶勝蓬蒿荒小院。埋沒醯羅三隻眼。（梵語摩醯首羅此云大自

在箇是江南五味禪更往參尋莫擔板

題杜槃澗叟冥鴻亭 元豐六年癸亥三十九歲

少陵杜鴻漸頗薰知見香風流有諸孫結屋廬山陽藉交游俠窟獵豔少年場光怪驚鄰里收身反摧藏江湖拍天流羅網蓋稻粱安能衎衎飽遂欲冥冥翔畏影走萬里不如就陰涼亭東亭西渺煙水稻田衲子交行李古靈菴下倚寒藤莫向明窗鑽故紙 已上外集

臨河道中 以下別集

村南村北禾黍黃穿林入塢歧路長據鞍夢歸在親側弟妹婦女笑兩廂甥姪跳梁暮堂下惟我小女始扶牀屋頭撲棗爛盈斗嬉戲喧爭挽衣裳覺來去家三百里一園兎絲花氣香可憐此物無根本依草著木浪自芳風煙雨露非無力年年結子飄路傍不如歸種秋柏實他日隨我到冰霜

人處爲江山說中郎解賞柯亭椽玉局歸時君爲傳

元師自滎州來追送予於瀘之江安綿水驛因

復用舊所賦此君軒詩韻贈之並簡元師從

弟周彥公建中靖國元年戎州作

歲行辛巳建中年諸公起廢自林泉王師側聞陛下

聖抱琴欲奏南風絃孤臣蒙恩已三命望堯如日開

金鏡但憂衰疾不敢前眼見黑花耳聞磬豈如道人

山繞門開軒友此歲寒君能來作詩賞勁節家有曉

事楊子雲籜龍森森新閉舊父翁老蒼孫子秀但知

戰勝得道肥莫問無肉令人瘦是師胷中抱明月醉

翁不死起自說竹影生涼到屋椽此聲可聽不可傳

十八家詩鈔卷十七目錄

歲除夜會樂城張少府宅
自洛之越
歸至郢中
途中遇晴
夕次蔡陽館
他鄉七夕
夜泊牛渚趁薛八船不及
曉入南山
夜渡湘水
赴京途中遇雪
宿武陽即事
同盧明府餞張郎中除義王府司馬海園作
途次望鄉
永嘉上浦館逢張八子容

十八家詩鈔卷十七目錄

十八家詩鈔卷十七

湘鄉曾國藩纂　合肥李鴻章審訂　東湖王定安校

王右丞五律百四首

奉和聖製賜史供奉曲江宴應制

侍從有鄒枚瓊筵就水開（就唐詩品彙作向）言陪柏梁宴新下建章來（下文苑英華作自）對酒山河滿移舟草樹迴天文同麗日駐景惜行杯

從岐王過楊氏別業應教

楊子談經所（所文苑英華唐詩正音唐詩品彙俱作處萬首唐人絕句樂府詩集俱作去）淮王載酒過興闌啼鳥換（興闌萬首唐人絕句作醉來換唐詩正音唐詩品彙俱作緩）坐久落花多逕轉迴銀燭林開散玉珂嚴城時未啟前路擁笙歌（擁一作引）

從岐王夜讌衛家山池應教

座客香貂滿宮娃綺幔張澗花輕粉色山月少燈光

（少文苑英華作吐非）積翠紗窗暗（暗文苑英華作透）飛泉繡戶涼還將歌舞出歸路莫愁長

和尹諫議史館山池（尹文苑英華作伊非）

雲館接天居（居一作靈）霓裳侍玉除春池百子外（子一作草非）芳樹萬年餘洞有仙人籙山藏太史書君恩深漢帝且莫上空虛（空一作雲）

同崔員外秋宵寓直（同文苑英華作和）

建禮高秋夜承明候曉過九門寒漏徹萬井曙鐘多月迥藏珠斗雲消出絳河（消文苑英華作開）更慚衰朽質南陌共鳴珂

奉和楊駙馬六郎秋夜即事

高樓月似霜秋夜鬱金堂對坐彈盧女同看舞鳳凰少兒多送酒小玉更焚香結束平陽騎明朝入建章

酬虞部蘇員外過藍田別業不見留之作

貧居依谷口喬木帶荒村石路枉迴駕山家誰候門漁舟膠凍浦獵火燒寒原燒一作繞惟有白雲外疏鐘聞夜猿聞字疑是閑字之訛

酬比部楊員外暮宿琴臺朝躋書閣率爾見贈之作臺凌本文苑英華俱作堂○一作盧照鄰詩

舊簡拂塵看鳴琴候月彈候文苑英華作俟桃源迷漢姓源一作花松樹有秦官樹顧元緯本凌本俱作徑空谷歸人少青山背日寒羨君棲隱處遙望白雲端棲凌本作歸

酬嚴少尹徐舍人見過不遇

公門暇日少窮巷故人稀偶值乘籃轝非關避白衣不知炊黍否誰解掃荊扉君但傾茶椀無妨騎馬歸

慕容承攜素饌見過

紗帽烏皮几閒居懶賦詩門看五柳識年算六身知靈壽君王賜雕胡弟子炊空勞酒食饌特底解人頤

酬慕容上一作酬慕容十一

行行西陌返駐幰問車公幰劉本顧可久本俱作爐非挾轂雙官騎應門五尺僮老年如塞北強起離牆東爲報壺邱子來人道姓蒙姓字疑是住字之訛

酬張少府

晚年惟好靜年一作來萬事不關心自顧無長策長一作良空知返舊林知文苑英華作如松風吹解帶山月照彈琴君一作若問窮通理漁歌入浦深

喜祖三至留宿

門前洛陽客下馬拂征衣不枉故人駕平生多掩扉行人返深巷積雪帶餘暉早歲同袍者高車何處歸

酬賀四贈葛巾之作

野巾傳惠好茲貺重兼金嘉此幽棲物能齊隱吏心齊凌本作高早朝方暫挂晚沐復來簪復凌本作更坐覺囂塵

遠思君共入林

寄荆州張丞相

所思竟何在悵望深荆門舉世無相識終身思舊恩方將與農圃藝植老邱園目盡南飛鳥（飛鳥顧元緯本凌本俱作無雁）何由寄一言

輞川閒居贈裴秀才迪

寒山轉蒼翠（轉顧可久本作積）秋水日潺湲倚杖柴門外臨風聽暮蟬渡頭餘落日墟里上孤煙復值接輿醉狂歌五柳前

冬晚對雪憶胡居士家（居一作處一作王勔詩）○

寒更傳曉箭（一作寒更催唱曉）清鏡覽衰顏（覽一作減）隔牖風驚竹開門雪滿山（門一作簾）灑空深巷靜積素廣庭閑借問袁安舍翛然尚閉關

山居秋暝

空山新雨後天氣晚來秋明月松間照清泉石上流竹喧歸浣女蓮動下漁舟隨意春芳歇王孫自可留

終南別業

中歲頗好道晚家南山陲興來每獨往勝事空自知行到水窮處坐看雲起時偶然值林叟談笑無還期

歸嵩山作

清川帶長薄 清文苑英華作晴 車馬去閑閑流水如有意暮禽相與還 禽文苑英華作雲 荒城臨古渡落日滿秋山迢遞嵩高下 高文苑英華作山 歸來且閉關 閉一作掩

歸輞川作

谷口疏鐘動漁樵稍欲稀悠然遠山暮獨向白雲歸菱蔓弱難定楊花輕易飛東皋春草色惆悵掩柴扉

韋給事山居

幽尋得此地 幽尋凌本作尋幽 詎有一人曾大壑隨階轉羣

山入戸登庖廚出深竹印綬隔垂藤卽事辭軒冕誰云病未能

山居卽事

寂寞掩柴扉蒼茫對落暉鶴巢松樹徧（樹凌本作徑）人訪蓽門稀嫩竹含新粉（嫩顧元緯本作綠）紅蓮落故衣渡頭燈火起處處採菱歸

終南山（文苑英華作終山行）

太乙近天都連山到海隅（山文苑英華作天到一作接）白雲迴望合青靄入看無分野中峯變陰晴衆壑殊欲投人處宿隔水問樵夫（水文苑英華作浦）

輞川閒居

一從歸白社不復到青門時倚檐前樹遠看原上村青菰臨水映（映一作拔）白鳥向山翻寂寞於陵子桔槔方灌園

春園即事

宿雨乘輕屐春寒著敝袍開畦分白水間柳發紅桃草際成棋局林端舉桔槔還持綠皮几日暮隱蓬蒿

淇上即事田園

屏居淇水上東野曠無山日隱桑柘外河明閭井閒牧童望村去獵犬隨人還靜者亦何事荊扉乘晝關

與盧象集朱家

主人能愛客（愛淩本作對）終日有逢迎貰得新豐酒復聞秦女箏柳條疏客舍槐葉下秋城語笑且爲樂吾將達此生（達淩本作適）

過福禪師蘭若

巖壑轉微逕（文苑英華作巖壑帶松逕一本作巖壑帶茅逕）雲林隱法堂羽人飛奏樂天女跪焚香（天一本作仙）竹外峯偏曙藤陰水更涼欲知禪坐久行路長春芳

黎拾遺昕裴迪見過秋夜對雨之作（一本裴字下多秀才二字）

促織鳴已急，輕衣行向重（向劉本作尚）。寒燈坐高館，秋雨聞疏鐘。白法調狂象，元言問老龍。何人顧蓬徑，空愧求羊蹤（求一作牛誤）。

晚春嚴少尹與諸公見過

松菊荒三徑，圖書共五車。烹葵邀上客，看竹到貧家。鵲乳先春草，鶯啼過落花。自憐黃髮暮，一倍惜年華。

過感化寺曇興上人山院（感化文苑英華作化感）

暮持節竹杖，相待虎溪頭。催客聞山響，歸房逐水流。野花叢發好，谷鳥一聲幽。夜坐空林寂（林顧可久本作村），松風直似秋。

夏日過青龍寺謁操禪師

龍鍾一老翁，徐步謁禪宮。欲問義心義，遙知空病空

山河天眼裏。世界法身中。莫怪消炎熱。能生大地風。

鄭果州相過(相凌本作見)

麗日照殘春。(麗劉本作斜)初晴草木新。牀前磨鏡客。(前顧元緯本凌本俱作頭)林裏灌園人。(林裏顧元緯本作樹下凌本作花下)五馬驚窮巷。(驚方輿勝覽作過)雙童逐老身。(逐方輿勝覽作送)中廚辦麤飯。(中廚文苑英華作廚中)當恕阮家貧。(當恕文苑英華作嘗恐)

過香積寺(文苑英華以此詩爲王昌齡作)

不知香積寺。數里入雲峯。古木無人徑。深山何處鐘。(深文苑英華作空)泉聲咽危石。日色冷青松。薄暮空潭曲。安禪制毒龍。

過崔駙馬山池

畫樓吹笛妓(畫一作書)金椀酒家胡。(椀顧元緯本凌本俱作埒)錦石稱貞女。青松學大夫。脫貂貰桂酌。(酌顧元緯本凌本俱作醑)射鴈與山廚。聞道高陽會。愚公谷正愚。

送李判官赴江東江東一作東江

聞道皇華使方隨皂蓋臣封章通左語冠冕化文身

樹色分揚子潮聲滿富春遙知辨璧吏恩到泣珠人

送封太守

忽解羊頭削聊馳熊軾轓軾顧元緯本凌本俱作首揚舲發夏口

按節向吳門帆映丹陽郭楓攢赤岸村攢一作藏百城多

候吏露冕一何尊

送嚴秀才還蜀

甯親爲令子爲文苑英華作真似舅卽賢甥別路經花縣還

鄉入錦城山臨青塞斷江向白雲平獻賦何時至明

君憶長卿

送張判官判河西

單車曾出塞報國敢邀勳見逐張征虜今思霍冠軍

沙平連白雪蓬卷入黃雲慷慨倚長劍高歌一送君

送岐州源長史歸原註源與余同在崔常侍幕中時常侍已沒

握手一相送心悲安可論秋風正蕭索客散孟嘗門

故驛通槐里長亭下槿原槿一作柏征西舊旌節從此向

河源

送張道士歸山

先生何處去王屋訪茅君別婦留丹訣驅雞入白雲

人間若難住天上復離羣當作遼城鶴仙歌使爾聞

同崔興宗送瑗公一作同崔興宗送衡岳瑗公南歸

言從石菌閣新下穆陵關獨向池陽去白雲留故山

綻衣秋日裏洗鉢古松閒一施傳心法惟將戒定還

送錢少府還藍田

草色日向好桃源人去稀手持平子賦目送老萊衣

每候山櫻發時同海燕歸今年寒食酒應得返柴扉

留別錢起

卑棲卻得性每與白雲歸徇祿仍懷橘仍凌本作猶看山免採薇山凌本作花四句一作別山如昨日春露已沾衣采蕨頻盈手看花空厭歸暮禽先去馬新月待開扉雲漢時回首知音青瑣闈

送邱爲往唐州

宛洛有風塵君行多苦辛四愁連漢水百口寄隨人槐色陰清晝楊花惹暮春朝端肯相送天子繡衣臣

送元中丞轉運江淮

薄稅歸天府稅一作賦輕徭賴使臣歡沾賜帛老恩及卷綃人去問珠官俗珠錢集作殊來經石劫春凌本作來看石劫城東南御亭上莫使有風塵使錢集作問

送崔九興宗遊蜀

送君從此去轉覺故人稀徒御猶回首田園方掩扉出門當旅食中路授寒衣江漢風流地游人何處歸處唐詩紀事作歲

送崔興宗

已恨親皆遠誰憐友復稀君王未西顧游宦盡東歸塞迥山河淨天長雲樹微方同菊花節相待洛陽扉

送平淡然判官

不識陽關路新從定遠侯黃雲斷春色畫角起邊愁起唐詩正音作赴一作越瀚海經年別別顧元緯本凌本文苑英華俱作到交河出塞流須令外國使須文苑英華作頭知飲月支頭知一作只非

送孫秀才

帝城風日好風文苑英華作春況復建平家玉枕雙文簟文文苑英華唐詩紀事俱作紋金盤五色瓜山中無魯酒無文苑英華唐詩紀事俱作沽松下飯胡麻莫厭田家苦厭一作怨歸期遠復賒

送劉司直赴安西

絕域陽關道胡煙與塞塵煙顧元緯本凌本文苑英華唐詩品彙俱作沙三春時有鴈萬里少行人苜蓿隨天馬蒲桃逐漢臣漢凌

本作使當令外國懼不敢覓和親

送趙都督赴代州得青字

天官動將星漢地柳條青地顧元緯本淩本俱作上一作沚萬里鳴刁斗三軍出井陘忘身辭鳳闕報國取龍庭豈學書生輩窗間老一經閒文苑英華作中老唐詩品彙作著

送方城韋明府

遙思葭菼際寥落楚人行高鳥長淮水平蕪故郢城使車聽雉乳縣鼓應雞鳴若見州從事無嫌手板迎

送李員外賢郎

少年何處去負米上銅梁借問阿戎父知為童子郎魚箋請詩賦橦布作衣裳薏苡扶衰病歸來幸可將

送梓州李使君梓州唐詩正音作東川

萬壑樹參天千山響杜鵑文苑英華作鄉音聽杜鵑山中一半雨半二顧本淩本唐詩品彙俱作夜樹杪百重泉漢女輸橦布橦瀛奎律髓唐

詩正音俱作實巴人訟芋田文翁翻教授不敢倚先賢不敢當是敢不之訛

送張五諲歸宣城

五湖千萬里況復五湖西漁浦南陵郭人家春穀溪欲歸江淼淼未到草淒淒憶想蘭陵鎮可宜猿更啼

送友人南歸

萬里春應盡三江鴈亦稀亦稀文苑英華作欲飛非連天漢水廣孤客郢城歸郢國稻苗秀郢顧可久本唐詩正音俱作郎誤楚人菰米肥米一作菜文苑英華作葉懸知倚門望遙識老萊衣

送賀遂員外外甥

南國有歸舟荊門泝上流蒼茫葭菼外雲水與昭邱與一作同一檣帶城烏去江連暮雨愁猿聲不可聽莫待楚山秋

送楊長史赴果州瀛奎律髓長史下多一濟字

褒斜不容幰之子去何之（去 方輿勝覽作欲）鳥道一千里猿啼十二時（啼 瀛奎律髓唐詩正音唐詩品彙俱作聲）官橋祭酒客山木女郎祠別後同明月君應聽子規

送邢桂州

鐃吹喧京口風波下洞庭赭圻將赤岸擊汰復揚舲日落江湖白潮來天地青明珠歸合浦應逐使臣星

送宇文三赴河西充行軍司馬

橫吹雜繁笳（吹 文苑英華作笛）邊風捲塞沙還聞田司馬更逐李輕車蒲類成秦地（類 劉本顧可久本俱作壘誤）莎車屬漢家（車 劉本顧可久本俱作居誤一本作邱亦非）當令犬戎國朝聘學昆邪

送孫二

郊外誰相送（文苑英華作郭外誰將送）夫君道術親書生鄒魯客才子洛陽人祖席依寒草行車起暮塵（起 文苑英華作薄）山川何寂寞（何 文苑英華作向）長望淚霑巾

送崔三往密州覲省

南陌去悠悠。東郊不少留。同懷扇枕戀。獨念倚門愁。念文苑英華作解路遠天山雪。家臨海樹秋。魯連功未報。且莫蹈滄洲。

送邱為落第歸江東

憐君不得意。況復柳條春。為客黃金盡。還家白髮新。五湖三畝宅。宅文苑英華作地萬里一歸人。歸文苑英華作行知禰不能薦。禰顧元緯本淩本唐詩品彙俱作爾羞為獻納臣。為顧元緯本淩本唐詩紀事唐詩品彙俱作稱文苑英華作看

漢江臨汎 汎瀛奎律髓作眺

楚塞三湘接。荊門九派通。江流天地外。山色有無中。郡邑浮前浦。波瀾動遠空。襄陽好風日。日文苑英華作月留醉與山翁。

登辨覺寺 辨一作新

竹徑從初地（從文苑英華瀛奎律髓俱作連）蓮峯出化城窗中三楚盡（盡文苑英華作靜）林外九江平輭草承趺坐（輭文苑英華作嫩）長松響梵聲空居法雲外觀世得無生

涼州郊外遊望

野老才三戶邊村少四鄰（邊村顧元緯本凌本俱作村邊誤）婆娑依里社簫鼓賽田神灑酒澆芻狗焚香拜木人女巫紛屢舞羅襪自生塵

觀獵（唐詩紀事作獵騎）

風勁角弓鳴（勁一作動）將軍獵渭城草枯鷹眼疾雪盡馬蹄輕忽過新豐市（市雲溪友議作戍）還歸細柳營回看射鵰處千里暮雲平

春日上方即事（方文苑英華作房誤）

好讀高僧傳時看辟穀方鳩形將刻杖龜殼用支牀柳色春山映梨花夕鳥藏（梨花瀛奎律髓作花明）北窗桃李下

閑坐但焚香（坐瀛奎律髓作步）

汎前陂

秋空自明迥（自明一作明月）況復遠人閑（閑文苑英華作寰）暢以沙際鶴兼之雲外山澄波澹將夕（波一作陂）清月皓方閑此夜任孤棹夷猶殊未還

遊李山人所居因題屋壁

世上皆如夢（世上一作世人一作世事）狂來或自歌（狂文苑英華作往或一作止）問年松樹老有地竹林多（林文苑英華作陰）藥債韓康賣門容向子過（向一作尚）翻嫌枕席上無那白雲何（那一作奈）

登河北城樓作

井邑傅巖上客亭雲霧閑高城眺落日極浦映蒼山岸火孤舟宿漁家夕鳥還寂寥天地暮（暮凌本作外）心與廣川閑

登裴迪秀才小臺作

端居不出戶滿目望雲山（望一作空）落日鳥邊下秋原人外閑遙知遠林際不見此簷閒好客多乘月應門莫上關

被出濟州（河嶽英靈集作初出濟州別城中故人）

微官易得罪謫去濟川陰執政方持法明君無此心無（無一作照）閭閻河潤上井邑海雲深縱有歸來日多愁年鬢侵（多諸本皆作各河嶽英靈集唐詩品彙俱作多今從之）

千塔主人

逆旅逢佳節征帆未可前窗臨汴河水門渡楚人船雞犬散墟落桑榆蔭遠田所居人不見枕席生雲煙

使至塞上

單車欲問邊屬國過居延（文苑英華作銜命辭天闕單車欲問邊又問字一作向）征蓬出漢塞（蓬文苑英華作鴻）歸雁入胡天大漠孤煙直長河落日圓蕭關逢候騎（騎顧可久本唐詩品彙俱作吏）都護在燕

然。

晚春閨思（河嶽英靈集作春閨）

新妝可憐色落日卷羅帷（羅河嶽英靈集作簾）鑪氣清珍簟（鑪一作澈）牆。陰。上。玉。墀。春。蟲。飛。網。戶。暮。雀。隱。花。枝。向。晚。多。愁思閒窗桃李時

戲題示蕭氏外甥

憐爾解臨池渠爺未學詩老夫何足似敝宅倘因之蘆筍穿荷葉。（穿顧元緯本淩本俱作藏）菱花罥鴈兒郄公不易勝莫著外家欺。

秋夜獨坐（唐詩正音作冬夜書懷誤）

獨坐悲雙鬢空堂欲二更雨中。山。果。落。燈。下。草。蟲。鳴。白髮終難變黃金不可成欲知除老病惟有學無生

待儲光羲不至

重門朝已啟起坐聽車聲要欲聞清佩方將出戶迎

曉鐘鳴上苑，疏雨過春城。了自不相顧，臨堂空復情。

聽宮鶯

春樹繞宮牆，春鶯囀曙光（文苑英華作宮鶯交第翔）。忽驚啼暫斷，移處弄還長。隱葉棲承露，攀花出未央（攀一作排）。游人未應返，爲此思故鄉（文苑英華作爲此始思鄉）。

早朝

柳暗百花明，春深五鳳城。城烏睥睨曉（烏文苑英華作鴉），宮井轆轤聲。方朔金門侍（侍文苑英華作召），班姬玉輦迎。仍聞遣方士，東海訪蓬瀛。

愚公谷三首（原註青龍寺內與黎昕戲題）

愚谷與誰去，唯將黎子同。非須一處住，不那兩心空。寧問春將夏，誰論西復東。不知吾與子，若箇是愚公。

吾家愚谷裏（吾顧可久本作愚），此谷本來平。雖則行無跡，還能響應聲。不隨雲色暗，祇待日光明。緣底名愚谷，都

由愚所成

借問愚公谷與君聊一尋不尋翻到谷此谷不離心
行處會無險看時豈有深寄言塵世客何處欲歸臨

雜詩

雙燕初命子五桃初作花初一作新凌本作結王昌是東舍宋
玉次西家小小能織綺時時出浣紗親勞使君問南
陌駐香車

過秦皇墓秦文苑英華作始

古墓成蒼嶺幽宮象紫臺星辰七曜隔河漢九泉開
有海人甯渡無春鴈不迴更聞松韻切疑是大夫哀

故太子太師徐公輓歌四首

功德冠羣英彌綸有大名軒皇用風后傅說是星精
就第優遺老來朝詔不名留侯常辟穀何苦不長生
謀猷爲相國翊贊奉乘輿贊一作戴乘文苑英華作宸劍履升前

殿貂蟬託後車齊侯疏土宇漢室賴圖書僻處留田宅仍纔十頃餘頃文苑英華作畝舊里趍庭日新年置酒辰聞詩鸞諸客獻賦鳳樓人北闕辭明主東堂哭大臣猶思御朱軺不惜汗車茵久踐中台座終登上將壇誰言斷車騎言文苑英華作將空憶盛衣冠風日咸陽慘笳簫渭水寒無人當便闕應罷太師官

故西河郡杜太守輓歌三首

天上去西征雲中護北平生擒白馬將連破黑鵰城忽見芻靈苦苦顧可久本文苑英華俱作善徒聞竹使榮空留左氏傳誰繼卜商名

返葬金符守守劉本顧可久本俱作字非同歸石窌棲卷衣悲畫翟持翣待鳴雞容衛都人慘山川駟馬嘶猶聞隴上客相對哭征西

塗芻去國門祕器出東園太守留金印夫人罷錦軒
旌旄轉衰木簫鼓上寒原。墳樹應西靡。長思魏闕恩。

故南陽夫人樊氏輓歌二首

錦衣餘翟黻（黻一作第）繡轂罷魚軒淑女詩長在夫人法
尚存凝笳隨曉旆行哭向秋原歸去將何見誰能返
戟門
石窌恩榮重金吾車騎盛將朝毋贈言入室還相敬
疊鼓秋城動懸旌寒日映不言長不歸環佩猶將聽

達奚侍郎夫人寇氏輓歌二首

東帶將朝日鳴環映牖辰能令諫明主（明一作皇）相勸識
賢人（勸文苑英華作助）遺挂空留壁迴文日覆塵金蠶將畫
柳何處更知春
女史悲彤管夫人罷錦軒卜塋占二室（占文苑英華作瞻）行
哭度千門秋日光能澹寒川波自翻（波文苑英華作淚）一朝

成萬古松柏暗平原

恭懿太子輓歌五首

何悟藏環早纔知拜璧年翀天王子去對日聖君憐樹轉宮猶出笳悲馬不前雖蒙絕馳道京兆別開阡

蘭殿新恩切椒宮夕臨幽白雲隨鳳管明月在龍樓人向青山哭天臨渭水愁雞鳴常問膳今恨玉京留

騎吹凌霜發旌旗夾路陳愷容金節護（愷一作禮）冊命玉符新傳母悲香褓君家擁畫輪射熊今夢帝稱象問何人

蒼舒留帝寵子晉有仙才五歲過人智三天使鶴催心悲陽祿館（陽一作四非）目斷望思臺若道長安近何爲更不來

西望昆池闊東瞻下杜平山朝豫章館樹轉鳳凰城五校連旗色千門疊鼓聲金環如有驗還向畫堂生

孟襄陽五律百三十八首

與諸子登峴山

人事有代謝往來成古今江山留勝跡我輩復登臨水落魚梁淺天寒夢澤深羊公碑字一作尚在讀罷淚沾襟

望洞庭湖贈張丞相一作臨洞庭

八月湖水平涵虛混太清氣蒸雲夢澤波撼一作動岳陽城欲濟無舟楫端居耻聖明坐觀一作徒憐垂釣者一作叟空一作徒有羨魚情

春中喜王九相尋一題作晚春

二月湖水清家家春鳥鳴林花掃更落徑草踏還生酒伴來相命開尊共解酲當杯已入手歌妓莫停聲

歲暮歸南山一題作歸故園作一作歸終南山

北闕休上書南山歸敝廬不才明主棄多一作臥病故

人疏白髮催年老（一作去）青陽逼歲除永懷愁不寐（一作寢）松月夜窗（一作堂）虛

梅道士水亭

傲吏非凡吏名流即道流隱居不可見高論莫能酬水接仙源近山藏鬼谷幽再來迷處所花下問漁舟

閑園懷蘇子

林園雖少事幽獨自多違向夕開簾坐庭陰落景（一作葉落）微鳥過（一作從）煙樹宿螢傍水軒飛感念同懷子京華去不歸

留別王侍御維（一無侍御字）

寂寂竟何待朝朝空自歸欲尋芳草去惜與故人違當路誰相假知音世所稀祇應守索（一作寂）寞還掩故園扉

武陵泛舟

武陵川路狹前櫂入花林莫測幽源裏仙家信幾深水回青嶂合雲度綠溪陰坐聽閑猿嘯彌清塵外心

同曹三御史行泛湖歸越

秋入詩人意（一作興）巴歌和者稀泛湖同逸旅（一作旅泊）吟會是思歸白簡徒推薦滄洲已拂衣杳冥雲外（一作海）去誰不羨鴻飛

遊景空（一作光）寺蘭若

龍象經行處山腰度石關屢迷青嶂合時愛綠蘿閑宴息花林下高談竹嶼閒寥寥隔塵事疑是入雞山

陪張丞相登嵩陽樓

獨步人何在嵩陽有故樓歲寒問耆舊行縣擁諸侯林泱（一作莽）北彌望沮漳東會流客中遇知己無復越鄉憂

與顏錢塘登障樓（一作樟亭）望潮作

百里雷聲震鳴弦暫輟彈府中連騎出江上待潮觀照日秋雲（一作空）迥浮天（一作雲）渤澥寬驚濤來似雪一坐凜生寒

題大禹寺義公禪房

義公習禪處（一作寂）結構（一作宇）依空林戶外一峯秀階前羣（一作衆）壑深夕陽連（一作照）雨足空翠落庭陰看取蓮花淨應（一作方）知不染心

尋白鶴巖張子容（一作顏）隱居

白鶴青巖畔幽人有隱（一作舊）居階庭空水石林壑罷樵漁歲月青松老風霜苦竹疏（一作餘）覩茲懷舊業回（一作杖一作攜）策返吾廬

九日得新字

初九（一作九日）未成旬重陽即此晨登高聞古（一作尋故）事載酒訪幽人落帽恣歡飲授衣同試新茱萸正可佩折

取寄情親

除夜樂城逢張少府

雲海泛（一作訪）甌閩風潮（一作濤）泊島濵何知歲除夜得見故鄉親余是乘槎客君爲失路人平生復能幾一別十餘春

舟中曉（一作晚）望

挂席東南望青山水國遙舳艫爭利涉來往接（一作任）風潮問我今何去（一作適）天台訪石橋坐看霞色曉（一作晚）疑是赤城標

遊精思觀回王白雲在後

出谷未停午到（一作至）家日已曛回瞻下山（一作山下）路但見牛羊羣樵子暗相失草蟲寒不聞衡門猶未掩佇立望（一作待）夫君

與杭州薛司戶登樟（一作梓）亭樓作

水樓一登眺（一作望）半出青林高帟幕英僚敞芳筵下客叨山藏伯禹穴城壓伍胥濤今日觀溟漲垂綸學（一作欲）釣鰲

尋天台山

吾友（一作愛）太乙子餐霞臥赤城欲尋華頂去不憚惡谿名歇馬憑雲宿揚帆截海行高高翠微裏遙見石梁橫

宿立公房

支遁初求道深公笑買山何如石巖趣自入戶庭閒苔澗春泉滿蘿軒夜月閑能令許玄度吟臥不知還

尋陳（一作滕）逸人故居

人事一朝盡荒蕪三徑休始聞漳浦臥奄作岱宗遊池水猶含（一作涵）墨風（一作山）雲已落秋今宵（一作朝）泉壑裏何處覓藏舟

姚開府山池

主人新邸第相國舊池臺館是招賢闢樓因教舞開軒車人已散簫管鳳初來今日龍門下誰知文舉才

夏日浮舟過陳大水亭

水亭涼氣多閑棹晚來過澗影見松竹潭香聞芰荷野童扶醉舞山鳥助酣歌幽賞未云遍煙光奈夕何

夏日辨玉法師茅齋

夏日茅齋裏無風坐亦涼竹林深（一作新）筍穊（一作穉）藤架引梢長燕覓巢窠處蜂來造蜜房物華皆可翫花蘂四時芳

與張折衝遊耆闍寺

釋子彌天秀將軍武庫才橫行塞北盡獨步漢南來貝葉傳金口山樓（一作櫻）作賦開因君振嘉藻江楚氣雄哉

與白明府遊江

故人來自遠邑宰復初臨執手恨爲别同舟無異心沿洄洲渚趣演漾弦歌音誰識一作爲躬耕者年年梁甫吟

遊精思題觀主山房

誤入桃源裏初憐竹逕深方知仙子宅未有世人尋舞鶴過閑砌飛猿嘯密林漸通玄妙理深得坐忘心

尋梅道士一作尋梅道士張山人

彭澤先生柳山陰道士鵞我來從所好停策漢陰一作夏雲多重以觀一作窺魚樂因之鼓枻歌崔徐迹未朽千載揖清波

陪姚使君題惠上人房題下一有得青字三字

帶雪梅初暖含煙柳尚青來窺童子偈得聽法王經會理知無我觀空厭有形迷心應覺悟客思未一作不

遑甯。

晚春題遠上人南亭

給園支遁隱。虛寂養身（一作閑）。和春晚羣木秀。閒（一作關）關黃鳥歌。林棲居士竹。池養右軍鵝。炎（一作花）月北窗下清風期再過

人日登南陽驛門亭子懷漢川諸友

朝來登陟處。不似豔陽時。異縣殊風物。羈懷多所思。翦花驚歲早。看柳訝春遲。未有南飛鴈。裁書（一作衣）欲寄誰。

遊鳳林寺西嶺

共喜年華好。來遊水石閒。煙容開遠樹。春色滿幽山。壺酒朋情洽。琴歌野興閑。莫愁歸路暝。招月伴人還。

陪獨孤使君同與蕭員外證登萬山亭

萬山青嶂曲千騎使君遊神女鳴環珮仙郎接獻酬

遍觀雲夢野自愛江城樓何必東南守空傳沈隱侯

贈道士參寥

蜀琴久不弄玉匣細塵生絲脆弦將斷金徽色尚榮知音徒自惜聾俗本相輕不遇鍾期聽誰知鸞鳳聲

京還贈張(一作王)維

拂衣何處去(一作去何處)高枕南山南欲徇五斗祿其如七不堪早朝非晚(一作宴)起東帶異抽簪因向智者說遊魚思舊潭

題李十四莊兼贈綦毋校書

聞君息陰(一作蔭)地東郭柳林閒左右瀍澗水門庭緱氏山抱琴來取醉垂釣坐乘閑歸客莫相待尋(一作緣)源殊未還

寄趙正字

正字芸香閣幽人竹素(一作葉)園經過宛如昨歸臥寂

無喧高鳥能擇木羝羊漫(一作屢)觸藩物情今已見從此(一作徒自)願(一作欲)忘(一作無)言

秋登張明府海亭

海亭秋日望委曲見江山染翰聊題壁傾壺一解顏歡逢彭澤令歸賞故園閑予亦將琴史棲遲共取閑

題融公蘭若(一作題容山主蘭若)

精舍買金開(一作地)流泉遶砌回芰荷薰講席松柏映(一作繞)香臺法雨晴飛(一作霏)去天花晝下來談玄殊未已(一作談未了)(一作乘)歸騎夕陽催

九日龍沙作寄劉大眘虛

龍沙豫章北九日掛帆過風俗因時見湖山發興多客中誰送酒櫂裏自成歌歌竟乘流去滔滔任夕波

洞庭湖寄閻九

洞庭秋正闊余欲泛歸船莫辨荊吳地唯餘水共天

渺瀰江樹沒合沓海潮（一作湖）連遲爾爲舟楫相將濟巨川

秋日陪（一作和題上無秋日二字）李侍御渡松滋江

南紀西江闊皇華御史雄截流簷假楫挂席自生風僚寀爭攀鷁魚龍亦避驄坐聽白雲唱翻入櫂歌中

秦中感秋寄遠上人（一作崔國輔詩）

一邱常欲臥三徑苦無資北土（一作上）非吾願東林懷我師黃金然桂盡壯志逐年衰日（一作旦）夕涼風至聞蟬但益悲

重酬李少府見贈

養疾衡簷（一作茅）下由來浩氣眞五行將禁火十步任（一作想又作枉）尋春致敬惟桑梓邀歡卽主（一作故）人回（一作還）看後彫色青翠有松筠

宿永嘉江寄山陰崔少府國輔

我行窮水國君使入京華相去日千里孤帆天一涯
臥聞海潮至起視江月斜借問同舟客何時到永嘉

上巳洛中寄王九迥（一作王迥十九）

卜洛成周地浮杯上巳筵鬭雞寒食下走馬射堂前
垂柳金堤合平沙翠幙連不知王逸少何處會羣賢

聞裴侍御朏自襄州司戶除豫州司戶因以投寄

故人荆府（一作河）掾尚有柏臺威移職自樊衍（一作沔）芳
聲聞帝畿昔余（一作共予）臥林巷載酒過（一作訪）柴扉松菊
無時（一作君）賞鄉園欲懶（一作嬾欲）歸（一作飛）

江上寄山陰崔少府國輔

春隄楊柳發憶與故人期草木本無意榮枯自有時
山陰定遠近江上日相思不及蘭亭會（一作事）空吟祓
禊詩

送洗然弟進士舉

獻策金門去承歡綵服違以吾一日長念爾聚星稀昬定須溫席寒多未授衣桂枝如已擢是逐雁南飛

夜泊廬江聞故人在東(一有林字)寺以詩寄之

江路經廬阜松門入虎谿聞君尋寂樂清夜宿招提石鏡山精怯禪枝(一作林)怖鴿棲一燈如悟道爲照客心迷

宿桐廬江寄廣陵舊遊

山暝聞(一作聽)猿愁滄江急夜流風鳴兩岸葉月照一孤舟建德非吾土維揚憶舊遊還將兩(一作數)行淚遙寄海西頭

南還舟中寄袁太祝

沿泝非便習風波厭苦辛忽聞遷谷鳥來報五(一作武)陵春嶺北回征帆(一作櫂)巴東問故人桃(一作花)源何處

是（一作在何處）遊子正迷津

東陂遇雨率爾貽謝南池

田家春事起丁壯就東陂殷殷雷聲作森森雨足垂
海虹晴始見河柳潤初移予意在耕鑿因君問土宜（一作問君田事宜）

行至汝墳寄盧徵君

行乏憩予駕依然見汝墳洛川方罷雪嵩嶂有殘雲
曳曳半空裏明明（一作溶溶）五色分聊題一時興因寄盧
徵君

寄天台道士

海上求仙客三山望幾時焚香宿華頂裛露采靈芝
屢躡（一作踐）莓苔滑將尋汗漫期倘因松子去長與世
人辭

和張明府登鹿門作（一作山）

忽示登高作能寬旅寓情弦歌既多暇。山水思微一作彌清。草得一作色風光一作先動虹因雨氣一作後成謬承

巴里和非敢應同聲

和張三自穰縣還途中遇雪

風吹沙海雪。漸一作來作柳園春。宛轉隨香騎輕盈伴

玉人歌疑郢中客態比洛川神今日南歸楚雙飛似

入秦

歲除夜會樂城張少府宅

疇昔通家好相知一作思無間然續明催畫燭守歲接

長筵舊曲梅花唱新正柏酒傳客行隨處樂不見度

年年

自洛之越

皇皇三十載書劍兩無成山水尋吳越風塵厭洛京

扁。舟。泛。湖。海。長。揖。謝。公。卿。且。樂。杯中物一作酒誰論世

上名

歸至郢中

遠遊經海嶠返棹歸山阿日夕見喬木鄉關（一作園）在（一作成）伐柯愁隨江路盡喜（一作意）入郢門多左右看桑土依然卽匪他

途中遇晴

已失巴（一作武）陵雨（一作已失五陵道）猶逢蜀坂泥天開斜景遍山出晚雲低餘濕猶霑草殘流尚入溪今宵有明月鄉思遠悽悽

夕次蔡陽館（一無夕次二字）

日暮馬行疾城荒人住稀聽歌知（一作疑）近楚投館忽如歸魯堰田疇廣章陵氣色微明朝拜嘉（一作家）慶須著老萊衣

他鄉七夕

他鄉逢七夕旅館益羈愁不見穿鍼婦空懷故國樓緒風初減熱新月始臨（一作登）秋誰忍窺河漢迢迢問斗牛（一作望）

夜泊牛渚趁薛八船不及

星羅牛渚夕風退鷁舟遲浦溆嘗同宿煙波忽間之榜歌空裏失船火望中疑明發泛潮（一作湖）海茫茫何處期

曉入南山

瘴氣曉氛氳南山復（一作沒）水雲鵾飛今始見鳥墮舊來聞地接長沙近江從汨渚分賈生曾弔屈予亦痛斯文

夜渡湘水（一作崔國輔詩）

客舟（一作行）貪利涉闇（一作夜）裏渡湘川露氣聞芳杜歌聲識采（一作暗）蓮榜人投岸火漁子宿潭煙行旅時（一作

遙相問潯（一作涔）陽何處邊

赴京途中遇雪

迢遞秦京道蒼茫歲暮天窮陰連晦朔積雪滿（一作遍）山川落雁迷沙渚飢烏集（一作噪）野田客愁空佇立不見有人煙

宿武陽（一作陵）即事（一作宿武陽川）

川暗夕陽盡孤舟泊岸初嶺猿相叫嘯潭嶂（一作影）似空虛就枕滅明燭扣舷聞夜漁雞鳴問何處人物是秦餘

同盧明府餞張郎中除義王府司馬海園作

上國山（一作星）河列（一作裂）賢王邸第開故人分職去潘令寵行來冠蓋趨梁苑江湘（一作山）失楚材豫愁軒騎動賓客散池臺

途次（一作落日）望鄉

客行愁落日。鄉思重相催。況在他山外。天寒夕鳥來。雪深迷郢路。雲暗失陽臺。可歎悽惶一作栖遲子。高一作狂又作勞歌誰爲媒。

永嘉上浦館逢張八子容一題作永嘉浦逢張子容客卿

逆旅相逢處。江村日暮時。衆山遥對酒。孤嶼共題詩。廨宇鄰鮫室。人煙接島夷。鄉園一作關萬餘里。失路一相悲。

送張子容進士赴舉一作赴進士舉

夕。曛山照滅。送客出柴門。惆悵野中別。殷勤岐路一作醉後言。茂林予偃息。喬木爾飛翻。無使谷風誚。須令友道存。

送張參明經舉兼向涇州省覲

十五綵衣年。承歡慈一作戀母前。孝廉因歲貢。懷橘向秦川。四座推文舉。中郎許仲宣。泛舟江上別。誰不仰

神仙

泝江至武昌

家本洞湖一作庭上歲時歸思催客心徒欲速江路苦邅回殘凍因風解新正度一作梅變臘開行看武昌柳髣髴映樓臺

唐城館中早發寄楊使君

犯霜驅曉駕數里見唐城旅館歸心逼遊荒村客思盈訪人留後信策蹇赴前程欲識離魂斷長空聽鴈聲

陪李侍御訪聰上人禪居一題作陪柏臺友訪聰上人

欣逢柏臺友一作舊共謁聰公禪石室無人到繩牀見虎眠陰崖常抱雪枯澗為生泉出處雖云異同歡在法筵

和張丞相春朝對雪

迎氣當春至一作立承恩喜雪來潤從河漢下一作落花

逼豔陽開不覩豐年瑞焉一作安知燮理才撒鹽如可擬願糝和羹梅

送吳宣從事一作送蘇六從軍

才有幕中士一作畫甯一作而無塞上勳漢兵將滅虜王粲始從軍旌旆邊庭去山川地脈分平生一七首感激贈夫君。

送張祥之房陵

我家南渡隱慣習野人舟日。夕。弄。清。淺。林。湍。逆。上。流。山河一作鄢陵據形勝天地生豪酋君意在利往一作涉知音期自一作暗又作暝投

送桓子之郢城過禮

聞君馳綵騎躞蹀指南荊一作荊衡爲結潘楊好。言過鄢郢城摽梅詩已贈羔雁禮將行今夜神仙女應來感夢情

早春潤州送從弟還鄉

兄弟遊吳國庭闈戀楚關已多新歲感(一作改)更餞白眉還歸泛西江水離筵北固山鄉園欲有贈梅柳著(一作看)先攀

送告入從軍

男兒一片氣何必五車書好勇方過我多才便起予運籌將入幕養拙就閑居正待功名遂從君繼兩疏

送元公之鄂渚尋觀主張驂鸞

桃花春水漲之子忽乘流峴首辭(一作下離)蛟浦江中(一作邊)問鶴樓贈君青竹杖送爾白蘋洲應是神仙子(一作輩)相期(一作逢)汗漫遊

峴山餞(一作贈)房琯崔宗之

貴賤平生隔軒車是日來青陽一覩止雲路(一作霧)黯然開祖道衣冠列分亭驛騎催方期九日聚還待二

星回。

送王五昆季省覲

公子戀庭闈勞歌涉海涯（一作沂）水乘舟檝去親望老萊歸斜日催烏鳥清江照綵衣平生急難意遙仰鶺鴒飛

送崔過（一作遏一作易）

片玉來誇楚治中作主人江山增潤色詞賦動陽春別館當虛敞離情任吐伸因聲兩京舊誰念臥漳濱

送盧少府使入秦

楚關望秦國相去千里餘州縣勤王事山河轉使車祖筵江上列離恨別前書願及芳年賞嬌鶯二月初

送謝錄事之越

清旦江天迥涼風西北吹白雲向吳會征帆亦相隨想到耶溪日應探禹穴奇仙書倘相示予在此（一作北）

山陲。

洛中送奚三還揚州

水國無邊際。舟行共一作與使一作便風。羨君從此去。朝夕見鄉中。予亦離家久。南歸恨不同。音書若有問。江上會相逢。

送袁十一有三字嶺南尋弟

早聞牛渚詠。今見鶺鴒心。羽翼嗟零落。悲鳴別故林。蒼梧白雲遠。煙水洞庭深。萬里獨飛去。南風遲爾音。

永嘉別張子容

舊國余歸楚。新年子北征。挂帆愁海路。分手戀朋情。日夕故園意。汀洲春草生。何時一杯酒。重與季鷹傾。

送袁太祝尉豫章

何幸遇休明。觀光來上京。相逢武陵客。獨送豫章行。隨牒牽黃綬。離羣會墨卿。江南佳麗地。山水舊難名。

都下送辛大之鄂

南國辛居士言歸舊竹林未逢調鼎用徒有濟川心
予亦忘機者田園在漢陰因君故鄉去遙一作還寄式
微吟

送席大

惜爾懷其寶迷邦倦客遊江山歷全楚河洛越成周
道路疲千里鄉園老一邱知君命不偶同病亦同憂

送賈昇主簿之荊府

奉使推能者勤王不暫閑觀風隨按察乘騎度荊關
送別登何處開筵舊峴山征軒明日遠空望郢門閑

送王大校書

導漾自嶓冢東流爲漢川維桑君有意解纜我開筵
雲雨從茲別林端意渺然尺書能不悋時望鯉魚傳

遊江西一作浙江西上留別富陽裴劉二少府

西上遊(一作浙)江西臨流恨(一作慍)解攜千山疊成嶂萬
水瀉(一作鑿合)爲溪石淺流難泝(一作注)藤長險易躋誰憐
問津者(一作客)歲晏此中迷

東京留別諸公(一題作京還別新豐諸友)

吾道昧所適驅車還向東主人開舊館留客醉新豐
樹繞溫泉綠塵遮晚(一作曉)日紅拂衣從此去高步躡
華嵩

廣陵別薛八(一題作送友東歸)

士有不得志棲棲吳楚閒廣陵相遇罷彭蠡泛舟還
檣出江中樹波連海上山風帆明日遠何處更追攀

臨渙裴明府席遇張十一房六(一題作臨渙裴贊席遇張十六)

河縣柳林邊河橋晚泊船文叨才子會官喜故人連(一作憐)
笑語同今夕輕肥異往年晨風理歸(一作征)櫂吳
楚各依然

盧明府早秋宴張郎中海園卽事得秋字（一作盧象詩）

邑有弦歌宰。翔鸞狎野（一作已狎）鷗。眷言華省舊。暫拂（一作一滯）海池遊。鬱島藏深竹。前溪對舞樓。更聞書卽事。雲物是新秋。

同盧明府早秋夜宴張郎中海亭

側聽弦歌宰。文書游夏徒。故園欣賞竹。爲邑幸來蘇。華省曾聯事。仙舟復與俱。欲知臨泛久。荷露漸成珠。

崔明府宅夜觀妓

白日既云暮。朱顏亦已酡。畫堂初點燭。金幌半垂羅。長袖平陽曲。新聲子夜歌。從來慣留客。茲夕爲誰多。

宴榮二山池（一題作宴榮山人池亭）

甲第開金穴（一作張穴）。榮期樂自多。櫪嘶支遁馬。池養右軍鵞。竹引攜（一作稽）琴入。花邀載酒（一作戴客）過。山公來

取醉時唱接䍦歌

夏日與崔二十一同集衛明府宅（一題作宴衛明府宅遇北使）

言避一時暑池亭五月開喜逢金馬客同飲玉人杯舞鶴乘軒至遊魚擁釣來座中殊未起簫管莫相催

清明日宴梅（一作張）道士房

林臥愁春盡開軒（一作搴帷）覽物華忽逢青鳥使邀入（一作我）赤松家丹竈初開火仙桃正落（一作發）花童顏若可駐何惜醉流霞

寒夜張明府宅宴

瑞雪初盈尺寒宵始半更列筵邀酒伴刻燭限詩成香炭金爐煖嬌弦玉指清醉來方欲臥不覺曉雞鳴（末二句一作厭厭不覺醉歸路曉霞生）

和賈主簿弁九日登峴山

楚萬重陽日羣公賞讌來共乘休沐暇同醉菊花杯

逸思高秋發歡情落景催國人咸寡和遙媿洛陽才

宴張別駕新齋

世業傳珪組江城佐股肱高齋徵學問虛薄濫先登

講論陪諸子文章得舊朋士元多賞激衰病恨無能

李氏園林臥疾

我愛陶家趣林園無俗情春雷百卉坼寒食四鄰清

伏枕嗟公幹歸山一作田羨子平年年白社客空滯洛

陽城

過故人莊

故人具雞黍邀我至田家綠樹村邊合青山郭外斜

開筵面場圃把酒話桑麻待到重陽日還來就菊花

九日懷襄陽題上一有途中二字

去國似一作已如昨倏然一作焉經杪秋峴山不可一作望不

見風景令人愁誰采籬下菊應閑池上樓宜城多美
酒一作名會醽歸與葛彊遊
初出關旅亭夜坐懷王大校書
向夕槐煙起蔥蘢池館曛客中無偶坐關外惜離羣
燭至螢光滅荷枯雨滴聞永懷芸一作蓮閣友寂寞滯
楊雲
李少府與楊王一作九再來
弱歲早登龍今來喜再逢如何春月柳猶憶歲寒松
煙火臨寒食笙歌達咽一作曙鐘喧喧鬭雞道行樂羨
朋從
尋張五回夜園作一無下四字
聞說龐公隱移居近洞澗一作湖與來林是竹歸臥谷
名愚挂席樵風便開軒琴月孤歲寒何用賞霜落故
園蕪

張七及辛大見尋南亭醉作（一題作張七及辛大見訪）

山公能飲酒。居士好彈箏。世外交初得。林中契已并。納涼風颯至。逃暑日將傾。便就南亭裏。餘尊惜解酲。

題（一作憶）張野（一作逸）人園廬

與君園廬並。微尚頗亦同。耕釣方自逸。壺觴趣不空。門無俗士駕。人有上皇風。何處（一作必）先賢傳。惟稱龐德公。

過景空（一作光）寺故融公蘭若（一題作過潛上人舊房一作悼正弘禪師）

池上青蓮宇。林閒白馬泉。故人成異物。過客（一作悤）獨潸然。既禮新松塔。還尋舊石筵。平生竹如意。猶挂草堂前。

早寒江上有懷（一作江上思歸）

木落雁南（一作初）度。北風江上寒。我家襄（一作湘又作江）水上。

一作曲迢隔楚雲一作山端鄉淚客中盡孤一作歸帆天際一作外看迷津欲有問平海夕漫漫

南山下與老圃期種瓜

樵牧南山近林閭北郭賒先人留素業老圃作鄰家不種千株橘惟資五色瓜邵平能就我開徑翦一作有蓬麻

裴司士一作功員司戶一作士見尋一題作裴司士見訪

府僚能枉駕一作顧家醖復新開落日池上酌清風松下來廚人具雞黍稚子摘楊梅誰道山公醉猶能騎馬回

歲除夜有懷一題作除夜

迢遞三巴路羈危萬里身亂山殘雪夜孤燭異鄉人漸與骨肉遠轉於僮僕親那堪正飄泊來日歲華新

傷峴山雲表觀主一作上人

少小學書劍秦吳多歲年歸來一登眺陵谷尚依然豈意餐霞客溘（一作忽）隨朝露先因之問閭里把臂幾人全

賦得盈盈樓上女

夫壻久離別青樓空望歸妝成卷簾坐愁思懶縫衣燕子家家入楊花處處飛空牀難獨守誰爲報（一作解）金徽

春意（一題作春怨）

佳人能畫眉妝罷出簾帷照水空自愛折花將遺誰春情多豔逸春意倍相思愁心極楊柳一種亂如絲

閨情

一別隔炎涼君衣忘短長裁縫無處等以意忖情量畏瘦疑傷窄防寒更厚裝半啼封裹了知欲寄誰將

寒夜

閨夕綺窗閉佳人罷縫衣理琴開寶匣就枕臥重一作羅幃夜久燈花落薰籠香氣微錦衾重自煖遮莫曉霜飛

美人分香

豔色本傾城分香更有情髻鬟垂欲解眉黛拂能輕舞學平陽態歌翻子夜聲春風狹斜道含笑待逢迎

田家元日

昨夜斗回北今朝歲起東我年已强仕無祿尚憂農桑野就耕父一作野老就耕去荷鋤隨牧童田家占氣候共說此年豐

宿揚子津寄潤州長山劉隱士

所思在夢寐欲往大江深日夕望京口煙波愁我心心馳茅山洞目極楓樹林不見少微隱星霜勞夜吟

送丁大鳳進士赴舉呈張九齡

吾觀鷦鷯賦君負王佐才惜無金張援十上空歸來
棄置鄉園老翻飛羽翼摧故人今在位歧路莫遲迴

送吳悅遊韶陽

五色憐鳳雛南飛適鷓鴣楚人不相識何處求椅梧
去去日千里茫茫天一隅安能與斥鷃決起但槍榆

送陳七赴西軍

吾觀非常者碌碌在目前君負鴻鵠志蹉跎書劍年
一聞邊烽動萬里忽爭先余亦赴京國何當獻凱還

洗然弟竹亭

吾與二三子平生結交深俱懷鴻鵠志共有鶺鴒心
逸氣假豪翰清風在竹林遠是酒中趣琴上偶然音

萬山潭

垂釣坐磐石水清心益閑魚行潭樹下猿挂島藤間
游女昔解佩傳聞於此山求之不可得沿月棹歌還

澗南即事貽皎上人

敝廬在郭外素產惟田園左右林野曠不聞朝一作城市喧釣竿垂北澗樵唱入南軒書取幽棲事將尋靜者論一作言

晚泊潯陽望廬山一作望香鑪峯

挂席幾千里名山都未逢泊舟潯陽郭始見香鑪峯嘗讀遠公傳永懷塵外蹤東林精舍近日暮但聞鐘

李太白五律百首

贈孟浩然

吾愛孟夫子風流天下聞紅顏棄軒冕白首臥松雲醉月頻中聖迷花不事君高山安可仰徒此揖清芬

見京兆韋參軍量移東陽

聞說金華渡東連五百灘全勝若耶好莫道此行難猿嘯千谿合松風五月寒他年一攜手搖艇入新安

溫泉侍從歸逢故人

漢帝長楊苑誇胡羽獵歸子雲叨侍從獻賦有光輝

激賞搖天筆承恩賜御衣逢君奏明主他日共翻飛

贈郭季鷹

河東郭有道於世若浮雲盛德無我位清光獨映君

恥將雞並食長與鳳爲羣一擊九千仞相期凌紫氛

口號贈楊徵君

陶令辭彭澤梁鴻入會稽我尋高士傳君與古人齊

雲臥留丹壑天書降紫泥不知楊伯起早晚向關西

贈昇州王使君忠臣

六代帝王國三吳佳麗城賢人當重寄天子借高名

巨海一邊靜長江萬里清應須救趙策未肯棄侯嬴

贈崔秋浦三首

吾愛崔秋浦宛然陶令風門前一作栽五楊柳井上一作

夾二梧桐山鳥下聽事檐花落酒中懷君未忍去惆悵意無窮

崔令學陶令一作君似陶彭澤北窗常晝眠抱琴時弄月一作待秋月取意任無弦見客但傾酒爲官不愛錢東皐多種黍勸爾早耕田一作東皐春事起種黍早歸田

河陽花作縣秋浦玉爲人地逐名賢好風隨惠化春水從天漢落山逼畫屏新應念金門客投沙弔楚臣

望九華山贈韋青陽仲堪

昔在九江上遙望一作觀九華峯天河挂綠水秀出九芙蓉我欲一揮手誰人可相從君爲東道主於此臥雲松

贈柳圓

竹實滿秋浦鳳來何苦飢還同月下鵲三繞未安枝夫子即瓊樹傾柯拂羽儀懷君戀明德歸去日相思

贈漢陽輔錄事

聞君罷官意我抱漢川湄借問久疏索何如聽訟時天清江月白心靜海鷗知應念投沙客空餘弔屈悲

贈錢徵君少陽一作送趙雲卿

白玉一杯酒綠楊三月時春風餘幾日兩鬢各成絲秉燭唯須飲投竿也未遲如逢渭川獵猶可帝王師

寄淮南友人

紅顏悲舊國青歲歇芳洲不待金門詔空持寶劍遊海雲迷驛道江月隱鄉樓復作淮南客因逢桂樹留

沙邱城下寄杜甫

我來竟何事高臥沙邱城城邊有古樹日夕連秋聲魯酒不可醉齊歌空復情思君若汶水浩蕩寄南征

寄少府趙炎當塗

晚登高樓望木落雙江清寒山饒積翠秀色連州城

目送楚雲盡心悲胡雁聲相思不可見迴首故人情

寄王漢陽

南湖秋月白王宰夜相邀錦帳郎官醉羅衣舞女驕
笛聲喧沔鄂歌曲上雲霄別後空悲我相思一水遙

望漢陽柳色寄王宰

漢陽江上柳望客引東枝樹樹花如雪紛紛亂若絲
春風傳我意草木度前知（一作草木發前墀）寄謝絃歌宰西
來定未遲

江上寄巴東故人

漢水波浪遠巫山雲雨飛東風吹客夢西落此中時
覺後思白帝佳人與我違瞿塘饒賈客音信莫令稀

寄從弟宣州長史昭

爾佐宣城郡守官清且閑常誇雲月好邀我敬亭山
五落洞庭葉三江遊未還相思不可見歎息損朱顏

三山望金陵寄殷淑

三山懷謝朓水澹一作綠水望長安蕪沒河陽縣秋江正北看盧龍霜氣冷鳷鵲月光寒耿耿憶瓊樹天涯寄一歡。

夜別張五

吾多張公子別酌酣高堂聽歌舞銀燭把酒輕羅霜橫笛弄秋月琵琶彈陌桑龍泉解錦帶爲爾傾千觴。

廣陵贈別

玉瓶沽美酒數里送君還。繫馬垂楊下。銜盃大道間。天邊看綠水海上見青山興罷各分袂何須醉別顏

別儲邕之剡中

借問剡中道東南指越鄉舟從廣陵去水入會稽長竹色溪下綠荷花鏡裏香辭君向天姥拂石臥秋霜

留別龔處士

龔子棲閑地都無人世喧柳深陶令宅竹暗辟彊園
我去黃牛峽遥愁白帝猿贈君卷施草心斷竟何言

贈別鄭判官

竄逐勿復哀慙君問寒灰浮雲無本意吹落章華臺
遠別淚空盡長愁心已摧三年吟澤畔顦顇幾時迴

江夏別宋之悌

楚水清若空遥將碧海通人分千里外興在一盃中
谷鳥吟晴日江猿嘯晚風平生不下淚於此泣無窮

渡荆門送別

渡遠荆門外來從楚國遊山隨平野盡江入大荒流
月下飛天鏡雲生結海樓仍憐故鄉水萬里送行舟

南陵五松山別荀七

六卽潁水荀缺慙許郡賓相逢太史奏應是聚賢人
玉隱且在石蘭枯還見春俄成萬里別立德貴清真

南陽送客

斗酒勿與薄寸心貴不忘坐惜故人去偏令遊子傷
離顏怨芳草春思結垂楊揮手再三別臨岐空斷腸

送張舍人之江東

張翰江東去正值秋風時天清（一作晴）一鴈遠海闊孤
帆遲白日行欲暮滄波杳難期（一作白日行已晚欲暮杳難期）吳洲
好（一作如）見月千里幸相思

送族弟凝之滁求婚崔氏

與爾情不淺忘筌已得魚玉臺挂寶鏡持此意何如
坦腹東牀下由來志氣疏遙知向前路擲果定盈車

魯郡東石門送杜二甫

醉別復幾日登臨徧池臺何言石門路（一作下）重有金
樽開秋波落泗水海色明徂徠飛蓬各自遠且盡林
中盃

杭中送裴大澤時赴廬州長史

西江天柱遠東越海門深去割辭親戀行憂報國心
好風吹落日流水引長吟五月披裘者應知不取金

送白利登從金吾董將軍西征

西羌延國討白起佐軍威劍決浮雲氣弓彎明月輝
馬行邊草綠旌卷曙霜飛抗手凜相顧寒風生鐵衣

送長沙陳太守二首

長沙陳太守逸氣凌青松英主賜玉馬本是天池龍
湘水迴九曲衡山望五峯榮君按節去不及一作得遠相從

七郡長沙國南連湘水濱定王垂舞袖地窄不迴身
莫小二千石當安遠俗人洞庭鄉路遠遙羨錦衣春

送楊山人歸嵩山

我有萬古宅嵩陽玉女峯長留一片月挂在東溪松

爾去掇仙草昌蒲花紫茸一作君行到此峯殘霞駐衰容歲晚或相

訪青天騎白龍

送通禪師還南陵隱靜寺

我聞隱靜寺山水多奇蹤巖種朗公橘門深盃渡松

道人制猛虎振錫還孤峯他日南陵下相期谷口逢

送友人

青山橫北郭白水遶東城此地一爲別孤蓬萬里征

浮雲遊子意落日故人情揮手自茲去蕭蕭班馬鳴

送別

斗酒渭城邊鑪頭醉不眠梨花千樹雪楊葉萬條煙

惜別傾壺醑臨分贈馬鞭看君頻上去新月到家圓

江上送女道士褚三清遊南嶽

吳江女道士頭戴蓮花巾霓裳不溼雨特異陽臺神

足下遠遊履淩波生素塵尋僊向南嶽應見魏夫人

晉魏舒女適南陽劉文在世八十三年以晉成帝咸和九年白日上昇領上真司命南嶽夫人靈飛經亦著其事

送友人入蜀

見說蠶叢路崎嶇不易行山從人面起雲傍馬頭生芳樹籠秦棧春流遶蜀城升沈應已定不必訪君平

送李青歸華陽川

伯陽僊家子容色如青春日月祕靈洞雲霞辭世人化心養精魄隱几窅天真莫作千年別歸來城郭新

送別 得書字

水色南天遠舟行若在虛遷人發佳興吾子訪閑居日落看歸鳥潭澄憐（一作羨）躍魚聖朝思賈誼應降紫泥書

送麴十少府

試發清秋興因爲吳會吟碧雲斂海色流水折江心

我有延陵劍君無陸賈金艱難此爲別惆悵一何深

送王孝廉省覲

彭蠡將天合姑蘇在日邊寧親候海色欲動孝廉船

窈窕晴江轉參差遠岫連相思無晝夜東注似長川

同吳王送杜秀芝舉入京 吳王祇玄宗時爲陳留太守持節河南道節度採訪使子獻嗣立

秀才何翩翩王許回也賢暫別廬江守將遊京兆天

秋山宜落日秀木出寒煙欲折一枝桂還來鴈沼前

送梁四歸東平

玉壺挈美酒送別強爲歡大火南星月長郊北路難

殷王期負鼎汶水起垂竿莫學東山臥參差老謝安

江夏送友人

雪點翠雲裘送君黃鶴樓黃鶴振玉羽西飛帝王州

鳳無琅玕實何以贈遠遊徘徊相顧影淚下漢江流

江夏送張丞

欲別心不忍臨行情更親酒傾無限月客醉幾重春

藉草依流水攀花贈遠人送君從此去迴首泣迷津

秋夜與劉碭山汎宴喜亭池

明宰試舟楫張燈宴華池文招梁苑客歌動郢中兒

月色望不盡空天交相宜令人欲汎海衹待長風吹

觀魚潭

觀魚碧潭上木落潭水清日暮紫鱗躍圓波處處生

涼煙浮竹盡秋月照沙明何必滄浪去茲焉可濯纓

侍從遊宿温泉宮作

羽林十二將羅列應星文霜仗懸秋月蜺旌卷夜雲

嚴更千戸肅清樂九天聞日出瞻佳氣叢叢繞聖君

春遊羅敷潭

行歌入谷口路盡無人躋攀崖度絕壑弄水尋迴谿

雲從石上起客到花閒迷淹留未盡興日落羣峯西

同族姪一作第評事黯遊昌禪師山池二首

遠公愛康樂爲我開禪關蕭然松石下何異清涼山花將色不染水與心俱閑一坐度小劫觀空天地閒

客來花雨際秋水落金池片石寒青錦疏楊挂綠絲高僧拂玉柄童子獻霜梨惜去愛佳景煙蘿欲暝時

宴陶家亭子

曲巷幽人宅高門大士家池開照膽鏡林吐破顏花綠水藏春日青軒秘晚霞若聞絃管妙金谷不能誇

在水軍宴韋司馬樓船觀妓

搖曳帆在空清流一作川順歸風詩因鼓吹發酒爲劍歌雄對舞青樓妓雙鬟白玉童行雲且莫去留醉楚王宮

流夜郎至江夏陪長史叔及薛明府宴興德寺

南閣

紺殿橫江上。青山落鏡中。岸迴沙不盡。日映水成空。天樂流一作聞香閣。蓮舟颺晚風。恭陪竹林宴。留醉與陶公。

登新平樓

去國登茲樓。懷歸傷暮秋。天長落日遠。水淨寒波流。秦雲起嶺樹。胡鴈飛沙洲。蒼蒼幾萬里。目極令人愁。

謁老君廟

先君懷聖德。靈廟肅神心。草合人蹤斷。塵濃鳥跡深。流沙丹竈滅。關路紫煙沈。獨傷千載後。空餘松柏林。

與夏十二登岳陽樓

樓觀岳陽盡。川迥洞庭開。鴈引愁心去。一作雁別秋江去山銜好月來。雲閒逢下榻。天上接行盃。醉後涼風起。吹人舞袖迴。

與賈舍人於龍興寺翦落梧桐枝望灉湖

翦落青梧枝灉湖坐可窺雨洗秋山淨林光澹碧滋水閑明鏡轉雲繞畫屏移千古風流事名賢共此時

掛席江上待月有懷

待月月未出望江江自流倏忽城西郭青天懸玉鉤素華難可攬清景不同遊耿耿金波裏空瞻鳷鵲樓

秋登宣城謝朓北樓

江城如畫裏山晚望晴空兩水夾明鏡雙橋落采虹人煙寒空一作橘柚秋色老梧桐誰念北樓上臨風懷謝公

過崔八丈水亭

高閣橫秀氣清幽併在君檐飛宛溪水窗落敬亭雲猿嘯風中斷漁歌月裏聞閑隨白鷗去沙上自爲羣

太原早秋

歲落衆芳歇時當大火流霜城出塞早雲色渡河秋
夢繞邊城月心飛故國樓思歸若汾水無日不悠悠

宿五松山下荀媼家

我宿五松下寂寥無所歡田家秋作苦鄰女夜舂寒
跪進雕胡飯月光明素盤令人慙漂母三謝不能飡

峴山懷古

訪古登峴首憑高眺襄中天清遠峯出水落寒沙空
弄珠見遊女醉酒(一作月)懷山公感歎發秋興長松鳴
夜風

金陵三首

晉家南渡日此日舊長安地即帝王宅山爲龍虎盤(一作碧宇樓臺滿青山龍虎盤)金陵空壯觀天塹(一作江塞)淨波瀾醉客
迴橈去吳歌且自歡(一作誰云行路難)
地擁金陵勢城迴江(一作漢)水流當時百萬戶夾道起

朱樓亡國生春草離宮沒古邱空餘後湖月波上對瀛洲

六代興亡國三杯爲爾歌苑方秦地少（一作小）山似洛陽多古殿吳花草深宮晉綺羅併隨人事滅東逝與（一作祇）滄波

陪宋中丞武昌夜飲懷古

清景南樓夜風流在武昌庾公愛秋月乘興坐胡牀龍笛吟寒水天河落曉霜我心還不淺懷古（一作留客）醉餘觴

謝公亭（蓋謝朓范雲之所游）

謝公離別處風景每生愁客散青天月山空碧水流池花春映日窗竹夜鳴秋今古一相接長歌懷舊遊

夜泊牛渚懷古（此地即謝尚聞袁宏詠史處）

牛渚西江夜青天無片雲登舟望秋月空憶謝將軍

余亦能高詠斯人不可聞明朝挂帆席一作洞庭去楓葉落一作正紛紛

對酒醉題屈突明府廳

陶令八十日長歌歸去來故人建昌宰借問幾時迴風落吳江雪紛紛入酒杯山翁今已醉舞袖爲君開

月夜聽盧子順彈琴

閑夜坐明月幽人彈素琴忽聞悲風調宛若寒松吟白雪亂纖手淥水清虛心鍾期久已沒世上無知音

尋雍尊師隱居

羣峭碧摩天逍遙不記年撥雲尋古道倚樹聽流泉花暖青牛臥青牛花葉上青蟲也有兩角如蝸牛故云松高白鶴眠語來江色暮獨自下寒煙

訪戴天山道士不遇

犬吠水聲中桃花帶雨濃樹深時見鹿溪午不聞鐘

野竹分青靄飛泉挂碧峯無人知所去愁倚兩三松

對酒憶賀監二首 並序

太子賓客賀公於長安紫極宮一見余呼余爲謫仙人因解金龜換酒爲樂歿後對酒悵然有懷而作是詩

四明有狂客風流一作霞衣賀季真長安一相見呼我謫仙人昔好盃中物翻一作今爲松下塵金龜換酒處卻憶淚沾巾

狂客歸四明山陰道士迎敕賜鏡湖水爲君臺沼榮人亡餘故宅空有荷花生念此杳如夢淒然傷我情

聽蜀僧濬彈琴

蜀僧抱綠綺西下峩眉峯爲我一揮手如聽萬壑松客心洗流水餘響入霜鐘不覺碧山暮秋雲暗幾重

題江夏修靜寺 此寺是李北海舊宅

我家北海宅作寺南江濱空庭無玉樹高殿坐幽人書帶留青草琴堂（一作臺）羃素塵平生種桃李寂滅不成春

題宛谿館

吾憐宛谿好百尺照心明（一作久照心益明）何謝新安水千尋見底清白沙留月色綠竹助秋聲卻笑嚴湍上於今獨擅名

觀獵

太守耀清威乘閑弄晚輝江沙橫獵騎山火遶行圍箭逐雲鴻落鷹隨月兔飛不知白日暮歡賞夜方歸

觀胡人吹笛

胡人吹玉笛一半是秦聲十月吳山曉梅花落敬亭愁聞出塞曲淚滿逐臣纓卻望長安道空懷戀主情

宣城哭蔣徵君華

敬亭埋玉樹知是蔣徵君果得相如草仍餘封禪文池臺空有月詞賦舊凌雲獨挂延陵劍千秋在古墳

長行宮

月皎昭陽殿霜清長信宮天行乘玉輦飛燕與君同更有歡娛處（一作別有留情處）承恩樂未窮誰憐團扇妾獨坐怨秋風

中丞宋公以吳兵三千赴河南軍次尋陽脫余之囚參謀幕府因贈之（以下排律）

獨坐清天下專征出海隅九江皆渡虎三郡盡還珠組練明秋浦樓船入郢都風高初選將月滿欲平胡殺氣橫千里軍聲動九區白猨慙劍術黃石借兵符戎虜行當翦鯨鯢立可誅自憐非劇孟何以佐良圖

春日歸山寄孟六浩然

朱紱遺塵境青山謁梵筵金繩開覺路寶筏度迷川

嶺樹攢飛栱嵒花覆谷泉塔形標海日樓勢出江煙
香氣三天下鍾聲萬壑連荷秋珠已滿松密蓋初圓
鳥聚疑聞法龍參若護禪愧非流水韻叨入伯牙絃

送友人尋越中山水

聞道稽山去偏宜謝客才千巖泉灑落萬壑樹縈迴
東海橫秦望西陵遶越臺湖清霜鏡曉濤白雪山來
八月枚乘筆三吳張翰盃此中多逸興早晚向天台

送竇司馬貶宜春

天馬白銀鞍親承明主歡鬬雞金宮（一作闈）裏射鴈碧
雲端堂上羅巾貴歌鍾清夜闌何言謫南國拂劍坐
長歎趙璧爲誰點隨珠枉被彈聖朝多雨露莫厭此
行難

金陵送張十一再遊東吳

張翰黃花句風流五百年誰人今繼作夫子世稱賢

再動遊吳棹還浮入海船春光白門柳霞色赤城天
去國難爲別思歸各未旋空餘賈生淚相顧共悽然

送儲邕之武昌

黃鶴西樓月長江萬里情春風三十度空憶武昌城
送爾難爲別銜杯惜未傾湖連張樂地山逐汎舟行
諾謂楚人重詩傳謝朓清滄浪吾有曲寄入棹歌聲

秋日登揚州西靈塔

寶塔淩蒼蒼登攀覽四荒頂高元氣合標出海雲長
萬象分空界三天接畫梁水搖金剎影日動火珠光
鳥拂瓊檐度霞連繡栱張目隨征路斷心逐去帆揚
露浩梧楸白風摧橘柚黃玉毫如可見於此照迷方

登瓦官閣

晨登瓦官閣極眺金陵城鐘山對北戶淮水入南榮
漫漫雨花落嘈嘈天樂鳴兩廊振法鼓四角吟一作吹

風箏杳出霄漢上仰攀日月行山空霸氣滅地古寒陰生寥廓雲海晚蒼茫宮觀平門餘閶闔字樓識鳳凰名雷作百山動神扶萬栱傾靈光何足貴長此鎮吳京

過四皓墓

我行至商洛幽獨訪神仙園綺復安在雲蘿尚宛然荒涼千古跡蕪沒四墳連伊昔鍊金鼎何言閉玉泉隴寒惟有月松古漸無煙木魅風號去山精雨嘯旋紫芝高詠罷青史舊名傳今日併如此哀哉信可憐

月夜金陵懷古

蒼蒼金陵月空懸帝王州天文列宿在霸一作鼎業大江流淥水絕馳道青松摧古邱臺傾鳷鵲觀宮沒鳳凰樓別殿悲清暑芳園罷樂遊一聞歌玉樹蕭瑟後庭秋一作千古不勝愁

秋日與張少府楚城韋公藏書高齋作

日下空亭暮城荒古跡餘地形連海盡天影落江虛舊賞人雖隔新知樂未疏綵雲思作賦丹壁閉藏書查擁隨流葉萍開出水魚夕來秋興滿回首意何如

秋夜獨坐懷故山

小隱慕安石遠遊學子平天書訪江海雲臥起咸京入侍瑤池宴出陪玉輦行誇胡新賦作長楊賦序云上將大誇胡人以多禽獸誇胡新賦蓋指此也諫獵短書成但奉紫霄顧非邀青史名莊周空說劍墨翟恥論兵拙薄遂疏絕歸閑事耦耕顧無蒼生望空愛紫芝榮寥落暝霞色微茫舊壑情秋山綠蘿月今夕為誰明

十八家詩鈔卷十七

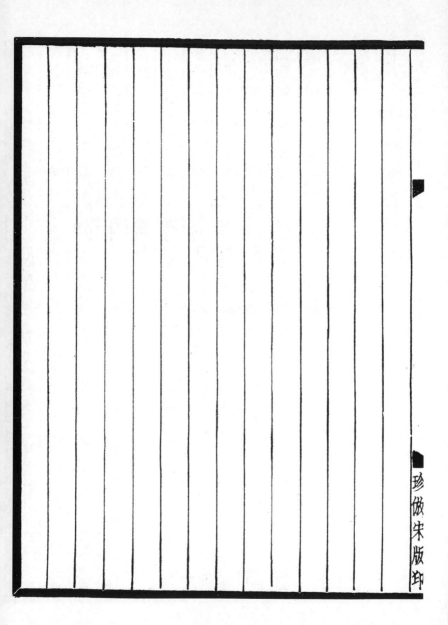

十八家詩鈔卷十八目錄

杜工部五律上二百九十七首

收京三首
奉贈王中允維
春宿左省
晚出左掖
送賈閣老出汝州
送翰林張司馬南海勒碑
奉答岑參補闕見贈
贈畢四曜
端午日賜衣
酬孟雲卿
至德二載甫自京金光門出間道歸鳳翔乾元初從左拾遺移華州掾與親故別因出此門有悲往事
獨立

螢火
蒹葭
苦竹
除架
廢畦
夕烽
秋笛
空囊
病馬
蕃劍
銅瓶
月夜憶舍弟
天末懷李白
所思

十八家詩鈔卷十八目錄

十八家詩鈔卷十八

湘鄉曾國藩纂　合肥李鴻章審訂

杜工部五律上二百九十七首　東湖王定安校

登兗州城樓

東郡趨庭日（錢注甫父閑嘗爲兗州司馬黃鶴曰天寶九載改兗州爲魯郡乾元元年復爲兗州）南樓縱目初浮雲連海岱（一作嶽）平野入青徐孤嶂秦碑在荒城魯殿餘從來多古意臨眺獨躊躇

題張氏隱居二首（前一首七律另抄）

之子時相見邀人晚興留霽（一作濟非）潭鱣發發春草鹿呦呦杜酒偏勞勸張梨不外求前村山路險歸醉每無愁

劉九法曹鄭瑕邱石門宴集

秋水清無底蕭然淨客心掾曹乘逸興鞍馬去相尋能吏逢聯璧華筵直一金晚來橫吹好泓下亦龍吟

與任城許主簿遊南池

秋水通溝洫城隅進（一作集）小船晚涼看洗馬森木亂鳴蟬菱熟經時雨蒲荒八月天晨朝降白露遙憶舊青氊

對雨書懷走邀許主簿（錢本題作走邀許十一簿公）

東嶽雲峯起溶溶滿太虛震雷翻幕燕驟雨落河魚座對賢人酒門聽長者車相邀愧泥濘騎馬到階除

已上人茅齋

已公茅屋下可以賦新詩枕簟入林僻茶瓜留客遲江蓮搖白羽天棘蔓（舊作夢）青絲空忝許詢輩難酬支遁詞

房兵曹胡馬

胡馬大宛名鋒稜瘦骨成竹批雙耳峻風入四蹄輕所向無空闊直堪託死生驍騰有如此萬里可橫行

畫鷹

素練風霜起蒼鷹畫作殊攫身思狡兔側目似愁胡絛鏇光堪摘軒楹勢可呼何當擊凡鳥毛血灑平蕪

過宋員外之問舊莊 員外季弟執金吾見知於代故有下句

宋公舊池館零落首陽阿枉道祗從入吟詩許更過淹留問耆舊寂寞向山河更識將軍樹悲風日暮多

天寶初南曹小司寇舅於我太夫人堂下壘一作累土爲山一匱一作簣盈尺以代彼朽木承諸焚香瓷甌甌甚安矣旁植慈竹蓋茲數峯嶔岑嬋娟宛有塵外數一本無數字致乃不知與之所至而作是詩錢注范陽太君盧氏審言之繼室天寶三載五月卒於陳留郡之私第公作墓誌

一匱功盈尺三峯意出羣望中疑在野幽處欲生雲慈竹春陰覆香爐曉勢分惟南將獻壽佳氣日氤一作

氛氳

龍門

龍門橫野斷驛樹出城來氣色皇居近金銀佛寺開往來時屢改川陸日悠哉相閱征途上生涯盡幾回

夜宴左氏莊

風林纖月落衣露靜（一作淨）琴張暗水流花徑春星帶草堂檢書燒燭短看劍引杯長詩罷聞吳詠扁舟意不忘

重題鄭氏東亭（在新安界）

華亭入翠微秋日亂清暉（一作輝）崩石欹山樹晴（舊作清）漣曳水衣紫鱗衝岸躍蒼隼護巢歸向晚尋征路殘雲傍馬飛

暫如臨邑至㟟山湖亭奉懷李員外率爾成興

野亭逼湖水歇馬高林閒鼉吼風奔浪魚跳日映山

暫遊阻詞伯卻望懷青關靄靄生雲霧惟應促駕還

冬日有懷李白

寂寞書齋裏終朝獨爾思更尋嘉樹傳不忘角弓詩
短褐風霜入還丹日月遲未因乘興去空有鹿門期

春日憶李白

白也詩無敵飄然思不羣清新庾開府俊逸鮑參軍
渭北春天樹江東日暮雲何時一樽酒重與細論文

杜位宅守歲 錢箋杜位公之從弟宰相世系表位考功郎中湖州刺史困學紀聞位林甫諸壻也四十明朝過年譜謂天寶十載時林甫在相位盍簪列炬其炙手之徒歟又寄位詩近聞寬法離新州其流貶蓋以林甫故林甫傳云諸壻杜位等皆貶官

守歲阿戎家一作咸椒盤已頌花盍簪喧櫪馬列炬散
林鴉四十明朝過飛騰暮景斜誰能更拘束爛醉是
生涯

李監宅二首 一作李鹽鐵

尚覺王孫貴豪家意頗濃屏開金孔雀褥隱繡芙蓉
且食雙魚美誰看異味重門闌多喜色女壻近乘龍
華館春風起高城煙霧開雜花分戶映嬌燕入簾回
一見能傾座虛懷衹愛才鹽車雖絆驥名是漢庭來
錢本無後一首

送韋書記赴安西

夫子欻通貴雲泥相望懸白頭無籍在朱紱有哀憐
書記赴三捷公車留二年欲浮江海去此別意茫然

奉陪鄭駙馬韋曲二首

韋曲花無賴家家惱殺人綠樽須盡日白髮好禁春
石角鉤衣破藤梢刺音七眼新何時占叢竹頭戴小烏
巾
野寺垂楊裏春畦亂水間美花多映竹好鳥不歸山
城郭終何事風塵豈駐顏誰能共公子薄暮欲俱還

陪鄭廣文遊何將軍山林十首

不識南塘路，今知第五橋。名園依緑水，野竹上青霄。

谷口舊相得，濠梁同見招。平生爲幽興，未惜馬蹄遙。

百頃風潭上，千章夏木清。卑枝低結子，接葉暗巢鶯。

鮮鯽銀絲鱠，香芹碧澗羹。翻疑柂樓底，晚飯越中行。

萬里戎王子，（本草日華子云獨活一名戎王使者此花當是其類）何年别月支。

異花來絶域，滋蔓匝清池。漢使徒空到，神農竟不知。

露翻兼雨打，開坼日（一作漸）離披。

旁舍連高竹，疏籬帶晚花。碾渦深没馬，（碾渦當是舊時水磨今碾磑未必尚存而其渦漩之水猶深可沒馬也）藤蔓曲藏（一作垂）蛇。

詞賦工何（一作無）益，山林跡未賒。盡捻書籍賣，來問爾東家。

賸（剩同）水滄江破，殘山碣石開。緑垂風折笋，紅綻雨肥梅。

銀甲彈箏用，金魚換酒來。興移無灑掃，隨意坐莓苔。

風磴吹陰雪雲門吼瀑泉酒醒思臥簟衣冷欲裝綿

野老來看客河魚不取錢祇疑淳樸處自有一山川

棘樹寒雲色錢箋吳若本注刊作棟爾雅云桋赤棟白者棟山厄切注云赤棟好叢生山中白棟圓葉而歧爲大木國藩按本句云寒雲色下云陰益食單涼自當作棟樹非棘樹也茵蔯春藕香脆添生菜美陰益食單涼野鶴清晨出一作至山精白日藏石林蟠水府百里獨蒼蒼

憶過楊柳渚走馬定昆池醉把青荷葉狂遺白接䍦

刺船思郢客解水乞吳兒坐對秦山晚江湖興頗隨

牀上書連屋階前樹拂雲將軍不好武稚子總能文

醒酒微風入聽詩靜夜分絺衣挂蘿薜涼月白紛紛

幽意忽不愜歸期無奈何出門流水住一作注回首白雲多自笑燈前舞誰憐醉後歌祇應與朋好風雨亦來過

重過何氏五首

問訊東橋竹將軍有報書倒衣還命駕高枕乃吾廬
花妥鶯梢蝶溪喧獺趁魚重來休沐地真作野人居
山雨樽仍在沙沈榻未移犬迎曾宿客鴉護落巢兒
雲薄翠微寺天清皇子陂向來幽興極步屧一作屧一作展過一作到東籬
落日平臺上春風啜茗時石欄斜點筆桐葉坐題詩
翡翠鳴衣桁蜻蜓立釣絲自今幽興熟來往亦無期
頗怪朝參懶應耽野趣長雨拋金鎖甲苔臥綠沈槍
手自移蒲柳家纔足稻粱看君用幽意白日到羲皇
到此應嘗陋一作常宿相留可判年蹉跎暮容色一作鬢悵望好林泉何日霑微祿歸山買薄田斯游恐不遂把酒意茫然

陪李金吾花下飲

勝地初相引徐行得自娛見輕吹鳥毳隨意數花鬚

細草偏稱坐香醪懶再沽醉歸應犯夜可怕李（張遠作執）金吾

陪諸貴公子丈八溝攜妓納涼晚際遇雨二首

落日放船好輕風生浪遲竹深留客處荷淨納涼時公子調冰水佳人雪藕絲片雲頭上黑應是雨催詩

雨來霑席上風急（一作惡）打船頭越女紅裙溼燕姬翠黛愁纜侵堤柳繫幔卷浪花浮歸路翻蕭颯陂塘五月秋

與鄠縣源大少府宴渼陂得寒字

應爲西陂好金錢罄一餐飯抄雲子白瓜嚼水精寒無計迴船下空愁避酒難主人情爛漫持答翠琅玕

送裴二虯尉永嘉

孤嶼亭何處天涯水氣中故人官就此絕境與誰同隱吏逢梅福遊山憶謝公扁舟吾已具（一作就）把釣待

秋風

崔駙馬山亭宴集

蕭史幽棲地林間踏鳳毛洑流何處入亂石閉門高
客醉揮金椀詩成得繡袍清秋多宴會（一云賞樂）終日困
香醪

九日曲江

綴席茱萸好浮舟菡萏衰百年秋已半九日意兼悲
江水清源曲荊門此路疑晚來高興盡搖蕩菊花期

寄高三十五書記

歎息高生老新詩日又多美名人不及佳句法如何
主將收才子崆峒足凱歌聞君已朱紱且得慰蹉跎

送張二十參軍赴蜀州因呈楊五侍御

好去張公子通家別恨添兩行秦樹直萬點蜀山尖
御史青驄馬參軍舊紫髯皇華吾善處于汝定無嫌

贈陳二補闕

世儒多汩沒夫子獨聲名獻納開東觀君王問長卿皂鵰寒始急天馬老能行自到青冥裏休看白髮生

故武衞將軍挽詞三首

嚴警當寒夜前軍落大星壯夫思敢決哀詔惜精靈王者今無戰書生已勒銘封侯意疏闊編簡爲誰青

舞劍過人絕鳴弓射獸能銛音纖鋒行愜順猛噬失蹻騰赤羽千夫膳黃河十月冰橫行沙漠外神速至今稱

哀挽青門去新阡絳水遙路人紛雨泣天意颯風飆部曲精仍銳匈奴氣不驕無由覩雄略大樹日蕭蕭

白水明府舅宅喜雨

吾舅政如此古人誰復過碧山晴又溼白水雨添多精禱既不昧歡娛將謂何湯年旱頗甚今日醉絃歌

九日楊奉先會白水崔明府

今日潘懷縣同時陸浚儀坐開桑落酒來把菊花枝
天宇清霜淨公堂宿霧披晚酣留客舞鳧舄共差池

官定後戲贈時免河西尉爲右衛率府兵曹○自此以上皆天寶未亂以前之詩

不作河西尉凄涼爲折腰老夫怕趨走率府且逍遙
耽酒須微祿狂歌託聖朝故山歸興盡回首向風飆

避地此下皆安史亂後之詩

避地歲時晚竄身筋骨勞詩書遂牆壁奴僕且旌旄
行在僅聞信此生隨所遭神堯舊天下會見出腥臊

送靈州李判官此及上首皆集外詩

羯胡腥四海回首一茫茫血戰乾坤赤氛迷日月黃
將軍專策略幕府盛才良近賀中興主神兵動朔方

月夜

今夜鄜州月閨中祇獨看遙憐小兒女未解憶長安

香霧雲鬟溼清輝玉臂寒何時（一作當）倚虛幌雙照淚痕乾

對雪

戰哭多新鬼愁吟獨老翁亂雲低薄暮急雪舞迴風瓢棄樽無綠爐存火似紅數州消息斷愁坐正書空

元日寄韋氏妹

近聞韋氏妹迎在漢鍾離郎伯殊方鎮京華舊國移秦（一作春）城迴北斗郢樹發南枝不見朝正使啼痕滿面垂（此至德二載元日作妹嫁韋氏即同谷七歌所云有妹有妹在鍾離者也鍾離即今之鳳陽府戰國時屬楚地詩中郢樹句指妹在楚境也婦人稱其夫曰郎曰伯詩自伯之東）

得舍弟消息二首

近有平陰信遙憐舍弟存側身千里道寄食一家村烽舉新酣戰啼垂舊血痕不知臨老日招得幾人（一作時）魂

汝懦歸無計吾衰往未期浪傳烏鵲喜深負鶺鴒詩生理何顏面憂端且歲時兩京三十口雖在命如絲

憶幼子

驥子春猶隔鶯歌暖正繁別離驚節換聰慧與誰論澗水空山道柴門老樹村憶渠愁祗（一作卽一作正）睡炙背俯晴軒

一百五日夜對月

無家對寒食有淚如金波斫卻月中桂清光應更多仳離放紅蘂想像顰（舊作嚬）青蛾牛女漫愁思秋期猶渡河

春望

國破山河在城春（一作荒）草木深感時花濺淚恨別鳥驚心烽火連三月家書抵萬金白頭搔更短渾欲不勝簪

喜達行在所三首

西憶岐陽信無人遂卻回眼穿當落日心死著寒灰
霧一作茂樹行相引連山一作蓮峯望忽開所親驚老瘦辛
苦賊中來

愁思胡笳夕淒涼漢苑春生還今日事問道暫時人
司隸章初睹南陽氣已新喜心翻倒極嗚咽淚沾巾

死去憑誰報歸來始自憐猶瞻太白雪喜遇武功天
影靜千官裏心蘇七校前今朝漢社稷新數中興年

月

天上秋期近人間月影清入河蟾不沒搗藥兔長生
祇益丹心苦能添白髮明干戈知滿地休照國西營

哭長生侍御

道為詩書重名因賦頌雄禮闈曾擢桂憲府屢乘驄
流水生涯盡浮雲世事空惟餘舊臺柏蕭瑟九原中

奉贈嚴八閣老

扈聖（一作今日）登黃閣明公獨妙年蛟龍得雲雨鵰鶚在秋天客禮容疎放官曹可（一作許）接聯新詩句句好應任老夫傳

留別賈嚴二閣老兩院遺補諸公得聞字（二閣老賈至嚴武也杜公家寓鄜州彌年艱窘詔許自往視此將北征之時所作）

田園須暫往戎馬惜離羣去遠留詩別愁多任酒醺一秋常苦雨今日始無雲山路時（一作晴）吹角那堪處處聞

晚行口號

三山不可到歸路晚山稠落雁浮寒水飢烏集戍樓市朝今日異喪亂幾時休遠媿梁江總還家尚黑頭

獨酌成詩

燈花何太喜酒綠正相親醉裏從爲客詩成覺有神

兵戈猶在眼儒術豈謀身苦被微官縛低頭媿野人

收京三首

仙仗離丹極妖星照一作帶玉除須爲下殿走不可好樓居暫屈汾陽駕聊飛燕將書依然七廟略更與萬方初

生意甘衰白天涯正寂寥忽聞哀痛詔又下聖明朝羽翼懷商老文思憶帝堯叨逢罪己日霑灑一作灑涕望青霄

汗馬收宮闕春城鏟賊壕賞應歌杕杜歸及薦櫻桃雜虜橫戈數功臣甲第高萬方頻送喜無乃聖躬勞

奉贈王中允維

中允聲名久如今契闊深共傳收庾信不比得陳琳一病緣明主三年獨此心窮愁應有作試誦白頭吟

春宿左省

花隱掖垣暮啾啾棲鳥過星臨萬戶動月傍九霄多不寢（一作寐）聽金鑰（一作鑠）因風想玉珂明朝有封事數問夜如何

晚出左掖

晝刻傳呼淺春旗簇仗齊退朝花底散歸院柳邊迷樓雪融城溼宮雲去殿低避人焚諫草騎馬欲雞棲

送賈閣老出汝州

西掖梧桐樹空留一院陰艱難歸故里去住損春心宮殿青門隔雲山紫邏深（錢箋寰宇記臨汝縣在汝州西南六十里本漢梁縣地唐先天二年割置縣於今縣西二十里紫邏川置）人生五馬貴莫受二毛侵

送翰林張司馬（一云學士）南海勒碑（自注相國製文）

冠冕通南極文章落上台詔從三殿去碑到百蠻開野館濃花發春帆細雨來不知滄海上（一作使）天遣幾

時迴

奉答岑參補闕見贈

窈窕清禁闥罷朝歸不同君隨丞相後我往一作住非日華東錢箋雍錄唐六典宣政殿前有兩廡兩廡各有門其東曰日華日華之東則門下省也居殿廡之左故曰左省西廊有門曰月華月華之西即中書省也凡兩省官繫銜以左右者皆分屬焉罷朝歸不同言分東西班各歸本省也君隨丞相後宰相罷朝由月華門出而入中書凡西省官亦隨丞相出西也若左省官仍自東出故云我往日華東也冉冉柳枝碧娟娟花蘂紅故人得佳句獨贈白頭翁

贈畢四曜

才大今詩伯家貧苦宦卑飢寒奴僕賤顏狀老翁為同調嗟誰惜論文笑自知流傳江鮑體相顧免無兒

端午日賜衣

宮衣亦有名端午被恩榮細葛含風軟香羅疊雪輕自天題處溼當暑著來清意內稱音平義仄長短終身荷

聖情

酬孟雲卿

樂極傷頭白更長(一作深)愛燭紅相逢難衮衮告別莫悤悤但恐天河落甯辭酒盞空明朝牽世務揮淚各西東

至德二載甫自京金光門出閒道歸鳳翔乾元初從左拾遺移華州掾與親故別因出此門有悲往事

此道昔歸順西郊胡正(一作騎)煩至今猶(一作殘)破膽應有未招魂近侍歸京邑移官豈至尊(公以至德二載疏救房琯獲咎賴張鎬救全之至次年出為華州司功或為當事者所排擠非肅宗意也故曰移官豈至尊)無才日衰老駐馬望千門

獨立

空外一鷙鳥河閒雙白鷗飄颻搏擊便容易往來遊

草露亦多溼蛛絲仍未收天機近人事獨立萬端憂草露喻讒謗汙染也蛛絲喻網羅罥罣也天機雖自淡泊無奈與人事日日相近動輒得咎故因有所見而感歎

寄高三十五詹事

安穩高詹事兵戈久索居時來知一作如宦達歲晚莫情疏天上多鴻雁池中足鯉魚相看過半百不寄一行書

贈高式顏

昔別是何處相逢皆老夫故人還寂寞削跡共艱虞自失論文友空知賣酒壚平生飛動意見爾不能無

觀安西兵過赴關中待命二首

四鎮富精銳摧鋒皆絕倫還聞獻士卒足以靜風塵老馬夜知道蒼鷹飢一作秋著人臨危經久戰用急始如神

奇兵不在衆萬馬救中原談笑無河北心肝奉至尊孤雲隨殺氣飛鳥避轅門竟日留歡樂城池未覺喧

觀兵

北庭送壯士貔虎數尤多精銳舊無敵邊隅今若何妖氛擁白馬元帥待琱戈莫守鄴城下斬鯨遼海波

末二句言不宜老師於鄴下當直取燕薊賊巢也

路逢襄陽楊少府入城戲題四韻附（一無此四字）呈

楊四員外綰

寄語楊員外山寒少茯苓歸來稍暄暖當爲斸青冥翻動神仙（一作龍蛇）窟封題鳥獸形兼將老藤杖扶汝醉初醒

憶弟二首

喪亂聞吾弟飢寒傍濟州人稀書不到兵在見何由憶昨狂催走無時病去憂即今千種恨惟共水東流

且喜河南定不問鄴城圍百戰今誰在三年望汝歸故園花自發春日鳥還飛斷絕人煙久東西消息稀

得舍弟消息

亂後誰歸得他鄉勝故鄉直爲心厄苦久念與（一作汝）存亡汝書猶在壁汝妾已辭房舊犬知愁恨垂頭傍我牀

不歸

河間尚征（一作戰）伐汝骨在空城從弟人皆有終身恨不平數金憐俊邁總角愛聰明面上三年土春風草又生

秦州雜詩二十首

滿目悲生事因人作遠遊遲迴度隴怯浩蕩及關愁水落魚龍夜山空鳥鼠秋西征問烽火心折此淹留

秦州城（一作山）北寺勝跡（一作傳是）隗囂宮苔蘚山門古丹

青野殿空月明垂葉露雲逐度溪風清渭無情極愁
時獨向東

州圖領同谷（同谷在今甘肅階州之成縣境去秦州約二百里）驛道出流沙
降虜兼千帳居人有萬家馬驕朱（一作珠）汗落胡舞白
題（舊作蹄）斜年少臨洮子西來亦自誇

鼓角緣邊郡川原欲夜時秋聽殷地發風散入雲悲
抱葉寒蟬靜歸山獨鳥遲萬方聲一概吾道欲何之

南使宜天馬由來萬匹强浮雲連陣沒秋草徧山長
聞說真龍種仍殘老驌驦哀鳴思戰鬭迥立向蒼蒼

城上胡笳奏山邊漢節歸防河赴滄海奉詔發金微
士苦形骸黑林疏鳥獸稀那堪往來戍恨解鄴城圍

莽莽萬重山孤城石谷閒無風雲出塞不夜月臨關
屬國歸何晚樓蘭斬未還煙塵一（一作獨）長望衰颯正
摧顏

聞道尋源使從天此路迴牽牛去幾許宛馬至今來

一望幽燕隔何時郡國開東征健兒盡羌笛暮吹哀

今日明人眼臨池好驛亭叢篁低地碧高柳半天青

稠疊多幽事喧呼閱使星老夫如有此不異在郊坰

雲氣接崑崙涔涔塞雨繁羌童看渭水使一作估客向

河源煙火軍中幕牛羊嶺上村所居秋草靜正閉小

蓬門

蕭蕭古塞冷漠漠秋雲低黃鵠翅垂雨蒼鷹飢啄泥

薊門誰自北漢將獨征西不意書生耳一作眼臨衰厭

鼓鞞

山頭南一作東郭寺水號北流泉老樹空庭得清渠一

邑傳秋花危石底晚景臥鐘邊俛仰悲身世溪風為

颯然

傳道東柯谷深藏數十家對門藤蓋瓦映竹水穿沙

瘦地翻宜粟陽坡可種瓜船人近相報但恐失桃花

萬古仇池穴潛通小有天神魚人不見福地語真傳近接西南境長懷十九泉何當（一作時）一茅屋送老白雲邊

未暇泛滄海悠悠兵馬閒塞門風（一作寒風）落木客舍雨連山阮籍行多興龐公隱不還東柯遂疏懶休鑷鬢毛斑

東柯好崖谷不與衆峯羣落日邀雙鳥晴天卷（吳作囊）片雲野人矜（一作吟）險絕水竹會平分採藥吾將老兒童未遣聞

邊秋陰易夕（一作久）不復辨晨光檐雨亂淋幔山雲低度牆鸕鷀窺淺井蚯蚓上深堂車馬何蕭索門前百草長

地僻秋將盡山高客未歸塞雲多斷續邊日少光輝

警急烽常報傳聞檄屢飛西戎外甥國何得迕天威

鳳林戈未息魚海路常難（錢箋天寶元年河西節度使王倕奏破吐蕃魚海及遊弈等軍）候火雲峯（一作烽）峻懸軍暮（一作幕）井乾風連西極動月過北庭寒故老思飛將何時議築壇

唐堯真自聖野老復何知曬藥能無婦應門亦有兒藏書聞禹穴讀記憶仇池爲報鴛行舊鷦鷯在一枝

送人從軍

弱水應無地陽關已近天今君度砂磧累月斷人煙好武寧論命封侯不計年馬寒防失道雪沒錦鞍韉

示姪佐（佐草堂在東柯谷）

多病秋風落君來慰眼前自聞茅屋趣祇想竹林眠滿谷山雲起侵籬澗水懸嗣宗諸子姪早覺仲容賢

佐還山後寄三首

山晚黃雲合歸時恐路迷澗寒人欲到林（一作村）黑鳥

應棲野客茅茨小田家樹木低舊諳疏懶叔須汝故相攜

白露黃粱熟分張素有期已應春得細頗覺寄來遲味豈同金菊香宜配綠葵老人他日愛正想滑流匙

幾道泉澆圃交橫幔落一作落幔非坡葳蕤秋葉少隱映野雲多隔沼連香芰通林帶女蘿甚聞霜薤白重惠意如何

宿贊公房

杖錫何來此秋風已颯然雨荒深院菊霜倒半池蓮放逐寧違性虛空不離禪相逢成夜宿隴月向人圓

秋日阮隱居致薤三十束

隱者柴門內畦蔬遶舍秋盈筐承露薤不待致書求束比青芻色圓齊玉筯頭衰年關鬲冷味暖復一作腹無憂

從人覓小胡孫許寄

人說南州路山猿樹樹懸舉家聞若咳(舊作駭)為寄小如拳預哂愁胡面初調見馬鞭許求聰慧者童稚捧應癲

遣懷

愁眼看霜露寒城菊自花天風隨斷柳客淚墮清笳水靜樓(一作城)陰直山昏塞日斜夜來歸鳥盡啼殺後棲鵶

寓目

一縣蒲萄熟秋山苜蓿多關雲常帶雨塞水不成河羌女輕(一作播)烽燧胡兒掣(一作制)駱駝自傷遲暮眼喪亂飽經過

野望

清秋望不極迢遞起層陰遠水兼天淨孤城隱霧深

葉稀風更落山迥日初沈獨鶴歸何晚昏鴉已滿林

雨晴一作秋霽

天外秋雲薄從西萬里風今朝好晴景久雨不妨農
塞柳行疏翠山梨結小紅胡笳樓上發一雁入高空

日暮

日落風亦起城頭烏尾訛黃雲高未動白水已揚波
羌婦語還笑一作哭胡兒行且歌將軍別換一作上馬夜
出擁雕戈

東樓鏡銓本題下有樓跨府城上五字錢箋本無之

萬里流沙道西征過此一作北門但添新一作征戰骨不
返舊征一作死生魂樓角凌風迥城陰帶水一作雨昏傳聲
看驛使送節向河源

山寺

野寺殘僧少山園細路高麝香眠石竹鸚鵡啄金桃

亂水通人過懸崖置屋牢上方重閣晚百里見秋毫

天河

常時任顯晦秋至轉(一作最)分明縱被微雲掩終能永夜清含星動雙闕伴月落邊城牛女年年渡何曾風浪生

初月

光細弦欲(一作初)上影斜輪未安微升古塞外已隱暮雲端河漢不改色關山空自寒庭前有白露暗滿菊花團

擣衣

亦知戍不返秋至拭清砧已近苦(一作暮)寒月況經(一作驚)長別心寧辭擣衣倦一寄塞垣深用盡閨中力君聽空外音

歸燕

不獨避霜雪其如儔侶稀四時無失序八月自知歸春色豈相訪衆雛還識機故巢儻未毀會傍主人飛

促織

促織甚微細哀音何動人草根吟不穩牀下夜相親久客得無淚故妻難及晨悲絲（一作絃）與急管感激異天真

螢火

幸因腐草出敢近太陽飛未足臨書卷時能點客衣隨風隔幔小帶雨傍林微十月清霜重飄零何處歸

蒹葭

摧折不自守秋風吹若何暫時花帶（一作戴）雪幾處葉沈波體弱春苗（一作風）早叢長夜露多江湖後搖落亦（一作祇）恐歲蹉跎

苦竹

青冥亦自守軟弱强扶持味苦夏蟲避叢卑春鳥疑
軒墀曾不重翦伐欲無辭幸近幽人屋霜根結在茲

除架

束薪已零落瓠葉轉蕭疏幸結白花了寧辭青蔓除
秋蟲聲不去暮雀意何如寒事今牢落人生亦有初

廢畦

秋蔬擁霜露豈敢惜凋殘暮景數枝葉天風吹汝寒
綠霑泥滓盡香與歲時闌生意春如昨悲君白玉盤

夕烽

夕烽來不近每日報平安塞上傳光小雲邊落點殘
照秦通警急過隴自艱難聞道蓬萊殿千門立馬看

秋笛

清商欲盡奏奏苦血霑衣他日傷心極征人白骨歸
相逢恐恨過故作發聲微不見秋雲動悲風稍稍飛

空囊

翠柏苦猶食明霞高可餐世人共鹵莽吾道屬艱難不爨井晨凍無衣牀夜寒囊空恐羞澁留得一錢看

病馬

乘爾亦已久天寒關塞深塵中老盡力歲晚病傷心毛骨豈殊衆馴良猶至今物微意不淺感動一沈吟

蕃劍

致此自僻遠又非珠玉裝如何有奇怪每夜吐光芒虎氣必騰上（一作趠）龍身寧久藏風塵苦未息持汝奉明王

銅瓶

亂後碧井廢時清瑤殿深銅瓶未失水百丈有哀音側想美人意應悲寒甃沈蛟龍半缺落猶得折黃金

月夜憶舍弟

戍鼓斷人行邊秋一作秋邊一雁聲露從今夜白月是故鄉明有弟皆分散無家問死生寄書長不達況乃未休兵

天末懷李白

涼風起天末君子意如何鴻雁幾時到江湖秋水多文章憎命達魑魅喜人過應共冤魂語投詩贈汨羅

所思自注得台州鄭司戶虔消息

鄭老身仍竄台州信始傳爲農山澗曲臥病海雲邊世已疏儒素人猶乞音氣酒錢徒勞望牛斗無計斸龍泉

即事

聞道花門破和親事卻非人憐漢公主生得渡河歸錢箋乾元二年回紇從郭子儀戰於相州城下不利奔於西京四月可汗死其牙官都督等欲以甯國公主殉葬公主亦依回紇法剺面大哭竟以無子得歸八月詔百官於明鳳門外迎之秋思拋雲

髫腰支賸寶衣羣凶猶索戰回首意多違

送遠

帶甲滿天地胡爲君遠行親朋盡一哭鞍馬去孤城草木歲月晚關河霜雪清別離已昨日因見古（一作故）人情

酬高使君相贈（此下皆自秦隴至成都以後之詩）

古寺僧牢落（錢箋公所居草堂寺時寓寺中故高詩云傳道招提客也）空房客（一作得）寓居故人供祿米鄰舍與園蔬雙樹容聽法三車肯載書草玄吾豈敢賦或似相如

王十五司馬弟出郭相訪遺營草堂貲

客裏何遷次江邊正寂寥肯來尋一老愁破是今朝憂我營茅棟攜錢過野橋他鄉惟表弟還往莫辭遙

梅雨

南京犀浦道（錢箋至德二載以蜀郡爲南京寰宇記犀浦縣周垂拱二年割成都之西鄙置）

屬犀浦縣杜甫宅地四月熟黃梅黤黤長江去冥冥細雨來茅茨疏易溼雲霧密難開竟日蛟龍喜盤渦與岸迴

江漲

江漲柴門外兒童報急流下牀高數尺倚杖沒中洲細動迎風燕輕搖逐浪鷗漁人縈小楫容易拔一作振船頭

爲農

錦里煙塵外江村八九家圓荷浮小葉細麥落一作墮輕花卜宅從茲老爲農去國賖遠慚句漏令不得問丹砂

賓至

患氣經時久臨江卜宅新喧卑方避俗疏快頗宜人有客過茅宇呼兒正葛巾自鋤稀菜甲小摘爲情親

田舍

田舍清江曲柴門古道旁草深迷市井地僻嬾衣裳
櫸同柜或作楊柳枝枝弱枇杷樹樹一作對對香鸕鷀西日照
曬翅滿漁梁

雲山

京洛雲山外音書靜不來神交作賦客力盡望鄉臺
衰疾江邊臥親朋日暮迴白鷗元水宿何事有餘哀

遣興

干戈猶未定弟妹各何之拭淚霑襟血梳頭滿面絲
地卑荒野大天遠暮江遲衰疾那能久應無見汝期

遣愁

養拙蓬為戶茫茫何所開江通神汝館地隔望鄉臺
漸惜容顏老無由弟妹來兵戈與人事回首一悲哀

北鄰

明府豈辭滿藏身方告勞青錢買野竹白幘岸江皋

愛酒晉山簡能詩何水曹時來訪老疾步屧到蓬蒿

過南鄰朱山人水亭

相近竹參差相過人不知幽花欹滿樹細（一作小）水曲（一作細）通池歸客村非遠殘樽席更移看君多道氣從此數追隨

出郭

霜露晚淒淒高天逐望低遠煙鹽井上斜景雪峯西故國猶兵馬他鄉亦鼓鼙江城今夜客還與舊烏啼

散愁二首

久客宜旋斾興王未息戈蜀星陰見少江雨夜聞多百萬傳深入寰區望匪他司徒（光弼）下燕趙收取舊山河

聞道并州鎮尚書（王思禮）訓士齊幾時通薊北當日報關西戀闕丹心破霑衣皓首啼老魂招不得歸路恐

長迷

奉簡高三十五使君

當代論才子，如公復幾人。驊騮開道路，鷹隼出風塵。行色秋將晚，交情老更親。天涯喜相見，披豁對吾真。

和裴迪登新津寺寄王侍郎（王時牧蜀）

何恨（一作限）倚山木，吟詩秋葉黃。蟬聲集古寺，鳥影度寒塘。風物悲遊子，登臨憶侍郎。老夫貪佛日，隨意宿僧房。

村夜

風色蕭蕭暮，江頭人不行。村舂雨外急，鄰火夜深明。胡羯何多難，樵漁寄此生。中原有兄弟，萬里正含情。

西郊

時出碧雞坊，西郊向草堂。市橋官柳細，江路野梅香。傍架齊書帙，看題檢（一作減）藥囊。無人覺（一作與）來往，疏

嬾意何長

寄楊五桂州譚（原注：因州參軍段子之任）

五嶺皆炎熱宜人獨桂林梅花萬里外雪片一冬深聞此寬相憶爲邦復好音江邊送孫楚遠附白頭吟

寄贈王十將軍承俊

將軍膽氣雄臂懸兩角弓纏結青驄馬出入錦城中時危未授鉞勢屈難爲功賓客滿堂上何人高義同

奉酬李都督表丈早春作

力疾坐清曉來詩悲早春轉添愁伴客更覺老隨人（一作身非）紅入桃花嫩青歸柳葉新望鄉應未已四海尚風塵

題新津北橋樓得郊字

望極春城上開筵近鳥巢白花檐外朶青柳檻前梢池水觀爲政廚煙覺遠庖西川供客眼偏愛（一作惟有）此

江郊

遊修覺寺

野寺江天豁山扉花竹幽詩應有神助吾得及春遊徑石深一作相縈帶川雲自一作晚去留禪枝宿衆鳥漂轉暮歸愁

後遊

寺憶曾遊處橋憐再渡時江山如有待花柳更無私野潤煙光薄沙暄日色遲客愁全為減捨此復何之

遣意二首

囀枝黃鳥近泛渚白鷗輕一逕野花落孤村春水生衰年催釀黍細雨更移橙漸喜交遊絕幽居不用名

檐影微微落津流脈脈斜野船明細火宿鷺起舊作雁聚圓沙雲掩初弦月香傳小樹花鄰人有美酒稚子夜能賒

漫成二首

野日荒荒（一作茫茫）白春（一作江）流泯泯清渚蒲隨地有村逕逐門成祇作披衣慣常從漉酒生眼邊無俗物多病也身輕

江皋已仲春花下復清晨仰面貪看鳥迴頭錯應人讀書難字過對酒滿壺頻近識峨嵋老知余懶是真

春夜喜雨

好雨知時節當春乃發生隨風潛入夜潤物細無聲野徑雲俱黑江船火獨明曉看紅溼處花重錦官城

春水

三月桃花浪（一作水）江流復舊痕朝來沒沙尾碧色動柴門接縷垂芳餌連筒灌小園已添無數鳥爭浴故相喧

江亭

坦腹江亭暖長吟野望時水流心不競雲在意俱遲
寂寂春將晚欣欣物自私江東猶苦戰回首一顰眉
錢本作故林歸未得排悶强裁詩

早起

春來常早起幽事頗相關帖石防隤岸開林出遠山
一邱藏曲折緩步有躋攀童僕來城市瓶中得酒還

落日

落日在簾鉤溪邊春事幽芳菲緣岸圃樵爨倚灘舟
啅雀爭枝墜飛蟲滿院遊濁醪誰造汝一酌散千憂

可惜

花飛有底急老去願春遲可惜歡娛地都非少壯時
寬心應是酒遣興莫過詩此意陶潛解吾生後汝期

獨酌

步屧一作倚杖深林晚開樽獨酌遲仰蠭黏落絮一作蕊行

（戶郎切）蟻上枯棃薄劣慚真隱幽偏得自怡本無軒冕
意不是傲當時

徐步

整履（一作展）（一作屣）步青蕪荒庭日欲晡芹泥隨燕觜蕊粉
（一作花蕊）上蜂鬚把酒從衣溼吟詩信杖扶敢論才見忌
實有醉如愚

寒食

寒食江村路風花高下飛汀煙輕冉冉竹日淨暉暉
田父要皆去鄰家問不違地偏相識盡雞犬亦忘歸
（一作機）

贈別何邕

生死論交地何由見一人悲君隨鷰雀薄宦走風塵
綿谷元通漢沱江不向秦五陵花滿眼傳語故鄉春

石鏡

蜀王將此鏡送死置空山冥寞憐香骨提攜近玉顏衆妃無復歎千騎亦虛還獨有傷心石埋輪月宇閒

琴臺

茂陵多病後尚愛卓文君酒肆人閒世琴臺日暮雲野花留寶靨蔓草見羅裙歸鳳求凰意寥寥不復聞

水檻遣心二首

去郭軒楹敞無村眺望賒澄江平少岸幽樹晚多花細雨魚兒出微風燕子斜城中十萬戶此地兩三家

蜀天常夜雨江檻已朝晴葉潤林塘密衣乾枕席清不堪祇老病何得尚浮名淺把涓涓酒深憑送此生

朝雨

涼氣曉蕭蕭江雲亂眼飄風鳶一作鴛藏近渚雨燕集深條黃綺終辭一作投漢巢由不見堯草堂樽酒在幸得過清朝

晚晴

村晚驚風渡庭幽過雨霑夕陽薰細草江色映疏簾書亂誰能帙杯乾自可添時聞有餘論未怪老夫潛

高柟（俗作楠）

柟樹色冥冥江邊一蓋青近根開藥圃接葉製茅亭落景陰猶合微風韻可聽尋常絕醉困臥此片時醒

惡樹

獨遶虛齋徑常持小斧柯幽陰成頗雜惡木剪還多枸杞因（一作固）吾有雞棲奈汝（一作爾）何方知不材者生長漫婆娑

一室

一室他鄉遠（一作老）空林暮景懸正愁聞塞笛獨立見江船巴蜀來多病荊蠻去幾千（一作年）應同王粲宅留井峴山前

聞斛斯六官未歸

故人南郡去去索作碑錢本賣文爲活翻令石倒懸

荆扉深蔓草土銼冷疏煙老罷休無賴歸來看醉眠

赴青城縣出成都寄陶王二少尹

老恥妻孥笑貧嗟出入勞客情投異縣詩態憶吾曹

東郭滄江合西山白雪高文章差底病迴首與滔滔

野望因過常少仙

野橋齊度馬秋望轉幽哉竹覆青城合江從灌口來

入村樵徑引嘗果栗皺一作園開落盡高天日幽人未

遣回

送裴五赴東川

故人亦流落高義動乾坤何日通燕塞相看老蜀門

東行應暫別北望苦銷魂凜凜悲秋意非君誰與論

逢唐興劉主簿弟錢箋寰宇記遂州蓬溪縣本漢廣漢縣地唐永淳元年置

唐興縣天寶元年改爲蓬溪公此詩及唐興縣客館記俱循舊名

分手開元末，連年絕尺書。江山且相見，戎馬未安居。劍外官人冷，關中驛騎疏。輕舟下吳會，主簿意何如。

敬簡王明府

葉縣郎官宰，周南太史公。神仙才有數，流落意無窮。驥病思偏秣，鷹秋（一作愁）怕苦籠。看君用高義，恥與萬人同。

重簡王明府

甲子西南異，冬來祇薄寒。江雲何夜盡（一作靜），蜀雨幾時乾。行李須相問，窮愁豈自（一作有）寬。君聽鴻雁響，恐致稻粱難。

不見（近無李白消息）

不見李生久，佯狂真可哀。世人皆欲殺，吾意獨憐才。敏捷詩千首，飄零酒一杯。匡山讀書處，頭白好歸來。

草堂卽事

荒邨建子月獨樹老夫家霧（一作雪）裏江船渡風前徑竹斜寒魚依密藻宿鴈（一作鷺）聚圓沙蜀酒禁愁得無錢何處賒

徐九少尹見過

晚景孤邨僻行軍數騎來交新徒有喜禮厚愧無才賞靜憐雲竹忘歸步月臺何當看花蕊欲發照江梅

范二員外邈吳十侍御郁特枉駕闕展待聊寄此作

暫往比鄰去空聞二妙歸幽棲誠簡略衰白已光輝野外貧家遠村中好客稀論文或不愧重肯款柴扉

王竟攜酒高亦同過（前有七律一首題云王十七侍御掄許攜酒至草堂奉寄此詩便請邀高三十五使君同到故此一首題云王竟攜酒高亦同過前詩云老夫臥穩朝慵起白屋寒多暖始開江鸛巧當幽徑浴鄰雞還過短牆來繡衣屢許攜家醞皁）

蓋能忘折野梅戲假霜威促山簡須成一醉習池迴

臥疾荒郊遠通行小徑難故人能領客攜酒重相看自愧無鮭一作鰕菜空頒卸馬鞍移樽勸山簡頭白恐風寒自注高每云汝年幾不必小於我故此句戲之

觀作橋成月夜舟中有述還呈李司馬此題本有七律一首五律一首題作陪李七司馬皁江上觀造竹橋云云此所題者草堂本也

把燭橋成夜迴舟客坐時天高雲去盡江迥月來遲衰謝多扶病招邀屢有期異方乘此興樂罷不無悲

得廣州張判官叔卿書使還以詩代意

鄉關胡騎滿一作遠宇宙蜀城偏忽得炎州信遙從月峽傳雲深驃騎幕夜隔孝廉船卻寄雙愁眼相思淚點懸

魏十四侍御就敝廬相別

有客騎驄馬江邊問草堂遠尋留藥價惜別倒一作到

文場入幕旌旗動歸軒錦繡香時應念衰疾書疏及
滄浪

贈別鄭鍊赴襄陽

戎馬交馳際柴門老病身把君詩過日（一作目非）念此別
驚神地闊峨眉晚（一作曉）天高峴首春爲於耆舊內試
覓姓龐人

廣州段功曹到得楊五長史譚書功曹卻歸聊
寄此詩

衞青開幕府楊僕將樓船漢節梅花外春城海水邊
銅梁書遠及珠浦使將旋貧病他鄉老煩君萬里傳

送段功曹歸廣州

南海春天外功曹幾月程（一作行）峽雲籠樹小湖日落
（一作蕩）船明交趾丹砂重韶州白葛輕幸君因旅客時
寄錦官城

江頭五詠

丁香

丁香體柔弱亂結枝猶墊細葉帶浮毛疏花披素豔深栽小齋後庶近幽人占晚墮蘭麝中休懷粉身念

麗春

百草競春華麗春應最勝少須（晉作頃）好顏色（草堂作顏色好）多漫枝條剩紛紛桃李枝處處總能移如何貴此重（晉作稀如可貴重）卻怕有人知

梔子

梔子比衆木人間誠未多於身色有用與道氣傷（一作相非）和紅取風霜實青看雨露柯無情移得汝貴在映江波

鸂鶒

故使籠寬織須知動損毛看雲猶（一作莫）悵望失水任

呼號六翮曾經翦孤飛卒(通猝)未高且無鷹隼慮留滯莫辭勞

花鴨

花鴨無泥滓階前(一作中庭)每緩行羽毛知獨立黑白太分明不覺羣心妬休牽衆眼驚稻粱霑汝在作意莫先鳴

畏人

早花隨處發(一作發處)春鳥異方啼萬里清江上三年(一作峯)落日低畏人成小築褊性合幽棲門逕(一作没逕)從榛草無心待馬蹄

屏跡三首

用拙存(一作誠)吾道幽居近物情桑麻深雨露燕雀半生成村鼓時時急漁舟箇箇輕杖藜從白首心跡喜雙清

晚起家何事無營地轉幽竹光團野色舍一作山影漾
江流失學從兒嬾長貧任婦愁百年渾得醉一月不
梳頭

衰顏一作年甘屏跡幽事供高臥鳥下竹根行龜開萍
葉過年荒酒價乏日倂園蔬課猶酌甘泉歌一云獨酌酣且
歌一云獨酌酌甘泉歌長擊樽破

嚴公廳宴同詠蜀道畫圖得空字

日臨公館靜畫列一作滿地圖雄劍閣星橋北松州雪
嶺東華夷山不斷吳蜀水相通興與煙霞會清樽幸
不空

奉濟驛重送嚴公四韻

遠送從此別青山空復情幾時杯重把昨夜月同行
列郡謳歌惜三朝出入榮江村獨歸處一作去寂寞養
殘生

題玄武禪師屋壁

何年顧虎頭滿壁畫滄一作瀛洲赤日石林氣青天江海一作水流錫飛常近鶴杯渡不驚鷗似得廬山路真隨惠遠遊

悲秋

涼風動萬里羣盜尚縱横家遠待一作傳書日秋來爲客情愁窺高鳥過老逐衆人行始欲投山峽何由見兩京

客夜

客睡何曾著秋天不肯明卷簾殘月影高枕遠一作送江聲計拙無衣食途窮仗友生老妻書數紙應悉未歸情

客亭

秋窗猶曙色落木更高一作天風日出寒山外江流宿

霧中聖朝無棄物衰(一作老)病已成翁多少殘生事飄零任轉蓬

九日登梓州城

伊昔黃花酒如今白髮翁追歡筋力異望遠歲時同弟妹悲歌裏乾坤(一作朝廷)醉眼中兵戈與關塞此日意無窮

九日奉寄嚴大夫

九日應愁思經時冒險艱不眠持漢節何路出巴山小驛香醪嫩重巖細菊斑遙知簇鞍馬回首白雲閒

戲題寄上漢中王三首(自注時王在梓州初至斷酒不飲篇中戲述)

西漢親王子成都老客星百年雙白鬢一別五秋螢忍斷杯中物祗看座右銘不能隨皁蓋自醉逐浮萍

策杖時能出王門異昔遊已知嗟不起未許醉相留蜀酒濃無敵江魚美可求終思一酩酊淨掃雁池頭

羣盜無歸路衰顏會遠方尚憐詩警策猶記酒顛狂
魯衞彌尊重徐陳略喪亡空餘枚叟在應念早升堂

翫月呈漢中王

夜深露氣清江月滿江城浮客轉危坐歸舟應獨行
關山同一照(一作點)烏鵲自多驚欲得淮王術(錢箋淮南子畫隨灰而月暈闕許慎注曰有軍士相圍守則月暈以蘆灰環闕其一面則月暈亦闕於上周王褒關山月詩天寒光轉白風多暈欲生庾肩吾望月詩圓隨漢東蚌暈逐淮南灰)風吹暈已生

陪王侍御宴通泉東山野亭

江。水。東。流。去。清樽日復斜異方同宴賞何處是京華
亭景臨山水村煙對浦沙狂歌遇形(一作於)勝得醉卽
爲家

舍弟占歸草堂檢校聊示此詩

久客應吾道相隨獨爾來熟(舊作孰)知江路近頻爲草
堂迴鵝鴨宜長數柴荊莫浪開東林竹影薄臘月更

須栽

春日梓州登樓二首

行路難如此登樓望欲迷身無卻少壯跡有但羈栖江水流城郭春風入鼓鞞雙雙新燕子依舊已銜泥

天畔登樓眼隨春入故園戰場今始定移柳豈（一作更）能存厭蜀交遊冷思吳勝事繁應須理舟楫長嘯下荊門

送司馬入京（錢箋本無此詩鏡銓本作巴西聞收京闕送班司馬入京二首玉几山人本作兩題前題同鏡銓本後題同此本）

羣盜至今日先朝忝從臣歎君能戀主久客羨歸秦黃閣（一作閤）長司諫丹墀有故人向來論社稷爲話涕霑巾

遠遊

賤子何人記迷方著處家竹風連野色江水擁春沙

種藥扶衰病吟詩解歎嗟似聞胡騎走。失喜問京華。

鄭城西原送李判官兄武判官弟赴成都府

憑高（一作登）送所親久坐惜芳辰遠水非無浪他山自有春野花隨處發官柳著行新天際傷愁別離筵何太頻

涪江泛舟送韋班歸京得山字

追餞同舟日傷春（一作心）一水閒飄零為客久衰老羨君還花。遠。（一作雜）重。重。樹。雲。輕。處。處。山。天涯故人少更益鬢毛班

泛舟送魏十八倉曹還京因寄岑中允參范郎中季明

遲日深春水輕舟送別筵帝鄉愁緒外春色淚痕邊見酒須相憶將詩莫浪傳若逢岑與范為報（一作問）各衰年

泛江送客

二月頻送客東津江欲平煙花山際重舟楫浪前輕淚逐勸盃下秋連吹笛生離筵不隔日那得易爲情

雙燕

旅食驚雙（一作雙飛）燕銜泥入此（一作北）堂應同避燥溼且復過炎涼養子風塵際來時道路長今秋天地在吾亦離殊方

百舌

百舌來何處重重祇報春知音兼衆語整翮豈多身花密藏難見枝高聽轉新過時如發口君側有讒人

登牛頭山亭子

路出雙林外亭窺萬井中江城孤照日春（一作山）谷遠含風兵革身將老關河信不通猶殘數行淚忍對百花叢

上牛頭寺

青山意不盡衮衮上牛頭無復能拘礙真成淚出遊花濃春寺靜竹細野池幽何處鶯啼切移時獨未休

望牛頭寺

牛頭見鶴林梯逕繞幽深春色浮山外天河宿殿陰傳燈無白日布地有黃金休作狂歌老迴看不住心

上兜率如字寺

兜率知名寺真如會法堂江山有巴蜀棟宇自齊梁庾信哀雖久周舊作何誤顒好不忘白牛車遠近且欲上慈航

望兜率寺

樹密當山徑深江隔寺門霏霏雲氣動一作重閃閃淚花翻不復知天大空餘見佛尊時應清盥罷隨喜給孤園

甘園

春日清江岸千甘二頃園青雲羞葉密白雪避花繁
結子隨邊使開筒近至尊後於桃李熟終得獻金門

陪李(一作章)梓州王閬州蘇遂州李果州四使君

登惠義寺

春日無人境虛空不住天鶯花隨世界樓閣倚(一作寄)
山巔遲暮身何得登臨意惘然誰能解金印瀟灑共
安禪

數陪李(一作章下同)梓州泛江有女樂在諸舫戲爲
豔曲二首贈李

上客迴空騎佳人滿近船江清歌扇底野曠舞衣前
玉袖淩(一作臨)風並金壺隱浪偏競將明媚色偷眼豔
陽天
白日移歌裏(一作袖同)清宵近笛牀翠眉縈度曲雲鬢儼分

行立馬千山暮迴舟一水香使君自有婦莫學野鴛鴦

送何侍御歸朝（元注李梓州泛舟筵上作）

舟楫諸侯餞車輿使者歸山花相映發水鳥自孤飛春日垂霜鬢天隅把繡衣故人從此去（一作遠）寥落寸心違

江亭送眉州辛別駕昇之得蕪字

柳影含雲幕（一作重）江波近酒壺異方驚會面終宴惜征途沙晚低風蝶天晴喜浴鳧別離傷老大意緒日荒蕪

行次鹽亭縣聊題四韻奉簡嚴遂州蓬州兩使君諮議諸昆季

馬首見鹽亭高山擁縣青雲溪花淡淡（一作漠漠）春郭水泠泠全蜀多名士嚴家聚德音長歌意無極好爲老

夫聽

倚杖

看花雖郭內（一作外）倚杖卽溪邊山縣早休市江橋春聚（一作近）船狎（一作野）鷗輕白浪歸雁喜青天物色兼生意淒涼憶去年

陪王漢州留杜綿州泛房公西湖

舊相恩追後春池賞不稀闕庭分未到舟楫有光輝豉化蓴絲熟刀鳴鱠縷飛使君雙皁蓋灘淺正相依

舟前小鵝兒

鵝兒黃似酒對酒愛新鵝引頸嗔船逼（一作過）無行亂眼多翅開遭宿雨力小困滄波客散層城暮狐狸奈若何

送韋郎司直歸成都

竄身來蜀地同病得韋郎天下兵戈滿江邊歲月長

別筵花欲暮春日鬢俱蒼爲問南溪竹笋一作抽梢合過牆

臺上得涼字

改席臺能一作爲迥留門月復光雲霄遺暑溼山谷進風涼老去一杯足誰憐屢舞長何煩把官燭似惱鬢毛蒼

章梓州水亭元注時漢中王兼道士席謙在會同用荷字韻

城晚通雲霧亭深到芰荷吏人橋外少秋水席邊多近屬淮王至高門薊子過荊州愛山簡吾醉亦長歌

有感五首

將帥蒙恩澤兵戈有歲年至今勞聖主何以報皇天白骨新交戰雲臺舊拓邊錢箋唐自武德以來開拓邊境地連西域皆置都督府州縣開元中置朔方等處節度使以統之祿山反後數年閒西北數十州相繼淪沒盡取河西隴右之地自鳳翔以西邠州以北皆爲左衽矣乘槎斷消息無處覓張騫錢箋李之

芳被留亥年始放還故云

幽薊餘蚍豕乾坤尚虎狼諸侯春不貢使者日相望

愼勿呑青海無勞問越裳大君先息戰歸馬華山陽

錢箋云是時史朝義下諸降將奄有幽魏之地驕恣不貢代宗懦弱不能致討此詩云愼勿呑青海無勞問越裳安有節鎭之近不修職貢而顧能從事遠略者乎蓋歎之也息戰歸馬謂其不復能用兵而婉辭以譏之也

洛下舟車入天中貢賦均日聞紅粟腐寒待翠華春

莫取金湯固長令宇宙新不過行儉德盜賊本王臣

錢箋自吐蕃入寇車駕東幸議者勸帝都洛陽代宗然之子儀上章奏諫代宗省表垂涕亟還京師其略曰東周之地久陷賊中宮室焚燒十不存一矧其土地狹阨纔數百里東有成皋南有二室險不足恃適爲戰場明明天子躬儉節用苟能黜素餐之吏去冗食之官抑豎刁易牙之權任蘧瑗史鰌之直則黎元自理盜賊自平中興之功旬月可冀此詩後四句正隱括汾陽論奏大意

丹桂風霜急青梧日夜凋由來強幹地未有不臣朝

受鉞親賢往卑宮制詔遙終依古封建豈獨聽簫韶

錢箋初房琯建分鎮討賊之議詔曰令元子北略朔方命諸王分守重鎮詔下遠近相慶咸思效忠於輿復祿山撫膺曰吾不得天下矣肅宗卽位惡琯貶之用其諸子統師然皆不出京師遙制而已宗藩削弱藩鎮不臣公追歎朝廷不用琯議失强幹弱枝之義而有事則倉卒以親賢授鉞也丹桂言王室青梧言宗藩也卑宮制詔卽天寶十五載七月丁卯制置天下之詔也謂其分封諸王如禹之與子故以卑宮言之壯遊詩禹功亦命子此其證也落句言不依古封建之而欲坐聽簫韶不可得也公之冒死救琯豈獨以交友之故哉

胡一作盜滅人還亂兵殘將自疑登壇名絕假執玉爾何遲領郡輒無色之官皆有詞願聞哀痛詔端拱問瘡痍

錢箋李肇國史補開元以前有事於外則命使臣否則止自置八節度十採訪始有坐而為使其後名號益廣大抵生於置兵盛於專利普於銜命於是為使則重為官則輕故天寶末佩印有至四十者大歷中請俸有至千貫者宦官內外悉屬之使舊為權臣所管州縣所理今屬中人者有之此詩云登壇名絕假謂諸將兼官太多所謂坐而為使也領郡輒無色州郡皆權臣所管不能自達故曰無色也之官皆有詞所謂為使則重為官則輕也送陵州路使君詩云王室比多難高官皆武臣與此正相發明東坡謂唐郡縣多不得人由重內輕外者此天寶以前事以言乎廣德之時則迂矣

送元二適江左

亂後今相見秋深復遠行風塵爲客日江海送君情晉室丹陽尹公孫白帝城經過自愛惜取次莫論兵（元注元嘗應孫吳科舉）

薄遊

淅淅（一作漸漸）風生砌團團日（一作月）隱牆遙空秋雁滅半嶺暮雲長病葉多先墜寒花祇暫香巴城添淚眼今夜復清（一作秋）光

薄暮

江水最深（一作長流）地山雲薄暮時寒花隱亂草宿鳥探（一作擇）深枝故國見何日高秋心苦悲人生不再好鬢髮自（一作白）成絲

放船

送客蒼溪縣山寒雨不開直愁騎馬滑故作放舟迴

青惜峯巒過黃知橘柚來江。流。大。（一作天）自。在。坐。穩與悠哉。

贈韋贊善別

扶病送君發自憐猶不歸祇應盡客淚復作掩荊扉
江漢故人少音書從此稀往還二十載歲晚寸心違

警急（元注時高公適領西川節度）

才名舊楚將妙略擁兵機玉壘雖傳檄松州會解圍
和親知拙計公主漫無歸青海今誰得西戎實飽飛

（錢箋至德二載永王璘反適因陳江東利害永王必敗上奇其對以適爲揚州左都督府長史淮南節度使故云舊楚將舊書代宗即位吐蕃陷隴右漸逼京畿適練兵于蜀臨吐蕃南境以牽制之師出無功而松維等州尋爲蕃兵所陷以黃門侍郎嚴武代還此詩松州未陷時作也）

王命

漢北豺狼滿巴西道路難血埋諸將甲骨斷使臣鞍（錢箋廣德元年李之芳等使吐蕃被留二年方得歸）牢落新燒棧蒼茫舊築壇

深懷喻蜀意慟哭望王宮

征夫

十室幾人在千山空自多路衢唯見哭城市不聞歌

漂梗無安地銜枚有荷戈官軍未通蜀吾道竟如何

西山三首

夷界荒山頂蕃州積雪邊錢箋高適疏云今所界吐蕃城堡不過平戎以西數城邈在窮山之巔垂於險絕之木運糧於東馬之路坐甲於無人之鄉李宗諤圖經維州南界江城岷山連嶺而西不知其極北望高山積雪如玉東望城都若井底一面孤峯三面臨江是西蜀控吐蕃之要衝

築城依一作連白帝轉粟上青天蜀將分旗鼓羌兵助一作動鎧鋋西南背和好殺氣日相纏

辛苦三城戍長防萬里秋煙塵侵火井雨雪閉松州

風動將軍幕天寒使者裘漫山賊營一作成壁壘迴首得無憂錢箋廣德元年吐蕃陷松維保三城及雲山新築二城高適不能救於是劍南西山諸州亦入於吐蕃

子弟猶深入，關城未解圍。蠶崖鐵馬瘦，灌口米船稀。辯士安邊策，元戎決勝威。今朝烏鵲喜，欲報凱歌歸。

對酒

莽莽天涯雨，江邊獨立時。不愁巴道路，恐濕漢旌旗。雪嶺防秋急，繩橋戰勝遲。西戎甥舅禮，未敢背恩私。

歲暮

歲暮遠爲客，邊隅還用兵。煙塵犯雪嶺，鼓角動江城。天地日流血，朝廷誰請纓。濟時敢愛死，寂寞壯心驚。

送李卿曄

王子思歸日，長安已亂兵。霑衣問行在，走馬向承明。暮景巴蜀僻，春風江漢清。晉山雖自棄，魏闕尚含情。

城上

草滿巴西綠，空城（一作城空）白日長。風吹花片片，春動水（一作春送雨）茫茫。八駿隨天子，羣臣從武皇。遙聞出巡狩，

早晚偏遐荒

江亭王閬州筵餞蕭遂州

離亭非舊國春色是他鄉老畏歌聲斷（一作短）愁隨舞曲長二天開寵餞五馬爛生光川路風煙接俱宜下鳳凰

陪王使君晦日泛江就黃家亭子二首

山豁何時斷江平不肯流稍知花改岸始驗鳥隨舟結束多紅粉歡娛恨白頭非君愛人客晦日更添愁

有徑金沙軟無人碧草芳野畦連蛺蝶江檻俯鴛鴦日晚煙花亂風生錦繡香不須吹急管衰老易悲傷

泛江

方舟不用楫極目總無波長日容盃酒深江淨綺羅亂離還奏樂飄泊且聽歌故國流清渭如今花正多

暮寒

霧隱平郊樹風寒廣岸波沈沈春色靜慘慘暮寒多
戍鼓猶長擊林鶯遂不歌忽思高宴會朱袖拂雲和

遊子

巴蜀愁誰語吳門興杳然九江春草外三峽暮帆前
厭就成都卜休爲吏部眠蓬萊如可到衰白問羣仙

滕王亭子

寂寞春山路君王不復行古牆猶竹色虛閣自松聲
鳥鵲荒村暮雲霞過客情尚思歌吹入千騎擁一作把霓旌

玉臺觀元注滕王造

浩劫因王造平臺訪古遊彩雲蕭史駐文字魯恭留
宮闕通羣帝乾坤到十洲人傳有笙鶴時過北山頭

十八家詩鈔卷十八

十八家詩鈔卷十九目錄

月
西閣三度期大昌嚴明府同宿不到
巫峽敝廬奉贈侍御四舅別之澧朗
第五弟豐獨在江左近三四載寂無消息覓使
寄此二首
九日諸人集于林
洞房
宿昔
能畫
鬭雞
歷歷
洛陽
驪山
提封

庭草
鸚鵡
孤雁
鷗
猿
麂
雞
黃魚
白小
老病
雨
晴二首
奉送韋中丞之晉赴湖南
別崔潩因寄薛據孟雲卿

十八家詩鈔卷十九目錄

十八家詩鈔卷十九

湘鄉曾國藩纂　合肥李鴻章審訂
東湖王定安校

杜工部五律下三百四首

渡江

春江不可渡二月已風濤舟楫欹斜疾魚龍偃臥高渚花張（一作兼）素錦汀草亂青袍戲問垂綸客悠悠見（一作是）汝曹

寄賀蘭銛

朝野歡娛後乾坤震蕩中相隨萬里日總作白頭翁歲晚仍分袂江邊更轉蓬勿云俱異域飲啄幾回同

別房太尉墓

他鄉復行役駐馬別孤墳近淚無乾土低空（一作空山）有斷雲對碁陪謝傅把劍覓徐君唯見林花落鶯啼送客聞

自閬州領妻子卻赴蜀山行三首

汨汨避羣盜悠悠經十年不成向南國復作遊西川物役水虛照魂傷山寂然我生無倚著盡室畏途邊

長林偃風色迴復（一作首）意猶迷衫裛翠微潤馬銜青草嘶棧（一作逕）懸斜避石橋斷卻尋溪何日干戈盡飄飄愧老妻

行色遞隱見人煙時有無僕夫穿竹語稚子入雲呼轉石驚魑魅抨弓落狖鼯眞供一笑樂似欲慰窮途

歸來

客裏有所適（一作過）歸來知路難開門野鼠走散帙壁魚乾洗杓開（一作斟）新醞低頭著小冠憑誰給麴糵細酌老江干

過故斛斯校書莊二首（自注老儒艱難時病於庸蜀歎其歿後方授一官）

此老已云沒鄰人嗟未一作亦休竟無宣室召徒有茂林求妻子寄他食園林非昔遊空餘一作堂繐帷在浙浙野風秋

鷰入非傍舍鷗歸祇故池斷橋無復板臥柳自生枝遂有山陽作多慚鮑叔知素交零落盡白首淚雙垂

寄邛州崔錄事

邛州崔錄事聞在果園坊久待無消息終朝有底忙應愁江樹遠怯見野亭荒浩蕩風塵一作煙外一作際誰知酒熟香

嚴鄭公階下新松得霑字

弱質豈自負移根方爾瞻細聲聞一作侵玉帳疏翠近珠簾未見紫煙集虛蒙清露霑何當一百丈欹蓋擁高檐

嚴鄭公宅同詠竹得香字

綠竹半含籜新梢纔出牆色侵書帙晚陰過酒樽涼雨洗涓涓淨風吹細細香但令無翦伐會見拂雲長

軍中醉歌寄沈八劉叟

酒渴愛江清餘甘漱晚汀軟沙欹坐穩冷石醉眠醒野膳隨行帳華音發從伶數杯君不見都（一作醉）已遣沈冥

村雨

雨聲傳兩夜寒事颯高秋攬（一作挈）帶看朱紱開箱覩黑裘世情祇益睡盜賊敢忘憂松菊新霑洗茅齋慰遠遊

獨坐

悲秋迴白首倚杖背孤城江斂洲渚出天虛風物清滄溟恨（一作服）衰謝朱紱負平生仰羨黃昏鳥投林羽翮輕

倦夜

竹涼侵卧內，野月滿庭隅。重露成涓滴，稀星乍有無。暗飛螢自照，水宿鳥相呼。萬事干戈裏，空悲清夜徂。

晚秋陪嚴鄭公摩訶池泛舟得溪字

湍駛風醒酒，船迴霧起隄。高城秋自落，雜樹晚相迷。坐觸鴛鴦起，巢傾翡翠低。莫須驚白鷺，爲伴宿青（一作清）溪。

送舍弟穎赴齊州三首

岷嶺南蠻北，徐關東海西。此行何日到，送汝萬行啼。絕域惟高枕，清風獨杖藜。危時暫相見，衰白意都迷。

風塵暗不開，汝去幾時來。兄弟分離苦，形容老病催。江通一柱觀，日落望鄉臺。客意長東北，齊州安在哉。

諸姑今海畔（錢箋公作范陽太君盧氏墓誌審言之女嫡氏所出者適魏上瑜裴榮期盧正均皆前卒盧氏所出者適京兆王佑會稽賀撝會稽瀕於海也），兩弟亦山東。去傍干

戈覓來看道路通短衣防戰地匹馬逐秋風莫作俱流落長瞻碣石鴻

懷舊

地下蘇司業情親獨有君那因喪亂後便作死生分老罷知明鏡悲來望白雲自從失詞伯不復更論文

元注公前名預因避御諱改爲源明

初冬

垂老戎衣窄歸休寒色深漁舟上急水獵火著高林日有習池醉愁來梁父吟干戈未偃息出處遂何心

觀李固請司馬弟山水圖三首

易簡一作簡易高人意一作體匡牀竹火爐寒天留遠客碧海挂新圖雖對連山好貪看絕島孤羣仙不愁思冉冉下蓬壺

方丈渾連水天臺總映雲人閒長見畫老去一作身老恨

空聞范蠡舟偏小王喬鶴不羣此生隨萬物何路出
塵氛

高浪垂翻屋崩崖欲壓牀野橋分子細沙岸繞微茫
紅浸珊瑚短青懸薜荔長浮查並坐得一作相並坐仙老
暫相將

送王侍御往東川放生池祖席

東川詩友合此贈怯輕爲況復傳宗匠空然惜別離
梅花交近野草色向平池儻憶江邊臥歸期願早知

正月三日歸溪上有作簡院內諸公

野外堂依竹籬邊水向城蟻浮仍臘味鷗泛已春聲
藥許鄰人劚書從稚子擎白頭趨幕府深覺負平生

春日江村五首

農務村村急春流岸岸深乾坤萬里眼時序百年心
茅屋還堪賦桃源自可尋艱難昧一作賤生理飄泊到

如今

迢遞來三蜀蹉跎有六年客身逢故舊發興自林泉

過懶從衣結頻遊任履穿藩籬頗無限(一作無限景)恣意

向(一作買)江天

種竹交加翠栽桃爛漫紅經心石鏡月到面雪山風

赤管隨王命銀章付老翁豈知齒牙落名玷薦賢中

扶病垂朱紱歸休步紫苔郊扉存晚計幕府媿羣材

燕外晴絲卷鷗邊水葉開鄰家送魚鼈問我數能來

羣盜哀王粲中年召賈生登樓初有作前席竟爲榮

宅入先賢傳才高處士名異時懷二子春日復含情

春遠(自此以上皆入蜀居成都草堂中閒寓梓州閬州及再至成都之詩)

肅肅花絮晚菲菲紅葉輕日長唯鳥雀春遠獨柴荊

數有關中亂何曾劍外清故鄉歸不得地入亞夫營

承聞故房相公靈櫬自閬州啓殯歸葬東都有

作二首

遠聞房太尉（一作守非）歸葬陸渾山一德興王後孤魂久客閒孔明多故事安石竟崇班他日嘉陵淚仍霑楚水還

丹旐飛飛日初傳發閬州風塵終不解江漢忽同流劍動親身匣書歸故國樓盡哀知有處爲客恐長休

宴戎州楊使君東樓（以下皆過戎州渝州及居雲安夔州之詩）

勝絕驚身老情忘發興奇座從歌妓密樂任主人爲重碧拈（舊作酤一作擘）春（一作筒）酒（錢箋元稹元日詩羞看穉子先拈酒白樂天歲假詩歲酒先拈辭不得拈酒唐人語也作酤非是）輕紅擘荔枝樓高欲愁思橫笛未休吹

喜雨

南國旱無雨今朝江出雲入空纔漠漠灑迥已紛紛巢燕高飛盡林花潤色分晚來聲不絕應得夜深聞

渝州候嚴六侍御不到先下峽

聞道乘驄發沙邊待至今不知雲雨散虛費短長吟山帶烏蠻闊江連白帝深船經一柱觀留眼共登臨

宴忠州使君姪宅

出守吾家姪殊方此日歡自須遊阮舍（一作巷）不是怕湖灘樂助長歌逸（一作送）杯饒旅思寬昔曾如意舞牽率强爲看

聞高常侍亡（元注忠州作）

歸朝不相見蜀使忽傳亡虛歷金華省何殊地下郎致君丹檻折哭友白雲長獨步詩名在祇令故舊傷

禹廟

禹廟空山裏秋風落日斜荒庭垂橘柚古屋畫龍蛇雲氣噓青（一作生虛）壁江聲走白沙早知乘四載疏鑿控三巴

題忠州龍興寺所居院壁

忠州三峽內井邑聚雲根小市常爭米孤城早閉門空看過客淚莫覓主人恩淹泊（一作薄）仍愁虎深居賴獨園

哭嚴僕射歸櫬

素幔隨流水歸舟返舊京老親如（一作知）宿昔部曲異平生風逆（一作送）蛟龍匣（一作雨）天長驃（一作票）騎營一哀三峽暮遺後見君情

旅夜書懷

細草微風岸危檣獨夜舟星垂平野闊月湧大江流名豈文章著官應（一作因非）老病休飄零（一作飄）何所似天地一沙鷗（星垂俗本作星隨）

雲安九日鄭十八攜酒陪諸公宴

寒花開已盡菊蕊獨盈枝舊摘人頻異輕香酒暫隨

地偏初衣裌（同袷）山擁更登危萬國皆戎馬酣歌淚欲垂

別常徵君

兒扶猶杖策臥病一秋強白髮少新洗寒衣寬總長故人憂見及此別淚相忘各逐萍流轉來書細作行

長江二首

衆水會涪萬瞿塘爭一門朝宗人共挹盜賊爾誰尊孤石隱如馬高蘿垂飲猿歸心異波浪何事卽飛翻

浩浩終不息乃知東極臨衆流歸海意萬國奉君心色借瀟湘闊聲驅灩澦沈（一作深）未辭添霧雨接上過（一作遇）衣襟

懷錦水居止二首

軍旅西征僻風塵戰伐多猶聞蜀父老不忘舜謳歌天險終難立柴門豈重過（謂此生不復能經過成都草堂也）朝朝巫

峽水遠逗（一作遠遠）錦江波
萬里橋西（一作南）宅百花潭北莊層軒皆面水老樹飽經霜雪嶺界天白錦城曛日黃惜哉形勝地回首一茫茫

將曉二首

石城除擊柝鐵鎖欲開關鼓角悲荒塞星河落曙山
巴人常小梗蜀使動無還垂老孤帆色飄飄犯百蠻

（巴人二句應作一氣讀謂巴人之往成都者常被梗阻不得還歸也）

軍吏回官燭舟人自楚歌寒沙蒙薄霧落月去清波
壯惜身名晚衰慚應接多歸朝日簪笏筋力定如何

遣憤

聞道花門將論功未盡歸自從收帝里誰復總戎機
蠭蠆終懷毒雷霆可震威莫令鞭血地再溼漢臣衣

又雪

南雪不到地青崖霑未消微微向日薄脈脈去人遥冬熱鴛鴦病峽深豺虎驕愁邊有江水焉得北之朝

雨

冥冥甲子雨已度立春時輕箑煩一作須相向纖絺恐自疑煙添纔有色風引更如絲直覺巫山暮兼催宋玉悲

南楚

南楚青春異暄寒早早分無名江上草隨意嶺頭雲正月蜂相見非時鳥共聞杖藜妨躍馬不是故離羣

子規

峽裏雲安縣江樓翼瓦齊兩邊山木合終日子規嗁眇眇春風見蕭蕭夜色淒一作悽客愁那聽此故作傍人低一作故傍旅人低

船下夔州郭宿雨溼不得上岸別王十二判官

依沙宿舸船石瀨月涓涓風起春燈亂江鳴夜雨懸
晨鐘雲岸（一作外）溼勝地石堂煙（一作偏）柔櫓輕鷗外含
情（一作悽）覺汝賢

移居夔州郭

伏枕雲安縣遷居白帝城春知催柳別江與放船清
農事聞人說山光見鳥情禹功饒斷石且就土微平

曉望白帝城鹽山（錢箋水經注廣谿峽其閒三十里頹巖倚木厥勢殆交北岸山上有神淵淵北有白鹽崖高可千餘丈土人見其高白因以名之方輿勝覽在城東七十里崖壁五十餘里其色炳燿狀若白鹽）

徐步攜班杖看山仰白頭翠深開斷壁紅遠結飛樓
日出清（一作寒）江望暄和散旅愁春城見松雪始擬進
歸舟

上白帝城

城峻隨天壁樓高更（一作望）女牆江流思夏后風至憶

襄王老去聞悲角人扶報夕陽公孫初恃險躍馬意何長

灩澦堆

巨石水中央江寒出水長沈牛答雲雨如馬戒舟航天意存傾覆神功接混茫干戈連解纜行止憶垂堂

憶鄭南錢箋寺名伏毒在華州鄭南縣劉禹錫別集云舅氏牧華州前後由華覲謁陪登伏毒寺曾題詩於梁今典馮翊南望三峯浩然生思寄詩云曾作關中客頻經伏毒巖晴煙沙苑樹晚日渭川帆

鄭南伏毒寺瀟灑到江心石影銜珠閣泉聲帶玉琴風杉曾曙倚雲嶠憶春臨萬里蒼茫一作蒼浪水一作外龍蛇祇自深

奉寄李十五祕書文嶷二首

避暑雲安縣秋風早下來暫留一作之魚復浦同過楚王臺猿鳥千崖窄江湖萬里開竹枝歌未好畫舸莫

遲回（竹枝歌巴渝之遺音惟峽人善唱）

行李千金贈衣冠八尺身飛騰知有策意度不無神

班秩兼通貴公侯出異人玄成負文彩世業豈沈淪

熱三首

雷霆空霹靂雲雨竟虛無炎赫衣流汗低垂氣不蘇

乞爲寒水玉願作冷秋菰郫（一作何）似兒童歲風涼出

舞雩

瘴雲終不滅瀘水復西來閉戶人高臥歸林鳥卻迴

峽中都似火江上祇空雷（一作聞）想見陰宮雪風門颯

沓（一作踏）開

朱李沈不冷凋胡（一作菰）炊屢新將衰骨盡痛被暍（一作褐非）味空頻欻翕炎蒸景飄颻征戍人十年可解甲爲

爾一罷巾

晚晴

返晚一作照斜初徹散一作浮雲薄未歸江虹明遠飲峽雨落餘飛鳧雁鶴一作終高去熊羆覺自肥秋分客尚在竹露夕久一作微微

雨

萬木雲深隱連山雨未開風扉掩不定水鳥過去一作仍迴鮫館如鳴杼樵舟豈伐枚清涼破炎毒衰意欲登臺

白鹽山

卓立羣峯外蟠根積水邊錢箋荊州記曰三峽之首北岸有白鹽峯峯下有黃龍灘水最急沿泝所忌故曰積水邊也他皆任厚地爾我一作獨近高天白牓千家邑青秋萬估一作古一作里船詞人取佳句刻畫竟誰難一作傳

送十五弟侍御使蜀

喜弟文章進添予別興牽數杯巫峽酒百丈內江船

未息豺狼鬬空催犬馬年歸朝多便道搏擊望秋天

中宵

西閣百尋餘中宵步綺疏飛星過水白落月動沙虛
擇木知幽鳥潛波想巨魚親朋滿天地兵甲少來書

不寐

瞿塘夜水黑城內改更籌翳翳月沈霧輝輝星近樓
氣衰甘少寐心弱恨容一作多一作知愁多壘滿山谷桃源
無一作何處求

中夜

中夜江山靜危樓望北辰長為萬里客有愧百年身
故國風雲氣高堂戰伐塵胡雛負恩澤嗟爾太平人

垂白

垂白馮唐老青秋宋玉悲江喧長少睡樓迥獨移時
多難身何補無家病不辭甘從千日醉未許七哀詩

草閣

草閣臨無地柴扉永不關魚龍迴夜水星月動秋山久一作夕露晴一作清初溼高雲薄未還泛舟慚小婦飄泊損紅顏

江月

江月光於一作如水高樓思殺人天邊長作客老去一霑巾玉露溥一作團清影銀河沒半輪誰家挑錦字燭滅翠眉顰

月圓

孤月當樓滿寒江動夜扉委波金不定照席綺逾依未缺空山靜高懸列宿稀故園松桂發萬里共清輝

宿江邊閣

暝色延山徑高齋次水門薄雲巖際宿孤月浪中翻鸛鶴追飛靜一作盡豺狼得食喧不眠憂戰伐無力正

乾坤

西閣雨望

樓雨霑雲幔山寒（一作高）著水城逕添沙面出湍減石稜生菊蕊淒疏放松林駐遠情滂沱朱檻溼萬客傍（一作慮倚）檐楹

雨四首

微雨不滑道斷雲疏復行紫崖奔處黑白鳥去邊明秋日新霑影寒江舊落聲柴扉臨野碓半溼（一作得）搗香秔

江雨舊無時天晴忽散絲暮秋霑物冷今日過雲遲上馬回休出看鷗坐不移高（一作層）軒當灩澦潤色靜書帷

物色歲將晏天隅人未歸朔風鳴淅淅寒雨下霏霏多病久加飯衰容新授衣時危覺凋喪故舊短書稀

楚雨石苔滋京華消息遲山寒青兕叫江晩白鷗飢神女光鈿落鮫人織杼悲繁憂不自整終日灑如絲

江上

江上日多雨（一作病）蕭蕭荆楚秋高風下木葉永夜攬（一作挈）貂裘勳業頻看鏡行藏獨倚樓時危思報主衰謝不能休

雨晴

雨時山不改晴罷峽如新天路看殊俗秋江思殺人有猨揮淚盡無犬附（一作送）書頻故國愁眉外長歌欲損神

西閣夜

恍惚寒江（舊作山）暮逶迤白霧昏山虛風落石樓靜月侵門擊柝可憐子無衣何處村時危關百慮盜賊爾猶存

月

四更山吐月殘夜水明樓塵匣元開鏡風簾自上鉤兔應疑鶴髮蟾亦戀貂裘斟酌姮（一作嫦）娥寡天寒奈（一作耐）九秋

西閣三度期大昌嚴明府同宿不到

問子能來宿今宜索故要匣琴虛夜夜手板自朝朝金吼霜鐘徹花催蠟炬銷早鳧江檻底雙影漫飄颻

巫峽敝廬奉贈侍御四舅別之澧朗

江城秋日落山鬼閉門中行李淹吾舅誅茅問老翁赤眉猶世亂青眼祇途窮傳語桃源客人今出處同

第五弟豐獨在江左近三四載寂無消息覓使寄此二首

亂後嗟吾在羈棲見汝難草黃騏驥病沙晚（一作暖）鶺鴒寒楚設關城險吳吞水府寬十年朝夕淚衣袖不

曾乾

聞汝依山寺杭州定越州風塵淹別日江漢失清秋

影著嘑猿樹魂飄結蜃樓明年下春水東盡白雲求

九日諸人集于林

九日明朝是相要舊俗非老翁難早出賢客幸知歸

舊采黃花賸新梳白髮微漫看年少樂忍淚已沾衣

洞房

洞房環珮冷玉殿起秋風秦地應新月龍池滿舊宮錢箋唐樂志龍池樂玄宗所作也玄宗龍潛之時宅在隆慶坊宅南坊人所居變爲池望氣者亦異焉玄宗正位以坊爲宮池水逾大游漫數里爲此樂以致其祥也南部新書興慶宮九龍池在大同殿古基之南西對瀛州門周環數頃水極深廣北望之渺然東西微狹中有龍潭泉源不竭雖歷冬夏未嘗耗減

繫舟今夜遠清漏往時同萬里黃山北園陵白露中

宿昔

宿昔青門裏蓬萊仗數移花嬌迎雜樹龍喜出平池

落日留王母，微風倚少兒。宮中行樂祕，少有外人知。

能畫

能畫毛延壽，投壺郭舍人。每蒙天一笑，復似物皆一作初春。政化平如水，皇明一作恩斷若神。時時用抵戲，亦未雜風塵。

鬭雞

鬭雞初賜錦，錢箋東城父老傳明皇以乙酉生而喜鬬雞是兆亂之象也時賈昌為五百小兒長天子甚愛幸之金銀之賜日至其家舞馬既一作解登牀。錢箋明皇雜錄上每賜宴酺則御勤政樓教坊為角觝戲鬭雞宮人數百飾以珠翠衣以錦繡自幃中擊雷鼓為破陣樂又令教舞馬四蹏各為左右分為部目為某家寵某家驕時塞外以善馬來貢者上俾之教習無不曲盡其妙因令衣以文繡絡以金鈴飾其鬣閒雜以珠玉奮首鼓尾縱橫應節又施三層板牀舞馬於上抃轉如飛或命壯士舉榻馬舞於榻上樂工數十人立於前後左右皆衣淡黃衫文玉帶安祿山亂馬散落人閒田承嗣得之一日軍中大饗馬聞樂而舞承嗣以為妖而殺之簾下宮人出，樓前御曲一作柳長。仙遊終一閟，女樂久無香。寂寞驪山道，清秋

草木黄

歷歷

歷歷開元事分明在眼前無端盜賊起忽已歲時遷巫峽西江外秦城北斗邊爲郎從白首臥病數秋天

洛陽

洛陽昔陷沒胡馬犯潼關天子初愁思都人慘別顏清笳去宮闕翠蓋出關山故老仍流涕龍髯幸再攀

驪山

驪山絶望幸花萼罷登臨錢箋鄭綮傳信記上於東都起五王宅於上都置花萼樓蓋與諸王爲會集宴樂之地上與諸王靡日不會聚杜云花萼罷登臨蓋是時明皇已厭世矣地下無朝燭人閒有賜金鼎湖龍去遠銀海雁飛深萬歲蓬萊日長懸舊羽林錢箋玄宗用萬騎軍平韋庶人之難以登大位萬騎本隸左右羽林後改爲龍武軍與左右羽林爲北四門軍

提封

提封漢天下萬國尚同心借問懸軍（一作車）守何如儉德臨時徵俊乂入莫慮（一作草竊）犬羊侵願戒兵猶火恩加四海深（按此八首當爲一時所作可作一章讀洞房宿昔能畫鬭雞四首追憶開元盛時宮中淫樂之事歷歷一首自歎今日在夔淒涼之狀洛陽驪山二首弔明皇之不終提封一首懲前而思所以毖後也）

覆舟二首

巫峽盤渦曉黔陽貢物秋丹砂同隕石翠羽共沉舟羈使空斜影龍居（一作宮）閟積流篙工幸不溺俄頃逐輕鷗

竹宮時望拜桂館或求仙姹女淩波日神光照夜年徒聞斬蛟劍無復爨犀船使者隨秋色迢迢獨上天

送李功曹之荊州充鄭侍御判官重贈

曾聞宋玉宅每欲到荊州此地生涯晚遙悲（一作通）水國秋孤城一柱觀落日九江流使者雖光彩青楓遠

自愁

夜宿西閣曉呈元二十一曹長

城暗更籌急樓高雨雪微稍通綃幕霽遠帶玉繩稀門鵲晨光起一作喜檣烏宿處飛寒江流甚細有意待人歸

西閣口號呈元二十一

山木抱雲稠寒空繞上頭雪巖纔變石風幔不依樓社稷堪流涕安危在運籌看君話王室感動幾銷憂

不離西閣二首

江柳非時發江花冷色頻地偏應有瘴臘近已含春失學從愚子無家任老身不知西閣意肎別定留人末句言不知西閣之意肎別我乎抑定留人乎

西閣從人別人今亦故亭江雲飄素練石壁斷空青滄海先迎日銀河倒列星平生耽勝事吁駭始初經

覽鏡呈柏中丞

渭水流關內終南在日邊膽銷豺虎窟淚入犬羊天

起晚堪從事行遲更學仙舊注凡仕者必早起起晚矣尚堪從事乎學仙者必身輕步疾行遲矣更可學仙乎鏡中衰謝色萬一故人憐

陪柏中丞觀宴將士二首

極樂三軍士誰知百戰場無私齊綺饌久坐密金章

醉客霑鸚鵡佳人指鳳凰幾時來翠節特地引紅妝

繡段裝檐額金花帖鼓腰一夫先舞劍百戲後歌鐎一作樵江樹城孤遠雲臺使寂寥漢朝頻選將應拜霍嫖姚

峽口二首

峽口大江間西南控百蠻城欹連粉堞岸斷更青山

開闢當天險防隅一水關亂離聞鼓角秋氣動衰顏

時清關失險世亂戟如林去矣英雄事荒哉割據心

蘆花留客晚楓樹坐猿深疲茶煩親故諸侯數賜金

自注主人柏中丞頻分月俸

瞿塘兩崖

三峽傳何處雙崖壯此門入天猶石色穿水忽雲根

猱玃鬚髯古蛟龍窟宅尊羲和冬馭近愁畏日車翻

送鮮于萬州遷巴州

京兆先時傑琳琅照一門朝廷偏注意接近與名藩

祖帳排舟數寒江觸石喧看君妙為政他日有殊恩

奉送十七舅下邵桂

絶域三冬暮浮生一病身感深辭舅氏別後見何人

縹緲蒼梧帝推遷孟母鄰昏昏阻雲水側望苦傷神

寄杜位自注頭者與位同在故嚴尚書幕

寒日經檐短窮猿失木悲峽中為客恨江上憶君時

天地身何在一作往風塵病敢辭封書兩行淚霑灑裛

新詩

瀼西寒望

水色含羣動，朝光切太虛。年侵（一作終）頻悵望，興遠一蕭疏。猿挂時相學，鷗行炯自如。瞿塘春欲至，定卜瀼西居。

江梅

梅蕊臘前破，梅花年後多。絶知春意好（一作早），最奈客愁何。雪樹原同色，江風亦自波。故園不可見，巫岫鬱嵯峨。

庭草

楚草經寒碧，庭春入眼濃。舊低收葉舉，新掩卷牙重。步履宜輕過，開筵得屢供。看花隨節序，不敢强爲容。

鸂鶒（一作翦羽）

鸂鶒含愁思，聰明憶別離。翠衿渾短盡，紅觜漫多知。

未有開籠日空殘舊宿枝世人憐復損何用羽毛奇

孤雁

孤雁不飲啄飛鳴聲念羣誰憐一片影相失萬重雲望斷（一作盡）似猶見哀多如更聞野鵶無意緒鳴噪亦自（一作紛紛）

鷗

江浦寒鷗戲無他亦自饒卻思翻玉羽隨意點春苗雪暗還須浴（一作落）風生一任飄幾羣滄海上清影日蕭蕭

猿

裊裊嗁虛壁蕭蕭挂冷枝艱難人不免隱見爾如知慣習元從衆全生或用奇前林騰每及父子莫相離

麂

永與清溪別蒙將玉饌俱無才逐仙隱不敢恨庖廚

亂世輕全物微聲及禍樞衣冠兼盜賊饕餮用斯須

雞

紀德名標五初鳴度必三殊方聽有異失次曉無慚問俗人情以充庖爾輩堪氣交亭育際巫峽漏司南

黃魚

日見巴東峽黃魚出浪新脂膏兼飼犬長大不容身筒桶相沿久風雷肎爲伸一作神泥沙卷涎沫回首怪龍鱗

白小

白小羣分命天然二寸魚細微霑水族風俗當園蔬入肆銀花亂傾筐雪片虛生成猶拾卵盡取義何如

老病

老病巫山裏稽留楚客中藥殘他日裏花發去年叢夜足霑沙雨春多逆水風合分雙賜筆錢箋漢官儀尚書丞郎月

給赤管大筆一雙隃麋墨一枚猶作一飄蓬

雨

始賀天休雨還嗟地出雷驟看浮峽過密作渡江來
牛馬行無色蛟龍鬭不開干戈盛陰氣未必自陽臺

晴二首

久雨巫山暗新晴錦繡文一作紋碧知湖外草紅見海
東雲覓日鶯相和摩霄鶴數羣野花乾更落風處急
紛紛
嗁烏爭引子鳴鶴不歸林下食遭泥去高飛恨久陰
雨聲衝塞盡日氣射江深回首周南客驅馳魏闕心

奉送韋中丞之晉赴湖南

寵渥徵黃漸權宜借寇頻湖南安背水峽內憶行春
王室仍多故一作難蒼生倚大臣還將徐孺榻處處待
高人

別崔潩因寄薛據卽璩孟雲卿自注內弟潩赴湖南幕職

志士惜妄動知深難固辭如何久磨礪但取不磷緇

夙夜聽憂主飛騰急濟時荆州遇一作過薛孟爲報欲

論詩

送王十六判官

客下荆南盡君今復入舟買薪猶白帝鳴櫓已沙頭錢箋吳若本注江陵吳船至泊於郭外沙頭入蜀記過白湖抛江至升子鋪日入泊沙市自公安至此六十里自此至荆南陸行十里舟不復進矣老杜云買薪猶白帝鳴櫓已沙頭又劉夢得云沙頭檣干上始見春江闊皆謂此也方輿勝覽沙頭市至江陵城十五里衡霍生春早瀟湘共海

浮荒林庾信宅爲仗主人留

王十五前閣會

楚岸收新雨春臺引細風情人來石上鮮鱠出江中

鄰舍煩書札肩輿强老翁病身虛俊味錢箋藝苑雌黃杜詩俊味亦有來處本草葫注云此物煑爲羹臛極俊美何幸飫兒童

懷灞上遊

悵望東陵道平生灞上遊春濃停野騎夜宿敞雲樓
離別人誰在經過老自休眼前今古意江漢一歸舟

熟食日示宗文宗武

消渴遊江漢羈棲尚甲兵幾年逢熟食萬里逼清明
松柏邙舊作邛誤山路錢箋邙山在偃師縣北二里子美先塋在洛故有是句風花
白帝城汝曹催我老回首淚縱橫

又示兩兒

令節成吾老他時見汝心浮生看物變爲恨與年深
長葛書難得江州涕不禁團圓思弟妹行坐白頭吟

入宅三首

奔峭背赤甲斷崖當白鹽客居愧遷次春色漸多添
花亞欲移竹鳥窺新捲簾衰年不敢恨勝概欲相兼
亂後居難定春歸客未還水生魚復浦雲暖麝香山

半（樊作抬）頂梳頭白過眉拄杖班相看多使者一一問函關

宋玉歸州宅雲通白帝城吾人淹老病旅食豈才名
峽口風常急江流氣不平祇應與兒子飄轉任浮生

卜居

歸羨遼東鶴吟同楚執珪未成遊碧海著處覓丹梯
雲嶂寬江北春耕破瀼西桃紅客若至定似昔（一作晉）人迷

暮春題瀼西新賃草屋五首

久嗟三峽客再與暮春期百舌欲無語繁花能幾時
谷虛雲氣薄波亂日華遲戰伐何由定哀傷不在茲
此邦千樹橘不見比封君養拙干戈際全生麋鹿羣
畏人江北草旅食瀼西雲萬里巴渝曲三年實飽聞
綵雲陰復白錦樹曉來青身世雙蓬鬢乾坤一草亭

哀歌時自惜醉舞爲誰醒細雨荷鋤立江猿吟翠屏壯年學書劍他日委泥沙事主非無祿浮生即有涯高齋依藥餌絶域改春華喪亂丹心破王臣未一家欲陳濟世策已老尚書郎未息豺狼鬭空慚鴛鷺行時危人事急一作惡風逆一作急羽毛傷落日悲江漢中宵淚滿牀

過客相尋

窮老真無事江山已定居地幽忘盥櫛客至罷琴書掛壁移筐果呼兒閒一作問煑魚時聞繫舟楫及此問吾廬

豎子至

樝梨纔綴碧梅杏半傳黃小子幽園至輕籠熟柰香山風猶滿把野露及新嘗欹枕一作欲寄江湖客提攜日月長

得舍弟觀書自中都已達江陵今茲暮春月末行李合到夔州悲喜相兼團圓可待賦詩即事情見乎詞

爾過（一作到）江陵府何時到峽州亂離生有別聚積病應瘳颯颯開啼眼朝朝上水樓老身須付託白骨更何憂

喜觀卽到復題短篇二首

巫峽千山暗終南萬里春病中吾見弟書到汝爲人意答兒童問來經戰伐新（一作塵）泊船悲喜後款款話歸秦

待爾嗔烏鵲拋書示鶺鴒枝間喜不去原上急曾經江閣嫌津柳風帆數驛亭應論十年事揔（趙作愁）絕始星星

舍弟觀歸藍田迎新婦送示兩篇

汝去迎妻子高秋念卻回即今螢已亂好與雁同來
東望西江永（舊作水誤）南遊北戶開卜居期靜處會有故
人杯
楚塞難爲別（一作路）藍田莫滯留衣裳判（平聲）白露鞍馬
信清秋滿峽重江水開帆八月舟此時同一醉應在
仲宣樓
園
仲夏流多水清晨向小園碧溪搖艇闊朱果爛枝繁
始爲江山靜終防市井喧畦蔬繞茅屋自足媚盤飧
歸
東帶還騎馬東西卻渡船林中才有地峽外絕無天
虛白高人靜喧卑俗累牽他鄉閱（一作悅）遲暮不敢廢
詩篇
聞惠二過東溪特一送

惠子白駒瘦歸溪唯病身皇天無老眼空谷滯斯人

崖蜜松花熟（一作古一作白）山杯竹葉新（一作春）柴門了無（一作生）事黃綺未稱臣

月三首

斷續巫山雨天河此夜新若無青嶂月愁殺白頭人

魍魎移深樹蝦蟆動（一作沒）半輪故園當北斗直想（一作指）照西秦

併照巫山出新窺楚水清羇棲愁裏見二十四回明

必驗升沈體如知進退情不違銀漢落亦伴玉繩橫

萬里瞿塘月春來六上弦時時開暗室故故滿青天

爽合風襟靜高當淚臉懸南飛有烏鵲夜久落江邊

晨雨

小雨晨光內初來葉上聞霧交纔灑地風折（一作逆）旋隨雲暫起柴荊色輕霑鳥獸羣麝香山一半亭午未

全分

夜雨

小雨夜復密迴風吹早秋野涼侵閉戶江滿帶維舟

通籍恨多病爲郎忝薄遊天寒出巫峽醉别仲宣樓

更題

祇應踏初雪騎馬發荆州直怕巫山雨真傷白帝秋

羣公蒼玉佩天子翠雲裘同舍晨趨侍胡爲淹此留一作此滯留

溪上

峽內淹留客溪邊四五家古苔一作苔生迮一作涇地秋

竹隱疏花塞俗人無井山田飯有沙西江使船至時

復問京華

樹閒

岑寂雙柑樹婆娑一院香交柯低几杖垂實礙衣裳

滿歲如松碧同時待菊黃幾回霑葉露乘月坐胡牀

白露

白露團甘子清晨散馬蹄圃開連石樹船渡入江溪憑几看魚樂回鞭急鳥棲漸知秋實美幽徑恐多蹊

吾宗

吾宗老孫子質樸古人風耕鑿安時論衣冠與世同在家常早起憂國願年豐語及君臣際經書滿腹中

秋日寄題鄭監湖上亭三首

碧草違春意沅湘萬里秋池要山簡馬月靜一作淨庾公樓磨滅餘篇翰平生一釣舟高唐寒浪減髣髴識昭邱

新作胡邊宅還聞賓客過自須開竹逕誰道避雲蘿官序潘生拙才名賈傅多捨舟應卜地鄰接意如何

暫阻蓬萊閣終爲江海人揮金應物理拖玉豈吾身

羹煮秋蓴滑杯凝(一作迎)露菊新賦詩分氣象佳句莫頻頻(一作辭頻)

社日兩篇

九農成德業百社發光輝報效神如在馨香舊不違南翁巴曲醉北雁塞聲微尚想東方朔詼諧割肉歸

陳平亦分肉太史竟論功今日江南老他時渭北童歡娛看絕塞涕淚落秋風鴛鷺迴金闕誰憐病峽中

八月十五夜月二首

滿目飛明鏡歸心折大刀轉蓬行地遠攀桂仰天高水路疑霜雪林棲見羽毛此時瞻白兔直欲數秋毫

稍下巫山峽猶銜白帝城氣沈全浦暗輪仄半樓明刁斗皆催曉蟾蜍且自傾(一作情非)張弓倚殘魄不獨漢家營

十六夜翫月

舊挹金波爽皆傳玉露秋關山隨地闊河漢近人流谷口樵歸唱孤城笛起愁巴童渾不寐錢箋本玉句草堂本作寢半夜有行舟

十七夜對月

秋月仍圓夜江村獨老身捲簾還照客倚杖更隨人光射潛虯同虬動明翻宿鳥頻茅齋依橘柚清切露華新

九月一日過孟十二倉曹十四主簿兄弟

藜杖侵寒露蓬門起一作啓曙煙力稀經樹歇老困撥書眠秋覺追隨盡來因孝友偏清談見滋味爾輩可忘年

孟氏

孟氏好兄弟養親惟小園承顏胼一作胝手足坐客强盤飧負米夕一作寒葵外讀書秋樹根卜鄰慚近舍訓

子學誰一作先門

孟倉曹步趾領新酒醬二物滿器見遺老夫

楚岸通秋屐胡牀面夕畦藉糟分汁滓甕醬落提攜

飯糲添香味朋來有醉泥理生那免俗方法報山妻

送孟十二倉曹赴東京選

君行別老親此去苦家貧藻鏡留連客江山憔悴人

秋風楚竹冷夜雪鞏梅春朝夕高堂念應宜綵服新

憑孟倉曹將書覓土婁舊莊

平居喪亂後不到洛陽岑爲歷雲山問無辭荊棘深

北風黃葉下南浦白頭吟十載江湖客茫茫遲暮心

秋野五首

秋野日疏一作荒蕪寒江動碧虛繫舟蠻井絡卜宅楚

村墟棗熟從人打葵荒欲自鋤盤飧老夫食分去聲減

及溪魚

易識浮生理難教一物違水深魚極樂林茂鳥知歸

衰老甘貧病榮華有是非秋風吹几杖不厭北山薇

禮樂攻吾短山林引興長掉頭紗帽仄曝背竹書光

風落收松子天寒割蜜房稀疏小紅翠駐屐近微香

遠岸秋沙白連山晚照紅潛鱗輸駭浪歸翼會高風

磓響家家發樵聲箇箇同飛霜任青女賜被隔南宮

身許麒麟畫年衰鴛鷺羣大江秋易盛空峽夜多聞

徑隱千重石帆留一片雲兒童解蠻語不必作參軍

課小豎鋤斫舍北果林枝蔓荒穢淨訖移牀三首

病枕依茅棟荒鉏淨果林背堂資僻遠在野興清深

山雉防求敵江猿應獨吟泄雲高不去隱几亦無心

衆壑生寒早長林卷霧齊青蟲懸就日朱果落封泥

薄俗防人面全身學馬蹏吟詩重回首隨意葛巾低

籬弱門何向沙虛岸祇摧日斜魚更食客散鳥還來
寒水光難定秋山響易哀天涯稍曛黑倚杖獨（一作更）徘徊

季秋蘇五弟纓江樓夜宴崔十三評事韋少府姪三首

峽險江驚急樓高月迥明一時今夕會萬里故鄉情
星落黃姑渚秋辭白帝城老人因酒病堅坐看君傾
明月生長好浮雲薄漸遮悠悠照遠（一作邊）塞悄悄憶
京華清動杯中物高隨海上槎不眠瞻白兎百過落烏紗（仇改作鶡非）
對月那無酒登樓況有江聽歌驚白鬢笑舞拓秋窗
樽蟻添相續沙鷗並一雙盡憐君醉倒更覺片心降

戲寄崔評事表姪蘇五表弟韋大少府諸姪

隱豹深愁雨潛龍故起雲泥多仍徑曲心醉阻賢羣

忍待一作對江山麗還披鮑謝文高樓憶疏豁秋興坐
氤一作氛氳

季秋江村

喬木村墟古疏籬野蔓懸素一作清琴將暇日白首望
霜天登俎黃甘重支牀錦石圓遠遊雖寂寞難見此
山川

小園

由來巫峽水本自楚人家客病留因藥春深買爲花
秋庭風落果瀼岸雨頹沙問俗營寒事將詩待物華

自瀼西荆扉且移居東屯茅屋四首

白鹽危嶠北赤甲古城東平地一川穩高山四面同
煙霜淒野日秔稻熟天風人事傷蓬轉吾將守桂叢
東屯復瀼西一種住清溪來往皆一作兼茅屋淹留爲
稻畦市喧宜近利林僻此無蹊若訪衰翁語須令賸

客迷
道北馮都使高齋見一川子能渠細石吾亦沼清泉
枕帶還相似柴荊即有焉斫畬應費日解纜不知年
牢落西江外參差北戶閒久遊巴子國卧病楚人山
幽獨移佳境清深隔遠關寒空見鴛鷺迴首憶（一作想）
朝班

東屯北崦

盜賊浮生困誅求異俗貧（浮生杜公自言平生爲盜賊所困異俗謂所居巴蠻異俗之地亦多貧民也）空村唯見鳥落日不（一作未）逢人步壑風
吹面看松露滴身遠山回白首戰地有黃塵

從驛次草堂復至東屯茅屋（一無此二字）二首

峽內歸田客（一作舍）江邊借馬騎非尋戴安道似向習
家池山（一作地）險風煙僻（一作合）天寒橘柚垂築場看斂
積一學楚人爲

短景難高臥衰年强去聲此身山家蒸栗煖野飯射麋新世路知交薄門庭畏客頻牧童斯在眼田父實爲鄰

暫往白帝復還東屯

復作歸田去猶殘穫稻功築場憐穴蟻拾穗許村童落杵光輝白除一作殊芒子粒紅加餐可扶老倉廩慰飄蓬

茅堂檢校收稻二首

香稻三秋末平田百頃閒喜無多屋宇幸不礙雲山御裌侵寒氣嘗新破旅顏紅鮮終日有玉粒未吾慳

稻米炊能白秋葵煮復新誰云滑易飽老藉軟俱勻種幸房州熟苗同伊闕春無勞映渠盌自有色如銀

刈稻了詠懷

稻穫空雲水川平對石門寒風疏草木旭一作曉日散

雞豚野哭初聞戰樵歌稍出村無家問消息作客信乾坤

晚晴吴郎見過北舍

圃畦新雨潤愧子廢鉏來竹杖交頭拄柴扉埽一作隔徑開欲棲羣鳥亂未去小童催明日重陽酒相迎自醱醅

九日五首第一首七律第四首五排十二句未鈔各本俱闕一首

舊日重陽日傳杯不放杯卽今蓬鬢改但愧菊花開北闕心長戀西江首獨迴茱萸一作萸房賜朝士難得一枝來

舊與蘇司業源明兼隨鄭廣文虔采花香泛泛坐客醉紛紛野樹攲還倚秋碪醒卻聞歡娛兩冥漠一作寞西北有孤雲

秋峽

江濤萬古峽肺氣久衰翁不寐防巴虎全生狎楚童衣裳垂素髮門巷落丹楓常怪商山老兼存翊贊功

秋清

高秋蘇肺（一作病）氣白髮自能梳藥餌憎加減門庭悶埽除杖藜還客拜愛竹遣兒書十月江平穩輕舟進所如

峽隘

聞說江陵府雲沙靜（一作淨）眇然白魚如切玉朱橘不論錢水有遠湖樹人今何處船青山各（一作若）在眼卻望峽中天

曉望

白帝更聲盡陽臺曙色分高峯寒（一作初）上日疊嶺宿霾（一作未）收雲地坼江帆隱天清木葉聞荊扉對麋鹿應共爾爲羣

搖落

搖落巫山暮寒江東北流煙塵多戰鼓風浪少行舟鵞費羲之墨貂餘季子裘長懷報明主臥病復高秋

日暮

牛羊下來久一作夕各已閉柴門風月自清夜江山非故園石泉流暗壁草露滴秋根一作原頭白燈明裏何須花燼繁

耳聾

生年鶡冠子歎世鹿皮翁眼復幾時暗耳從前月聾猿鳴秋淚缺雀噪晚愁空黃落驚山樹呼兒問朔風

大歷二年九月三十日

爲客無時了悲秋向夕終瘴餘夔子國霜薄楚王宮草敵虛嵐翠花禁冷葉一作蘂紅年年小搖落不與故園同

十月一日

有瘴非全歇。爲冬亦不難。夜郎溪日煖。白帝峽風寒。蒸裹如千室。焦糖（一作糟）幸一柈。茲辰南國重。舊俗自相歡。

孟冬

殊俗還多事。方冬變所爲。破甘（柑同）霜落爪。嘗稻雪翻匙。巫峽寒都薄。黔溪瘴遠隨。終然減灘瀨。暫喜息蛟螭。

獨坐二首

竟日雨冥冥。雙崖洗更清。水花寒落岸。山鳥暮過庭。煖老思（一作須）燕玉。充飢憶楚萍。胡笳在樓上。哀怨不堪聽。

白狗斜臨北（錢箋水經注鄉口溪源出歸鄉縣東南數百里西北入縣逕狗峽西峽崖龕中石隱起有狗形形狀具足故以狗名峽　輿地紀勝白狗峽在秭歸縣東三十里）黃牛更在東

峽雲常照夜江月會兼風曬藥安垂老應門試小童
亦知行不逮苦恨耳多聾

悶

瘴癘浮三蜀風雲暗百蠻卷簾唯白水隱几亦青山
猿捷長難見鷗輕故不還無錢從滯客有鏡巧催顏

反照

反照開巫峽寒空半有無已低魚復暗不盡白鹽孤
荻岸如秋水松門似畫圖牛羊識僮僕既夕應傳呼

向夕

畎畝孤城外江村亂水中深山催短景喬木易高風
鶴下雲汀近雞棲草屋同琴書散明燭長夜始堪終

晚

杖藜尋巷晚炙背近牆暄人見幽居僻吾知拙養尊
朝廷問府主耕稼學山村歸翼飛棲定寒燈亦閉門

暝

日下四山陰山庭嵐氣侵牛羊歸徑險鳥雀聚枝深
正枕當星劍收書動玉琴半扉開燭影欲掩見清砧

夜

絕岸風威動寒房燭影微嶺猿霜外宿江鳥夜深飛
獨立（一作坐）親雄劍哀歌歎短衣煙塵繞閶闔白首壯心違

雲

龍以（一作自）瞿塘會江依白帝深終年常起峽每夜必通林收穫辭霜渚分明在夕岑高齋非一處秀氣豁煩襟

雷

巫峽中宵動滄江十月雷龍蛇不成蟄天地劃爭迴
卻碾空山過深蟠絕壁來何須妬雲雨霹靂楚王臺

朝二首

清旭楚宮南霜空萬嶺含野人時獨往雲木曉相參俊鶻無聲過飢烏下食貪病身終不動終不動者謂鶻與烏皆以晨而動萬物皆靜極而動惟己因病終不動也搖落任江潭

浦帆音泛晨初發郊扉冷未開林疏黃葉墜野靜白鷗來礎潤休全溼雲晴欲半迴巫山冬可怪昨夜有奔雷

夜二首

白一作向夜月休弦燈花半委眠號山無定鹿落樹有驚蟬暫憶江東鱠兼懷雪下船蠻歌犯星起空覺在天邊

城郭悲笳暮村墟過翼稀甲兵年數久賦斂夜深歸暗樹依巖落明河繞塞微斗斜人更望月細鵲休飛

戲作俳諧體遣悶二首

異俗吁可怪斯人難並居家家養烏鬼錢箋邵伯温聞見錄夔峽之人歲正月十百爲曹設牲酒於田間已而衆操兵大噪謂之養烏鬼養去聲長老言地近烏蠻戰場多與人爲厲用以禳之沈存中疑少陵詩所自也疏詩者乃以鸕鷀別名烏鬼予往來夔峽間問其人如存中之言鸕鷀亦無別名蔡寬夫詩話云元微之江陵詩病賽烏稱鬼巫占瓦代龜注云南人染病則賽烏鬼楚巫列肆悉賣龜卜則烏鬼之名自見於此巴楚間嘗有殺人祭鬼者曰烏野七頭神則烏鬼乃所事神名爾鸕鷀決非烏鬼當從元注也演繁露元微之嘗投簡陽明洞有詩云鄉味猶珍蛤家神愛事烏乃知唐俗真有烏鬼也頓頓食黃魚舊識能爲態新知已暗疏治生且耕鑿祇有不關渠

西歷青羌坂南留白帝城於菟侵客恨粔籹作人情瓦卜傳神語畬田費火耕是非何處定高枕笑浮生自注頃歲自秦涉隴從同谷縣出游蜀留滯於巫山也

謁真諦寺禪師

蘭若山高處煙霞嶂一作障幾重凍泉依細石晴雪落長松問法看詩妄觀身向酒慵未能割妻子卜宅近

前峯

奉送卿二翁統節度鎮軍還江陵

火旗還錦纜白馬出江城嘹唳吟（一作鳴）笳發蕭條別浦清寒空巫峽曙落日渭陽情（一作明）留滯嗟衰疾何時見息兵

送田四弟將軍將夔州柏中丞命起居江陵節度使陽城郡王衞公幕

離筵罷多酒起柁（舊作地）發寒塘回首中丞座馳牋異姓王燕辭楓樹日雁度麥城霜定醉山翁酒遙憐似葛彊

玉腕騮（原注江陵節度衞公馬也）

聞說荊南馬尚書玉腕騮驂驔飄赤汗跼蹐顧長楸胡虜三年入乾坤一戰收舉鞭如有問欲伴習池遊

題柏大兄弟山居屋壁二首

叔父朱門貴郎君玉樹高山居精典籍文雅涉風騷
江漢終吾老雲林得爾曹哀絃繞白雪未與俗人操
野屋流寒水山籬帶薄雲靜應連虎穴喧已去人羣
筆架霑窗雨書籤映隙曛蕭蕭千里足箇箇五花文

白帝樓

漠漠虛無裏連連睥睨侵樓光去日遠峽影入江深
臘破思端綺春歸待一金去年梅柳意還欲攪邊心

白帝城樓

江度寒山閣城高絕塞樓翠屏宜晚對白谷會深遊
急急能鳴雁輕輕不下鷗夷陵春色起漸擬放扁舟

有歎

壯心久零落白首寄人間天下兵常鬬江東客未還
窮猿號雨雪老馬怯(一作泣)關山武德開元際蒼生豈
重攀

江漲 自此以上皆寓居夔州雲安之詩

江發蠻夷漲山添雨雪流大聲吹地轉高浪蹴天浮
魚鼈爲人得蛟龍不自謀輕帆好去便吾道付滄洲

人日 本題有二首下一首鈔入七律中○此下皆自夔州出峽至江陵及湖南之詩

元日到人日未有不陰時冰雪鶯難至春寒花較遲
雲隨白水落風振紫山悲蓬鬢稀疏久無勞比素絲

巫山縣汾州唐使君十八弟宴別兼諸公攜酒樂相送率題小詩留於屋壁

臥病巴東久今年強作歸故人猶遠謫茲日倍多違
接宴身兼杖聽歌淚滿衣諸公不相棄擁別惜光輝

遠遊

江闊浮高棟一作凍雲長出斷山塵沙連越嶲風雨暗
荆蠻雁矯銜蘆內猿嗁失木閒敝裘蘇季子歷國未
知還

歸雁

聞道今春雁南歸自廣州見花辭漲海避雪到羅浮是物關兵氣何時免客愁年年霜露隔不過五湖秋

春夜峽州田侍御長史津亭留宴得筵字

北斗三更席西江萬里船杖藜登水榭揮翰宿春天白髮煩多酒明星惜此筵始知雲雨峽忽盡下牢邊

泊松滋江亭

紗帽隨鷗鳥扁舟繫此亭江湖深更白松竹遠微一作還青一柱全應近高唐莫再經今宵南極外甘作老人星

乘雨入行軍六弟宅

曙角淩雲亂舊作罷春城帶雨長水花分塹弱巢燕得泥忙令弟雄軍佐凡才汚省郎萍漂忍流涕衰颯近中堂

上巳日徐司錄林園宴集

鬢毛垂領白花藥亞枝紅攲倒衰年廢招尋令節同薄（蕩一作）衣臨積水吹面受和風有喜留攀桂無勞問轉蓬

宴胡侍御書堂（自注李尚書之芳鄭祕監審同集）

江湖春欲暮牆宇日猶微闇闇書籍滿輕輕花絮飛翰林名有素墨客興無違今夜文星動吾儕醉不歸

和江陵宋大少府暮春雨後同諸公及舍弟宴書齋

渥洼汗血種天上麒麟兒才士得神秀書齋聞爾爲棣華晴雨好彩服暮春宜朋酒日歡會老夫今始知

暮春陪李尚書李中丞過鄭監湖亭泛舟得過字

海內文章伯湖邊意緒多玉樽移晚興桂楫帶酣歌

春日繁魚鳥江天足芰荷鄭莊賓客地衰白遠來過

夏日楊長甯宅送崔侍御常正字入京得深字

醉酒揚雄宅升堂子賤琴不堪垂老鬢還對欲分襟天地西江遠星辰北斗深烏臺俯麟閣長夏白頭吟

江邊星月二首

驟雨清秋夜金波耿玉繩天河元自白江浦一作渚向來澄映物連珠斷緣空一鏡升餘光隱更漏況乃露華凝

江月辭風檻一作纜江星別霧船雞鳴還曙色鷺浴自晴川歷歷竟誰種悠悠何處圓客愁殊未已他夕始相鮮

舟月對驛近寺

更深不假燭月朗自明船金剎青楓外朱樓白水邊城烏嗁眇眇野鷺宿娟娟皓首江湖客鉤簾獨未眠

舟中

風餐江柳下雨臥驛樓邊結纜排魚網連檣並米船今朝雲細薄昨夜月清圓飄泊南庭老祇應學水仙

江漢

江漢思歸客乾坤一腐儒片雲天共遠永夜月同孤落日心猶壯秋風病欲蘇一作疏古來存老馬不必取長途

地隅

江漢山重阻風雲地一隅年年非故物處處是窮途喪亂秦公子悲涼一作秋楚大夫平生心已折行路日荒蕪

移居公安山館

南國晝多霧北風天正寒路危行木杪身迥一作遠宿雲端山鬼吹燈滅廚人語夜闌雞鳴問前館世亂敢

求。安。

重題 前有哭李尚書之芳一首五排十韻此曰重題亦仍弔李也

涕灑不能收哭君餘白頭兒童相識盡宇宙此生浮江雨銘旌溼湖風井徑秋還瞻魏太子賓客減應劉 原注李公歷禮部尚書甍於太子賓客

哭李常侍嶧二首

一代風流盡修文地下深斯人不重見將老失知音短日行梅嶺寒山一作江落桂林長安若箇伴一作畔猶想映貂金

青瑣陪雙入銅梁阻一辭風塵逢我地江漢哭君時次第尋書札呼兒檢贈詩發揮王子表不媿史臣詞 黃鶴注常侍當是卒於嶺南歸葬長安公逢於江漢聞而哭之也

官亭夕坐戲簡顏十少府

南國調寒杵西江浸日車客愁連蟋蟀亭古帶蒹葭

不返青絲鞚虛燒夜燭花老翁須地主細細酌流霞

公安縣懷古

野曠呂蒙營錢箋寰宇記公安縣有孱陵城十三州志曰吳大帝封呂蒙爲孱陵侯即此地也入蜀記光孝寺後有廢城髣髴尚存圖經謂之呂蒙城江深劉備城錢箋荊州記云劉備敗於襄陽南奔荊州吳大帝推爲左將軍荊州牧鎮油口即居此城時人號備爲左公故名其城公安也水經注劉備之奔江陵使築而鎮之曹公聞孫權以荊州借備臨書落筆寒天催日短風浪與雲平灑落君臣契飛騰戰伐名維舟倚前浦長嘯一含情

宴王使君宅題二首

漢主追韓信蒼生起謝安吾徒自漂泊世事各艱難逆旅招要近他鄉思一作意緒寬不才甘朽質高臥豈泥蟠首二句謂韓信被追之際謝安未起之日皆泥蟠而未大展其才之時也若吾徒則自漂泊耳自逆旅耳自朽質耳豈復泥蟠者比尚有飛騰變化之時乎

汎愛容霜鬢留歡卜夜闌一作閑自吟詩送老相對酒

開顏戎馬今何地鄉園獨舊（一作在）山江湖墮清月酩酊任扶還

公安送李二十九弟晉肅入蜀余下沔鄂

正解柴桑纜仍看蜀道行檣烏相背發塞雁一行鳴南紀連銅柱西江接錦城憑將百錢卜漂泊問君平

久客

羈旅知交態淹留見俗情衰顏聊自哂小吏最相輕去國哀王粲傷時哭賈生狐狸何足道豺虎正縱横

冬深（一作即目）

花葉惟（從仇本舊作隨）天意江溪共石根早霞隨類影寒水各依痕易下楊朱淚難招楚客魂風濤暮不穩捨棹宿誰門

泊岳陽城下

江國踰千里山城近（一作僅）百層岸風翻夕浪舟雪灑

寒燈留滯才難盡艱危氣益增圖南未可料變化有
鵾鵬

纜船苦風戲題四韻奉簡鄭十三判官泛

楚岸朔風疾天寒鶬鴰呼漲沙霾草樹舞雪渡江湖
吹帽時時落維舟日日孤因聲置驛外爲覓酒家壚

登岳陽樓

昔聞洞庭水今上岳陽樓吳楚東南坼乾坤日夜浮
親朋無一字老病有孤舟戎馬關山北憑軒涕泗流

陪裴使君登岳陽樓

湖闊兼雲霧樓孤屬晚晴禮加徐孺子詩接謝宣城
雪岸叢梅發春泥百草生敢違漁父問從此更南征

登白馬潭

水生春纜沒日出野船開宿鳥行猶去叢花笑不來
人人傷白首處處接金杯莫道新知要南征且未迴

南征

春岸桃花水，雲帆楓樹林。偷生長避地，適遠更霑襟。
老病南征日，君恩北望心。百年歌自苦，未見有知音。

歸夢

道路時通塞，江山日寂寥。偷生唯一老，伐叛已三朝。
雨急青楓暮，雲深黑水遙。夢歸歸未得，不用楚辭招。

宿青草湖

洞庭猶在目，青草續爲名。宿槳依農事，郵籤報水程。
寒冰爭倚薄，雲月遞微明。湖雁雙雙起，人來故北征。

宿白沙驛 元注初過湖南五里

水宿仍餘照，人煙復此亭。驛邊沙舊白，湖外草新青。
萬象皆春氣，孤槎自客星。隨波無限月一作景，的的近南溟。

湘夫人祠

肅肅湘妃廟空牆碧水春蟲書玉佩蘚燕舞翠帷塵
晚泊登汀樹微馨借（一作香借）渚蘋蒼梧恨不盡染淚在
叢筠

祠南夕望

百丈牽江色孤舟泛日斜興來猶杖屨目斷更雲沙
山鬼迷春竹湘娥倚暮花湖南清絕地萬古一長嗟

野望

納納乾坤大行行郡國遙雲山兼五嶺風壤帶三苗
野樹侵江闊春蒲長雪消扁舟空老去無補聖明朝

發潭州

夜醉長沙酒曉行湘水春岸花飛送客檣燕語留人
賈傅才何（一作未非）有褚公書絕倫高名前後事回首一
傷神（元注褚公永徽末放此州）

雙楓浦

輟棹青楓浦雙楓舊已摧自驚衰謝力不道棟梁材
浪足浮紗帽皮須截錦苔江邊地有主暫借上天迴

入喬口 原注長沙北界

漠漠舊京遠遲遲歸路賒殘年傍水國落日對春華
樹密早蜂亂江泥輕燕斜賈生骨已朽悽惻近長沙

銅官渚守風

不夜楚帆落避風湘渚閒水耕先浸草春火更燒山
早泊雲物晦逆行波浪慳飛來雙白鶴過去杳難攀

衡州送李大夫七丈勉赴廣州

斧鉞下青冥樓船過洞庭北風隨爽氣南斗避文星
日月籠中鳥乾坤水上萍王孫丈人行垂老見飄零

江閣對雨有懷行營裴二端公

南紀 一作極 風濤壯陰晴屢不分野流行地日江入度
山雲層閣憑雷殷長空面水文 一作紋 雨來銅柱北應

一作竟洗伏波軍

江閣臥病走筆寄呈崔盧兩侍御

客子庖廚薄江樓枕席清衰年病祇瘦長夏想爲情
滑憶一作喜雕胡飯香聞錦帶羹溜匙兼煖腹誰欲致
杯罌

潭州送韋員外迢牧韶州

炎海韶州牧風流漢署郎分符先令望同舍有輝光
白首多年疾秋天昨夜涼洞庭無過雁書疏莫相忘

酬韋韶州見寄

養拙江湖外朝廷記憶疏深慚長者轍重得故人書
白髮絲難理新詩錦不如雖無南去雁看取北來魚

樓上

天地空搔首頻抽白玉簪皇輿三極北身事五湖南
戀闕勞肝肺論一作掄材愧杞柟亂離難自救終是老

湘潭

晚秋長沙蔡五侍御飲筵送殷六參軍歸澧州覲省

佳士欣相識慈顏望遠遊甘從投轄飲肯作置當作致書郵高鳥黃雲暮寒蟬碧樹秋湖南冬不雪吾病得淹留

北風

北風破南極朱鳳日威垂洞庭秋欲雪鴻雁將安歸十年殺氣盛六合人煙稀吾慕漢初老時清猶茹芝

舟中夜雪有懷盧十四侍御弟

朔風吹桂水朔一作大雪夜紛紛暗渡南樓月寒深北渚雲燭斜初近見舟重竟無聞不識山陰道聽雞更憶君

對雪

北雪犯長沙胡雲冷萬家隨風且閒(一作開)葉帶雨不成花金錯囊垂(一作從)罄銀壺酒易賒無人竭浮蟻有待至昏鴉

歸雁二首

萬里衡陽雁今年又北歸雙雙瞻客上一一背人飛雲裏相呼疾沙邊自宿稀繫書元浪語愁絕(一作寂)故山薇

欲雪違胡地先花別楚雲卻過清渭影高起洞庭羣塞北春陰暮江南日色曛傷弓流落羽行斷不堪聞

送趙十七明府之縣

連城爲寶重茂宰得才新山雉迎舟楫江花報邑人論交翻恨晚臥病卻愁春惠愛南翁悅餘波及老身

奉酬寇十侍御錫見寄四韻復寄寇

往別郇瑕地於今四十年來簪御府筆故泊洞庭船

詩憶傷心處春深把臂前南瞻按百越黃帽待君偏。

暮秋將歸秦留别湖南親友

水闊蒼梧野一作晚天高白帝秋途窮那免哭身老不禁愁大府才能會諸公德業優北歸衝雨雪誰憫敝貂裘。

十八家詩鈔卷十九

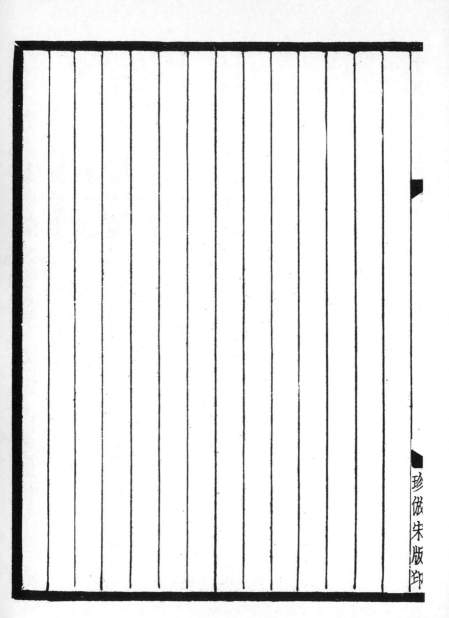

十八家詩鈔卷二十目錄

杜工部七律百五十首

奉同諸公題河中任中丞新創河亭四韻之作
過故府中武威公交城舊莊感事
贈田叟
贈別前蔚州契苾使君
和人題眞娘墓
人日即事
春日寄懷
和劉評事永樂閒居見寄
和馬郎中遺白菊見示
喜聞太原同院崔侍御臺拜兼寄在臺三二同
年之什
無題
回中牡丹爲雨所敗二首
杜牧之七律五十五首

道一大尹存之學士庭美學士簡於聖明自致
霄漢皆與舍弟昔年還往牧支離窮顇竊於
一麾書美歌詩兼自言志因成長句四韻呈
上三君子
洛陽長句二首
洛中監察病假滿送韋楚老拾遺歸朝
故洛陽城有感
潤州二首
西江懷古
題宣州開元寺水閣閣下宛溪夾溪居人
宣州送裴坦判官往舒州時牧欲赴官歸京
自宣城赴官上京
登池州九峯樓寄張祜
齊安郡晚秋

十八家詩鈔卷第二十目錄

十八家詩鈔卷二十

湘鄉曾國藩纂　合肥李鴻章審訂
東湖王定安校

杜工部七律百五十首

鄭駙馬宅宴洞中

錢注唐書明皇臨晉公主下嫁鄭潛曜潛曜有孝行廣文博士鄭虔之姪也公嘗作公主母皇甫淑妃神道碑云甫忝鄭莊之賓客遊竇主之園林

主家陰洞細煙霧留客夏簟青琅玕春酒杯濃琥珀薄冰琖椀碧瑪瑙寒誤疑茅堂一作屋過江麓已入風磴霾雲端自是秦樓壓鄭客時聞雜珮聲珊珊

題張氏隱居

春山無伴獨相求伐木丁丁山更幽澗道餘寒歷冰雪石門斜日到林邱不貪夜識金銀氣遠害朝看麋鹿遊乘興杳然迷出處對君疑是泛虛舟

城西陂泛舟

青蛾皓齒在樓船橫笛短簫悲遠天春風自信牙檣

動遲日徐看錦纜牽魚吹細浪搖歌扇°燕蹴飛花落舞筵°不有小舟能蕩槳百壺那送酒如泉

贈田九判官梁邱

崆峒使節上青霄河隴降王款聖朝錢注天寶十三載吐谷渾蘇毗王款塞詔翰至磨環川應接之宛馬總肥春一作秦苜蓿將軍只數漢嫖姚陳留阮瑀誰爭長京兆田郎早見招麾下賴君才並美一作入獨能無意向漁樵使節將軍指哥舒翰也阮瑀田郎始及梁邱

贈獻納使起居田舍人澄

獻納司存雨露邊一作偏地分清切任才賢舍人退食收封事宮女開函捧一作近御筵曉漏追趨青瑣闥晴窗點檢白雲篇揚雄更有河東賦錢注公既獻三賦投延恩匭又欲奏封西嶽賦故云更有河東賦也唯待吹噓送上天

送鄭十八虔貶台州司戶傷其臨老陷賊之故

闕爲面別情見於詩

鄭公樗散鬢成（一作如）絲酒後常稱老畫師萬里傷心嚴譴日百年垂死中興時倉惶（一作伶俜）已就長途往邂逅無端出餞遲便與先生應永訣九重泉路（一作下）盡交期

臘日

臘日常年暖尚遙今年臘日凍全消侵陵雪色還萱草漏洩春光有柳條縱酒欲謀良夜醉歸家初散紫宸朝口脂面藥隨恩澤翠管銀罌下九霄

奉和賈至舍人早朝大明宮

五夜漏聲催曉箭九重春色醉仙桃旌旗日暖龍蛇動宮殿風微燕雀高朝罷香煙攜滿袖詩成珠玉在揮毫欲知世世掌絲綸美（公自注舍人先世嘗掌絲綸）池上於今有鳳毛

宣政殿退朝晚出左掖

天門日射黃金榜春殿晴曛赤羽旗宮草霏霏一作微微承委珮鑪煙細細駐游絲雲近蓬萊常五色雪殘鳷鵲亦多時侍臣緩步歸青瑣退食從容出每遲

紫宸殿退朝口號

戶外昭容紫袖垂雙瞻御座引朝儀香飄合殿春風轉花覆千官淑景移晝漏稀聞高閣報天顏有喜近臣知宮中每出歸東省會送夔龍集鳳池

題省中壁

掖垣竹埤音皮梧十尋洞門對雪正異作霤常陰陰落花游絲白日靜鳴鳩乳燕青春深腐儒衰晚謬通籍退食遲迴違寸心袞職曾無一字補許身愧比雙南金

曲江陪鄭八丈南史飲

雀啄江頭黃柳花鵁鶄鸂鶒滿晴沙錢注通鑑玄宗初年遺宦者詣

江南取鵁鶄鸂鶒等置苑中自知白髮非春事且盡芳樽戀物華
近侍卽今難浪跡此身那得更無家丈人才力猶强
健豈傍青門學種瓜

曲江二首

一片花飛減卻春風飄萬點正愁人且看欲盡花經
眼莫厭傷多酒入脣江上小堂巢翡翠苑邊高冢臥
麒麟細推物理須行樂何事一作用浮榮一作名絆此身
朝回日日典春衣每日浦云恐字之訛向江頭盡醉歸酒債
尋常行處有人生七十古來稀穿花蛺蝶深深見一作
舞點水蜻蜓款款飛傳語風光共流轉暫時相賞莫
相違

曲江對酒

花外江頭坐不歸水精春一作宮殿轉芳微桃花細逐
楊一作梨花落黃鳥時兼白鳥飛縱飲久判人共棄嬾

朝真與世相違吏情更覺滄洲遠老大徒傷（一作悲）未拂衣

曲江對雨

城上春雲覆苑牆江亭晚色靜年芳林花著雨燕支（一作脂）濕水荇牽風翠帶長龍武新軍深（一作經）駐輦芙蓉別殿漫焚香何時詔此金錢會暫醉佳人錦瑟旁

因許八奉寄江寧旻上人

不見旻公三十年封書寄與淚潺湲舊來好事今能否老去新詩誰與傳棋局動隨幽（一作尋）澗竹袈裟憶上泛湖船聞君話我爲官在頭白昏昏秖醉眠

題鄭縣亭子

鄭縣亭子澗之濱戶牖憑高發興新雲斷岳蓮臨大路天清（一作晴）宮（一作官）柳暗長春巢邊野雀羣欺燕花底山蜂遠趁人更欲題詩滿青竹晚來幽獨恐傷神

望岳

西岳危稜（一作崚嶒）竦處尊諸峯羅立如（一作似）兒孫安得仙人九節杖拄到玉女洗頭盆車箱入谷無歸路箭栝（筈通）通天有一門稍待秋風涼冷後高尋白帝問真源

九日藍田崔氏莊

老去悲秋强自寛興來今日盡君歡羞將短髮還吹帽笑倩旁人爲正冠藍水遠從千澗落玉山高並兩峯寒明年此會知誰健醉把茱萸仔細看

崔氏東山草堂

愛汝玉山草堂靜高秋爽氣相鮮新有時自發鐘磬響落日更見漁樵人盤剝白鴉谷口栗飯煮青泥坊底芹何爲西莊王給事柴門空閉鎖松筠

至日遣興奉寄北省舊閣老兩院故人二首（以上）

皆天寶未亂及亂後爲拾遺居秦中之詩

去歲茲晨捧御牀五更三點入鵷行欲知趨走傷心地正想氤氳滿眼香無路從容陪語笑有時顛倒著衣裳何人却一作錯憶窮愁日愁日愁隨一線長

憶昨逍遙供奉班去年今日侍龍顏麒麟不動爐煙上孔雀徐開扇影還玉几由來天北極朱衣只在殿中閒錢注唐儀衛志朝日殿上設黼扆躡席熏爐香案御史大夫領屬官至殿西廡從官朱衣傳呼促百官就班孤城此日腸堪斷愁對寒雲雪一作白滿山

卜居此下至蜀居成都及梓州之詩

浣花溪一作之水水西頭主人爲卜林塘幽已知出郭少塵事更有澄江消客愁無數蜻蜓齊上下一雙鸂鶒對沈浮東行萬里堪乘興須向山陰上小舟

蜀相

蜀相一作丞相祠堂何處尋錦官城外柏森森映階碧草

自春色隔葉黃鸝空好音三顧頻煩天下計兩朝開濟老臣心出師未捷身先死長使英雄淚滿襟

有客

幽棲地僻經過少老病人扶再拜難豈有文章驚海內漫勞車馬駐江干竟日淹留佳客坐百年麤糲腐儒餐不一作莫嫌野外無供給乘興還來看藥欄

狂夫

萬里橋西一草堂百花潭水即滄浪風含翠篠娟娟淨一作靜雨裛紅蕖冉冉香厚祿故人書斷絕恆飢稚子色淒涼欲填溝壑唯疏放自笑狂夫老更狂

江村

清江一曲抱村流長夏江村事事幽自去自來一作歸堂上燕相親相近水中鷗老妻畫紙爲棋局稚子敲鍼作釣鉤多病所須惟藥物微軀此外更何求

恨別

洛城一別四千里（一作四三）吳騎長驅五六（一作六七）年草木變衰行劍外兵戈阻絕老江邊思家步月清宵立憶弟看雲白日眠聞道河陽近乘勝司徒急爲破幽燕

錢注乾元元年十月光弼悉軍赴河陽大破賊衆上元元年進圍懷州思明求救光弼再逐北卽日懷州平此河陽乘勝之事也當時用兵之失在於專事河陽與賊相持而不爲直擣幽燕之舉公詩蓋屢言之嘗制郭子儀自朔方直取范陽還定河北制下旬日爲魚朝恩所阻次年光弼遂有邙山之敗散愁詩司徒下燕趙亦此意也

野老

野老籬邊（一作前）江岸迴柴門不正逐江開漁人網集澄潭下賈客船隨返照來長路關心悲劍閣片雲何事（一作意）傍琴臺王師未報收東郡城闕秋生畫角哀

錢注東郡今滑州也上元二年令狐彰以滑州歸朝是時猶爲思明所據故云未收

南鄰

錦里先生烏角巾園收芋（一作茅）栗未全貧慣看賓客兒童喜得食階除鳥雀馴秋水纔深（一作添）四五尺野航恰受兩三人白沙翠竹江村暮（一作路）相送（一作對）柴門月色新

至後

冬至至後日初長遠在劍南思洛陽青袍白馬有何意金谷銅駝非故鄉梅花欲開不自覺棣萼一別永相望愁極本憑詩遣興詩成吟咏轉淒涼

和裴迪登蜀州東亭送客逢早梅相憶見寄

東閣官梅動詩興還如何遜在揚州此時對雪遙相憶送客逢春（一作花）可自由幸不折來傷歲暮若爲看去亂鄉（一作春）愁江邊一樹垂垂發朝夕催人自白頭

末二句因裴蜀州東亭之梅而言己之成都草堂亦有江梅垂發也

暮登四（一作西）安寺鐘樓寄裴十迪

暮倚高樓對雪峯僧來不語自鳴鐘孤城返照紅將斂近市浮煙翠且重多病獨愁常闃絶故人相見未從容知君苦思緣詩瘦太向交遊萬事慵

客至（公自注喜崔明府相過）

舍南舍北皆春水但見羣鷗日日來花徑不曾緣客掃蓬門今始為君開盤飧市遠無兼味樽酒家貧只舊醅肯與鄰翁相對飲隔籬呼取盡餘杯

江上值水如海勢聊短述

為人性僻耽佳句語不驚人死不休老去詩篇渾漫與春來花鳥莫深愁新添水檻供垂釣故著浮槎替入舟焉得思如陶謝手令渠述作與同遊

進艇

南京久客耕南畝北望傷神坐（一作卧）北窗晝引老妻乘小艇晴看稚子浴清江俱飛蛺蝶原相逐並蒂芙

磬本自雙茗飲蔗漿攜所有瓷罌無謝玉爲缸

所思

苦憶荊州醉司馬（原注崔吏部漪）謫官樽俎（一作酒）定常開九江日落醒何處一柱觀頭眠幾回可憐懷抱向人盡欲問平安無使來故憑錦水將雙淚好過瞿塘灩澦堆

寄杜位（公自注位京中宅近西曲江詩尾有述）

近聞寬法離新州想見歸懷尚百憂逐客雖皆萬里去悲君已是十年流干戈況復塵隨眼鬢髮還應雪滿頭玉壘題書心緒亂何時更得曲江遊

送韓十四江東省覲

兵戈不見老萊衣歎息人間萬事非我已無家尋弟妹君今何處訪庭闈黃牛峽靜灘聲轉（一作急）白馬江寒樹影稀此別應須各努力故鄉猶恐未同歸

王十七侍御掄許攜酒至草堂奉寄此詩便請邀高三十五使君同到（下一首題云王竟攜酒高亦同過另鈔於五律中）

老夫臥穩朝慵起白屋寒多暖始開江鸛巧當幽徑浴鄰雞還過短牆來繡衣屢許攜家醞皁蓋能忘折野梅戲假霜威促山簡須成一醉習池迴

陪李七司馬皁江上觀造竹橋即日成往來之人免冬寒入水聊題短作簡李公（此題尚有五律一首鈔於五律中下有李司馬橋了一首鈔於七絕中）

伐竹（一作木）爲橋結構同褰裳不涉往來通天寒白鶴歸華表日落青龍見水中顧我老非題柱客知君才是濟川功合歡卻笑千年事驅石何時到海東

野望

西山白雪三城（一作奇非）戍南浦清江萬里橋海內風塵

諸弟隔天涯涕淚一身遙唯將遲暮供多病未有涓埃答聖朝跨馬出郊時極目不堪人事日蕭條

堂成

背郭堂成蔭白茅緣江路熟俯青郊榿林礙日吟風葉籠竹和煙滴露梢暫止飛烏將數子頻來語燕定新巢旁人錯比揚雄宅懶慢（一作惰）無心作解嘲

奉酬嚴公寄題野亭之作

拾遺曾奏數行書懶性從來水竹居奉引濫騎沙苑馬幽棲眞釣錦江魚謝安不倦登臨費阮籍焉知禮法疏枉沐（一作何日）旌麾出城府草茅無（一作蕪）徑欲教鋤

嚴中丞枉駕見過

元戎小隊出郊坰問柳尋花到野亭川合東西瞻使節地分南北任流萍扁舟不獨如張翰皁（一作白）帽還應（一作應兼）似管甯寂寞江天雲霧裏何人道有少微星

野人送朱櫻

西蜀櫻桃也自紅野人相贈滿筠籠數回細寫愁仍破萬顆勻圓訝許同憶昨賜霑門下省退朝擎出大明宮金盤玉筯無消息此日嘗新任轉蓬

嚴公仲夏枉駕草堂兼攜酒饌得寒字

竹裏行廚洗玉盤花邊立馬簇金鞍非關使者徵求急自識將軍禮數寬百年地闢柴門迥（闢一作僻）五月江深草閣寒看弄漁舟移白日老農何有罄交歡

秋盡

秋盡東行且未迴茅齋寄在少城隈籬邊老卻陶潛菊江上徒逢袁紹杯雪嶺獨看西日落劍門猶阻（一作斷）北人來不辭萬里長爲客懷抱何時得好開

野望

金華山北涪水西仲冬風日始淒淒山連越嶲蟠三

蜀氷散巴渝下五溪獨鶴不知何事舞飢烏似欲向人啼射洪春酒寒仍綠極目（一作目極）傷神誰爲攜

聞官軍收河南河北（錢注寶應元年十一月官軍破賊於洛陽進收東郡河南平朝義走河北李懷仙斬其首以獻河北平此詩公在劍外聞捷書而作也）

劍外忽傳收冀（一作薊）北初聞涕淚滿衣裳卻看妻子愁何在漫卷詩書喜欲狂白首（一作日）放歌須縱酒青春作伴好還鄉卽從巴峽穿巫峽便下襄陽向洛陽（公自注余田園在東京）

送路六侍御入朝

童稚情親四（一作三）十年中間消息兩茫然更爲後會知何地忽漫相逢是別筵不分桃花紅勝錦生憎柳絮白於綿劍南春色還無賴觸忤愁人到酒邊

涪城縣香積寺官閣

寺下春江深不流山腰官閣迥添愁含風翠壁孤雲

細背日丹楓萬木稠小院迴廊春（一作深）寂寂浴鳧飛
鷺晚悠悠諸天合在藤蘿外昏黑應須到上頭

又送（上有七絕一首題云惠義寺園送辛員外故此題但云又送）

雙峯寂寂對春臺萬竹青青送（一作照）客杯細草留連
侵坐軟殘花悵望近人開同舟昨日何由得並馬今
朝未擬回直到緜州始分首（一作手）江邊樹裏共誰來

送王十五判官扶侍還黔中得開字

大家（讀姑）東征逐子回風生洲渚錦帆開青青竹笋迎
船出白白（作日日非）江魚入饌來離別不堪無限意艱危
深仗濟時才黔陽信使應稀少莫怪頻頻勸酒杯

章梓州橋亭餞成都竇少尹得涼字

秋日野亭千橘香玉杯錦席高雲涼主人送客何所
作（讀做）行酒賦詩殊未央衰老應爲難離別賢聲此去
有輝光預傳籍籍新京尹（一作兆）青史無勞數趙張

九日

去年登高郪縣北，今日重在涪江濱。苦遭白髮不相放，羞見黃花無數新。世亂鬱鬱久爲客，路難悠悠常傍人。酒闌卻憶十年事，腸斷驪山清路塵。

滕王亭子 公自注：在玉臺觀內。王調露中爲閬州刺史。

君王臺榭枕巴山，萬丈丹梯尚可攀。春日鶯啼修竹裏，仙家犬吠白雲間。清江錦石傷心麗，嫩蕊濃花滿目斑。人到於今歌出牧，來遊此地不知還。

玉臺觀 公自注：滕王造。

中天積翠玉臺遙，上帝高居絳節朝。遂有馮夷來擊鼓，始知嬴女善吹簫。江光隱見黿鼉窟，石勢參差烏鵲橋。更肯紅顏生羽翼，便應黃髮老漁樵。

奉寄章十侍御 公自注：時初罷梓州刺史東川留後，將赴朝廷。

淮海維揚一俊人，金章紫綬照青春。指麾能事迴天

地訓練强兵動鬼神湘（一作裏）西不得歸關羽河內猶疑（一作宜）借寇恂朝覲從容問幽仄勿云江漢有垂綸

奉寄別馬巴州（公自注時甫除京兆功曹在東川）

勳業終歸馬伏波功曹非復漢蕭何（公自注甫會任華州司功）扁舟繫纜沙邊久南國浮雲水上多獨把魚竿終遠去難隨鳥翼一相過知君未愛春湖色興在驪駒白玉珂

將赴荊南寄別李劍州

使君高義驅今古寥落三年坐劍州但見文翁能化俗焉知李廣未封侯路經灩澦雙蓬鬢天入滄浪一釣舟戎馬相逢更何日春風回首仲宣樓

奉待嚴大夫（錢注廣德二年正月武以黃門侍郎拜成都尹充劍南節度使此云大夫再鎮時兼官也以後稱鄭公）

殊方又喜故人來重鎮還須濟世才常怪偏裨終日

待不知旌節隔年回欲辭巴徼啼鶯合遠下荊門去

鵲催身老時危思會面一生襟一作懷抱向誰開

將赴成都草堂途中有作先寄嚴鄭公五首

得歸茅屋赴成都直爲文翁再剖符但使閭閻還揖讓敢論松竹久荒蕪魚知丙穴由來美酒憶郫筒不用酤五馬舊曾諳小徑幾回書札待潛夫

處處青江帶白蘋故園猶得見殘春雪山斥候無兵馬錦里逢迎有主人休怪兒童延俗客不教鵝鴨惱比鄰習池未覺風流盡況復荊州賞更新

竹寒沙碧浣花溪橘刺藤梢咫尺迷過客徑須愁出入居人不自解東西書籤藥裹封蛛網野店山橋送馬蹄肯藉荒庭春草色先判同拚一飲醉如泥

常苦沙崩損藥欄也從江檻落風湍新松恨不高千尺惡竹應須斬萬竿生理祇憑黃閣老衰顏欲付紫

金丹三年奔走空皮骨信有人間行路難

錦官城西生事微烏皮几在還思歸昔去為憂亂兵入今來已恐鄰人非側身天地更懷古回首風塵甘（一作且）息機共說總戎雲鳥陣不防遊子芰荷衣

題桃樹

小徑升堂舊不斜五株桃樹亦從遮高秋總餵（一作餧）貧人實來歲還舒滿眼花簾戶每宜通乳燕兒童莫信打慈鴉寡妻羣盜非今日天下車書正（一作已）一家

奉寄高常侍（一作寄高三十五大夫）

汶上相逢年頗多飛騰無那（一作奈）故人何總戎楚蜀應全未方駕曹劉不啻過今日朝廷須汲黯中原將帥憶廉頗天涯春色催遲暮別淚遙添錦水波

登樓

花近高樓傷客心萬方多難此登臨錦江春色來（一作

水流天地玉壘浮雲變古今北極朝廷終不改西山寇盜莫相侵可憐後主還祠廟日暮聊爲梁甫吟

宿府

清秋幕府井梧寒獨宿江城蠟炬殘永夜角聲悲自語中天月色好誰看風塵荏苒音書絕關塞蕭條行路難已忍伶俜十年事强移棲息一枝安

院中晚晴懷西郭茅舍

幕府秋風日夜清淡雲疏雨過高城葉心朱實看時落階面青苔老更先一作自生復有樓臺銜暮景不勞鐘鼓報新晴浣花溪裏花饒笑肯信吾兼吏隱名

撥悶

聞道雲安麴米春纔傾一盞卽醺人乘舟取醉非難事下峽消愁定幾巡長年三老遙憐汝棙柂開頭一作鳴鐃捷有神已辦青錢防雇直當令美味入吾脣

十二月一日三首

今朝臘月春意動雲安縣前江可憐一聲何處送書雁百丈誰家上瀨船一作瀨水未將梅蕊驚愁眼要取椒一作椒花媚遠天明光起草人所羨肺病幾時朝日邊

寒輕市上山煙碧日滿樓前江霧黃負鹽出井此谿女打鼓發船何郡郎新亭舉目風景切茂林著書消渴長春風不愁不爛漫楚客唯聽棹相將

卽看燕子入山扉豈有黃鸝歷翠微短短桃花臨水岸輕輕柳絮點人衣春來準擬開懷久老去親知見面稀他日一杯難强進重嗟筋力故山違

寄常徵君

白水青山空復春徵君晚節傍風塵楚妃堂上色殊衆海鶴堦前鳴向人萬事糾紛猶絕粒一官羈絆實藏身開州入夏知涼冷不似雲安毒熱新

示獠奴阿段

山木蒼蒼落日曛竹竿裊裊細泉分郡人入夜爭餘瀝豎一作稚子尋源獨不聞病渴三更回白首傳聲一注溼青雲曾驚陶侃胡奴異怪爾常穿虎豹羣

白帝城最高樓

城尖徑仄一作昃旌旆愁獨立縹緲之飛樓峽坼雲霾龍虎臥江清日抱黿鼉遊扶桑西枝對一作封斷石弱水東影隨長流杖藜歎世者誰子泣血迸空回白頭

峽中覽物

曾爲掾吏趨三輔憶在潼關詩興多巫峽忽如瞻華岳蜀江猶似見黃河舟中得病移衾枕洞口經春長薜蘿形勝有餘風土惡幾時回首一高歌

返照

楚王宮北正黃昏白帝城西過雨痕返照入江翻石

壁歸雲擁樹失山村衰年病肺惟高枕絕塞愁時早
閉門不可久留豺虎亂南方實有未招魂

白帝

白帝城中雲出門一作城頭雲若屯白帝城下雨傾盆高江
急峽雷霆鬬古一作翠木蒼一作長藤日月昏戎馬不如
歸馬逸千一作百家今有百一作十家存哀哀寡婦誅求
盡慟哭秋原何處村

黃草

黃草峽西船不歸赤甲山下人行一作行人稀秦中驛使
無消息蜀道兵戈有是非萬里秋風吹錦水誰家別
淚溼羅衣莫愁劍閣終堪據聞道松州已被圍錢箋通鑑於代宗廣德元年書吐蕃陷松維保三州茂州圖經云廣德二年吐蕃取隴右西川節度高適出兵西山牽制無功遂亡松維黃鶴曰秦中驛使謂李之芳奉使見留也蜀道兵戈謂徐知道據劍閣也當時公在梓閬非夔州詩也按鶴說良是但又引來瑱裴茂之戰以解首二句爲曲說耳

諸將五首

漢朝陵墓對南山。胡虜千秋尚入關。昨日玉魚蒙葬地。早時金盌出人閒。見愁汗馬西戎逼。曾閃朱旗北斗殷。多少材官守涇渭。錢注涇渭二水在長安西北是春吐蕃請和郭子儀以利我不虞乃遣兵戍奉天即此地也將軍且莫破愁顏

韓公本意築三城。擬絕天驕拔漢旌。豈謂盡煩回紇馬。翻然遠救朔方兵。胡來不覺潼關隘。龍起猶聞晉水清。獨使至尊憂社稷。諸君何以答昇平。錢注祿山反范陽河山北皆陷郭子儀以孤軍起朔方賊將誘河曲九府六州部落數萬逼行在子儀以回紇首領葛邏支擊走之回紇太子葉護自將助討祿山戰於澧上賊詭伏將襲我回紇馳翦其伏出賊背夾攻之賊大敗遂收長安新店之役賊陳出輕騎子儀悉軍追掩賊張兩翼包之官軍亂而卻回紇望見即踰西嶺從後擊壓且至飛矢射賊賊驚曰回紇至矣遂大敗僵尸相屬官軍乘勝遂收東都由此觀之汾陽以朔方孤軍收復兩都皆賴回紇助順之力故曰豈謂盡煩回紇馬也肅宗即位日朝廷草昧軍容單弱詔子儀光弼班師赴行在國威始振故帝唯依朔方兵為根本僕固懷恩曰朔方將士為先帝中興主人是陛下蒙恩

故吏今日翻然遠救朔方兵故知助順之功不獨在朔方矣

洛陽宮殿化爲烽休道秦關百二重滄海未全歸禹貢薊門何處盡堯封朝廷袞職雖多預一作誰爭補天下軍儲不自供稍喜臨邊王相國肯銷金甲事春農錢注廣德二年王縉同平章事其年八月代李光弼都統河南淮西山南東道諸節度行營事兼領東京留守歲餘還河南副元帥請減軍資錢四十萬貫修東都殿宇大歷三年領幽州盧龍節度又兼太原尹北京留守充河東軍節度

回首扶桑銅柱標冥冥氛祲未一作不全消越裳翡翠無消息南海明珠久寂寥殊錫曾爲大司馬總戎皆插侍中貂炎風朔雪天王地祇在忠良一作臣翊聖朝錢箋曰此深戒朝廷不當使中官出將也楊思勖討安南五溪殘酷好殺故越裳不貢呂太一收珠南海阻兵作亂故南海不靖李輔國以中官拜大司馬所謂殊錫也魚朝恩等以中官爲觀軍容使所謂總戎也炎風朔雪皆天王之地只當精求忠良以翊聖朝安得偏信一二中人據將帥之重任自取潰僨乎肅代閒國勢衰弱不復再振其根本胥在於此斯豈非忠規切諫救世之針藥與

錦江春色逐人來巫峽清秋萬壑哀正憶往時嚴僕射共迎中使望鄉臺主恩前後三持節軍令分明數舉杯西蜀地形天下險安危須仗出羣材

夜

露下天高秋水（一作氣）清空山獨夜旅魂驚疏燈自照孤帆宿新月猶懸雙杵鳴南菊再逢人臥病北書不至（一作到）雁無情步檐倚杖看牛斗銀漢遙應接鳳城

秋興八首（按此八首皆居夔州而懷長安前三首對夔州景物而增悲秋之感後五首雜憶長安今昔之事第四首懷達官第宅第五首懷宮殿第六首懷曲江第七首懷昆明池第八首懷渼陂也）

玉露凋傷楓樹林巫山巫峽氣蕭森江間波浪兼天湧塞上風雲接地陰叢菊兩開他日淚孤舟一繫故園心寒衣處處催刀尺白帝城高急暮砧

夔府孤城落日斜每依北（一作南）斗望京華聽猨實下

三聲淚奉使虛隨八月槎畫省香爐違伏枕山樓粉堞隱悲笳請看石上藤蘿月已映洲前蘆荻花

千家山郭靜朝暉日日江樓坐翠微信宿漁人還汎汎清秋燕子故飛飛匡衡抗疏功名薄劉向傳經心事違同學少年多不賤五陵衣馬自輕肥

聞道長安似弈棋百年世事不勝悲王侯第宅皆新主文武衣冠異昔時直北關山金鼓震征西車馬羽書馳一作遲魚龍寂寞秋江冷故國平居有所思

蓬萊宮闕對南山承露金莖霄漢閒西望瑤池降王母東來紫氣滿函關雲移雉尾開宮扇日繞龍鱗識聖顏一臥滄江驚歲晚幾回青瑣點一作照朝班

瞿塘峽口曲江頭萬里風煙接素秋花萼夾城通御氣芙蓉小苑入邊愁錢注舊唐書開元二十年遣范安及於長安廣花萼樓築夾城至芙蓉園長安志開元二十年築夾城入芙蓉園自大明宮夾東羅城複道經通化門觀以達南內興慶

宮女經春明延喜門至曲江芙蓉園而外人不之知也朱簾繡柱圍黃鵠（一作鶴）錦纜牙檣起白鷗迴首可憐歌舞地秦中自古帝王州

昆明池水漢時功武帝旌旗在眼中織女機絲虛夜月石鯨鱗甲動秋風波漂菰米沈雲黑露冷蓮房墜粉紅關塞極天唯鳥道江湖滿地一漁翁

昆吾御宿自逶迤紫閣峯陰入渼陂紅豆（一作香稻）啄餘鸚鵡粒碧梧棲老鳳凰枝佳人拾翠春相問仙侶同舟晚更移綵筆昔曾（一作游）干氣象白頭吟望苦低垂

吹笛

吹笛秋山風月清誰家巧作斷腸聲風飄律呂相和切月倚關山幾處明胡騎中宵堪北走武陵一曲想南征故園楊柳今搖落何得愁中卻盡生

詠懷古跡五首

支離東北風塵際漂泊西南天地閒三峽樓臺淹日月五溪衣服共雲山羯胡事主終無賴詞客哀時且未還庾信生平最蕭瑟暮年詩賦動江關羯胡以侯景比安祿山庾信杜公以自比也

搖落深知宋玉悲風流儒雅亦吾師悵望千秋一灑淚蕭條異代不同時江山故宅空文藻雲雨荒臺豈夢思最是楚宮俱泯滅舟人指點到今疑

羣山萬壑赴荊門生長明妃尚有村一去紫臺連朔漠獨留青冢向黃昏畫圖省識春風面環珮空歸夜月魂千載琵琶作胡語分明怨恨曲中論

蜀主窺吳幸三峽崩年亦在永安宮翠華想像空一作寒山裏玉殿虛無野寺中古廟杉松巢水鶴歲時伏臘走村翁武侯祠屋長鄰近一體君臣祭祀同

諸葛大名垂宇宙宗臣遺像肅清高三分割據紆籌

策萬古雲霄一羽毛伯仲之閒見伊呂指揮若定失蕭曹運移漢祚終難復志決身殲軍務勞

閣夜

歲暮陰陽催短景天涯霜雪霽寒宵（一作霄）五更鼓角聲悲壯三峽星河影動搖野哭幾（一作千）家聞戰伐夷歌是（一作幾）處起漁樵臥龍躍馬終黃土人事音書漫（一作久）寂寥

見王監兵馬使說近山有黑白二鷹羅者久取竟未能得王以為毛骨有異他鷹恐臘後春生騫飛避暖勁翮思秋之甚眇不可見請余賦詩二首

雲（一作雪）飛玉立盡清秋不惜奇毛恣遠遊在野祇教心力（一作膽）破于（一作千一作非）人何事網羅求一生自獵知無敵百中爭能恥下韝鵬礙九天須卻避兔藏（一作營）三

窟莫深憂

黑〔恐當作異〕鷹不省人閒有度海疑從北極來正翮摶風超紫塞玄冬幾夜宿陽臺虞羅自覺虛施巧春雁同歸必見猜萬里寒空祇一日金眸玉爪不凡材〔錢注張璁曰王兵馬荊南趙芮公猛將公嘗為賦二角鷹詩言其勇銳相敵則此亦所以況之也〕

冬至

年年至日長為客忽忽窮愁泥殺人江上形容吾獨老天涯〔一作邊〕風俗自相親杖藜雪後臨丹壑鳴玉朝來散紫宸心折此時無一寸路迷何處是〔一作見〕三秦

小至

天時人事日相催冬至陽生春又來刺〔音切〕繡五紋〔一作文〕添弱線吹葭六管動浮〔一作飛〕灰岸容待臘將舒柳山意衝寒欲放梅雲物不殊鄉國異教兒且覆掌中杯

奉送蜀州柏二別駕將中丞命赴江陵起居衞尚書太夫人因示從弟行軍司馬位

中丞問俗畫熊頻愛弟傳書綵鷁新遷轉五州防禦使起居八座太夫人楚宮臘送荊門水白帝雲輸碧海春與報惠連詩不惜知吾斑鬢總如銀

立春

春日春盤細生菜忽憶兩京全盛時盤出高門行白玉菜傳纖手送青絲巫峽寒江那對眼杜陵遠客不勝悲此身未知歸定處呼兒覓紙一題詩

愁 公自注強戲爲吳體

江草日日喚愁生春（一作巫）峽冷冷非世情盤渦鷺浴底心性獨樹花發自分明十年戎馬暗南國異域賓客老孤城渭水秦山得見否人今罷病虎縱橫

崔評事弟許相迎不到應慮老夫見泥雨怯出

以愆佳期走筆戲簡

江閣邀賓許馬迎午時起坐自天明浮雲不負青春色細雨何孤白帝城身過花閒霑溼好醉於馬上往來輕虛疑皓首衝泥怯實少銀鞍傍險行

遣悶戲呈路十九曹長

江浦雷聲喧昨夜春城雨色動微寒黃鸝並坐交愁溼白鷺羣飛太劇乾晚節漸於詩律細誰家數去酒杯寬唯君最愛清狂客百徧相看意未闌看一作過

晝夢

二月饒睡昏昏然不獨夜短晝分眠桃花氣暖眼自醉春渚日落夢相牽故鄉門巷荊棘底中原君臣豺虎邊安得務農息戰鬭普天無吏橫索錢

暮春

臥病擁塞在峽中瀟湘洞庭虛映空楚天不斷四時

雨巫峽長一作常吹萬里風沙上草閣柳新闇一作暗城邊野池蓮欲紅暮春鴛鷺立洲渚挾子翻飛還一叢翻一作翾

卽事

暮春三月巫峽長皛皛行雲浮日光雷聲忽下千峯雨花氣渾如百和香黃鶯過水翻回去燕子銜泥溼不妨飛閣卷簾圖畫裏虛無祇少對瀟湘

赤甲

卜居赤甲遷居新兩見巫山楚水春炙背可以獻天子美芹由來知野人荊州鄭薛寄詩一作書近蜀客郄岑非我鄰笑接郎中評事飲病從深酌道吾真錢注永泰三載相國杜公鴻漸奏授犀浦縣令僚友杜員外甫岑郎中參鄭舍人昂聞公擯落失聲咨嗟鄭薛卽鄭審薛據也

江雨有懷鄭典設

春雨闇闇塞峽中早晚來自楚王宮亂波紛披已打岸弱雲狼籍不禁風寵光蕙葉與多碧點注桃花舒小紅谷口子真正憶汝岸高瀼滑（一作闊）限西東

雨不絕

鳴雨既過細雨（一作漸細）微映空搖颺如絲飛堦前短草泥不亂院裏長條風乍稀舞石旋應將乳子（錢箋水經注石燕山其山有石紺而狀燕因以名山其石或大或小若母子焉及雷風相薄則石燕羣飛頡頏如真燕矣羅君章云今燕不必復飛也）行雲莫自溼仙衣眼邊江舸何悤促（一作遽）未待（一作得）安流逆浪歸

灩澦

灩澦既沒孤根深西來水多愁太陰江天漠漠鳥雙去風雨時時龍一吟舟人漁子歌回首估客胡商淚滿襟寄語舟航惡年少休翻鹽井擲黃金

季夏送鄉弟韶陪黃門從叔朝謁（公自注韶比兼閬山使通）

(成都外江下峽舟船國藩按詩中云莫出者猶云無出其右也相國指杜鴻漸以大歷二年六月入朝鴻漸本以黃門侍郎同平章事鎮蜀故稱曰黃門從叔)

令弟尚爲蒼水使名家莫出杜陵人比來相國兼安蜀歸赴朝廷已入秦捨舟策馬論兵地拖玉腰金報主身莫度清秋吟蟋蟀早聞(一作開)黃閣畫麒麟

七月一日題終明府水樓二首

高棟曾軒已自涼秋風此日灑衣裳翛然欲下陰山雪不去非無漢署香絕壁過雲開錦繡疏枝夾水奏笙簧看君宜著王喬履真賜還疑出尚方(公自注終明府功曹也兼攝奉節令故有此句佇觀奏卽真也)

虙(一作宓)子彈琴邑宰日終軍棄繻英妙時承家節操尚不泯爲政風流今在茲可憐賓客盡傾蓋何處老翁來賦詩楚江巫峽半雲雨清簟疏簾看奕棋

見螢火

巫山秋夜螢火飛疏簾巧入坐人衣忽驚屋裏琴書冷復亂檐前星宿稀卻遶井欄添箇箇偶經花蕊弄輝輝滄江白髮愁看汝來歲如今歸未歸

送李八祕書赴杜相公幕

青簾白舫益州來巫峽秋濤天地迴石出倒聽楓葉下櫓搖背指菊花開貪趨相府今晨發恐失佳期後命催南極一星朝北斗五雲多處是三台

簡吳郎司法

有客乘舸自忠州遣騎安置瀼西頭古堂本買藉疏豁借汝遷居停宴遊雲石熒熒高葉曙風江颯颯亂帆秋卻爲姻婭過逢地許坐曾軒數散愁

又呈吳郎

堂前撲棗任西鄰無食無兒一婦人不爲困窮寧有此祇緣恐懼轉須親卽妨（一作知）遠客雖多事便（一作使）

插疏籬卻甚（一作任）真。已訴徵求貧到骨。正思戎馬淚
盈襟。

九日（題共五首尚有五律二首五排一首缺一首）

重陽獨酌杯中酒。抱病起登江上臺。竹葉於人既無
分。菊花從此不須開。殊方日落玄猨哭。舊國霜前白
雁來。弟妹蕭條各何在（一作往）。干戈衰謝兩相催。

登高

風急天高猨嘯哀。渚清沙白鳥飛迴。無邊落木蕭蕭
下。不盡長江滾滾來。萬里悲秋常作客。百年多病獨
登臺。艱難苦恨繁霜鬢。潦倒新亭（停通）濁酒杯。

覃山人隱居

南極老人自有星。北山移文誰勒銘。徵君已去獨松
菊。哀壑無光留戶庭。予見亂離不得已。子知出處必
須經。高車駟馬帶傾覆。悵望秋天虛翠屏。

即事

天畔羣山孤草亭江中風浪雨冥冥一雙白魚不受釣三寸黃甘猶自青多病馬卿無日起窮途阮籍幾時醒未聞細柳散金甲腸斷秦川（一作州非）流濁涇

題柏學士茅屋

碧山學士焚銀魚白馬卻走深巖居古人已用三冬足年少今開萬卷餘晴雲滿戶團傾蓋秋水浮堦溜決渠富貴必從勤苦得男兒須讀五車書

舍弟觀赴藍田取妻子到江陵喜寄三首

汝迎妻子達荊州消息爭傳解我憂鴻雁影來連峽內鶺鴒飛急到沙頭嶢關險路今虛遠禹鑿寒江正穩流朱紱即當隨綵鷁青春不假報黃牛

馬度秦山（一作關）雪正深北來肌骨苦寒侵他鄉就我春色故國移居見客心歡劇（一作驩欲）提攜如意舞喜

多行坐白頭吟巡檐索共梅花笑冷蕊疎枝半不禁

庾信羅含俱有宅春來秋去作誰家短牆若在從殘草喬木如存可假花卜築應同蔣詡徑爲園須似邵平瓜比年病一作斷酒開涓滴弟勸兄酬何怨嗟

人日 此題本二首前一首已鈔入五律中

此日此時人共得一談一笑俗相看樽前柏葉休隨酒勝裏金花巧耐寒佩劍衝星聊暫拔匣琴流水自須彈早春重引江湖興直道無憂行路難

宇文晁尚書之甥崔彧司業之孫尚書之子重泛鄭監前湖

郊扉俗遠長幽寂野水春來更接連錦席淹留還出浦葛巾欹側未迴船樽當霞綺輕初散棹拂荷珠碎卻圓不但習池歸酩酊君看鄭谷去夤緣

多病執熱奉懷李尚書之芳

衰年正苦病侵淩首夏何須氣鬱蒸大水淼茫炎海接奇峯硉兀火雲升思霑道暍黃梅雨敢望宮恩玉井冰不是尚書期不顧山陰夜雪興難乘

江陵節度使陽城郡王新樓成王請嚴侍御判官賦七字句同作

樓上炎天冰雪生高飛燕雀賀新成碧窗宿霧濛濛溼朱栱浮雲細細輕仗鉞褰帷瞻具美投壺散帙有餘清自公多暇延參佐江漢風流萬古情

又作此奉衛王

西北樓成雄楚都遠開山岳散江湖二儀清濁還高下三伏炎蒸定有無推轂幾年惟鎮靜曳裾終日盛文儒白頭授簡焉能賦媿似相如爲大夫

暮歸

霜黃碧梧白鶴棲城上擊柝復烏啼客子入門月皎

皎誰家擣練風淒淒南渡桂水缺舟楫北歸晴川多
鼓鼙年過半百不稱意明日看雲還杖藜

公安送韋二少府匡贊

逍遙公後世多賢送爾維舟惜此筵念我常能一作能書
數字至將詩不必萬人傳時危兵革黃塵裏日短江
湖白髮前古往今來皆涕淚斷腸分手各風煙

留別公安大易沙門

隱居欲就廬山遠麗藻初逢休上人數問舟航留製
作長開篋笥擬精神沙村白雪仍含凍江縣紅梅已
放春先蹋鑪峯置蘭若徐飛錫杖出風塵

曉發公安公自注數月憩息此縣

北城擊柝復欲罷東方明星亦不遲鄰雞野哭如昨
日物色生態能幾時舟楫眇然自此去江湖遠適無
前期出門轉眄已陳跡藥餌扶吾隨所之

酬郭十五判官

才微歲晚尚虛名臥病江湖春復生藥裹關心詩總廢花枝照眼句還成祇同燕石能星隕自得隋珠覺夜明喬口橘洲風浪促驚帆何惜片時程

贈韋七贊善

鄉里衣冠不乏賢杜陵韋曲未央前爾家最近魁三象時論同歸尺五天北走關山開雨雪南遊花柳塞雲煙洞庭春色悲公子鰕（一作鮭）菜忘歸范蠡（一作萬里）船

燕子來舟中作

湖南爲客動經春燕子銜泥兩度新舊入故園嘗識主如今社日遠看人可憐處處巢君（一作居）非（一作室）何異飄飄託此身暫語船檣還起去穿花貼（一作落）水益霑巾

小寒食舟中作

佳辰強飲（一作飯）食猶寒隱几蕭條戴鶡冠春水船如

天上坐老年花似霧中看娟娟戲蝶過閒幔片片輕鷗下急湍雲白山青萬餘里愁看直西一作北是長安

長沙送李十一 銜

與子避地西康州錢注西康州乃同谷縣武德元年以縣置西康州洞庭相逢十二秋遠媿尚方曾賜履竟非吾土倦登樓久存膠漆應難並一辱泥塗遂晚收李杜齊名真忝竊朔雲寒菊倍離憂

李義山七律百十七首

錦瑟 此篇朱氏定為悼亡之詩

錦瑟無端五十絃一絃一柱思華年莊生曉夢迷蝴蝶望帝春心託杜鵑滄海月明珠有淚藍田日暖玉生煙此情可待成追憶祇是當時已惘然

重過聖女祠 聖女祠集中凡三見程氏以為皆刺當時女道士者

白石巖扉碧蘚滋上清淪謫得歸遲一春夢雨常飄

瓦盡日靈風不滿旗萼綠華來無定所杜蘭香去未移時玉郎會此通仙籍憶向天堦問紫芝萼綠華降羊權家杜蘭香數詣張碩皆以仙女而與男子交際所以深譏之也

題僧壁集中有贈田叟詩第六句云交親得路昧平生程氏謂此篇亦是彼詩之意窮途以求故人傾身納交而棄我如遺猶之捨生求佛而卒無所得

捨生行道有前蹤乞腦剜身結願重大去便應欺粟顆小來兼可隱針鋒蚌胎未一作永滿思新桂琥珀初成憶舊松舊松似指令狐楚謂己少時賴以奬借成名若信貝多真實語三生同聽一樓鐘

潭州大中元年鄭亞廉察桂州義山爲從事是年李德裕貶潮州程氏以爲義山經過潭州時聞德裕之貶而作是詩也

潭州官舍暮樓空今古無端入望中湘淚淺深滋竹色楚歌重疊怨蘭叢陶公戰艦空灘雨賈傅承塵破廟風目斷故園人不至松醪一醉與誰同

贈司戶劉蕡 程氏以爲義山爲桂州判官時嘗自桂林奉使江陵又使南郡蕡貶柳州司戶當在此時或道途舟次相遇而贈此詩

江風吹浪動雲根重碇危檣白日昏已斷燕鴻初起勢更驚騷客後歸魂漢廷急詔一作召誰先入楚客高歌自欲翻萬里相逢歡復泣鳳巢西隔九重門

南朝

玄武湖中玉漏催雞鳴埭口繡襦迴誰言瓊樹朝朝見不及金蓮步步來敵國軍營漂木柹前朝神廟鎖煙煤滿宮學士皆顏色江令當年祇費才

送崔珏往西川 崔珏字夢之大中進士

年少因何有旅愁欲爲東下更西遊一條雪浪吼巫峽千里火雲燒益州卜肆至今多寂寞酒壚從古擅風流浣花箋紙桃花色好好題詩詠玉鉤

飲席戲贈同舍 同舍蓋妓席惜別者

洞中屐響省分攜不是花迷客自迷珠樹重行憐翡翠。玉樓雙舞羨鵾雞蘭迴舊蕊緣屏綠椒綴新香和壁泥唱盡陽關無限疊半杯松葉凍頗黎

令狐八拾遺綯見招送裴十四歸華州

二十中郎未足希一作稀驪駒先自有光輝蘭亭讌罷方回去雪夜詩成道韞歸漢苑風煙吹客夢雲臺洞穴接郊扉嗟予久抱臨邛渴便欲因君問釣磯二十中郎用謝萬事郄方回爲王羲之妻舅謝道韞爲王凝之妻裴十四當是攜家同行但不知與令狐氏是何等姻親耳

寄令狐學士綯

祕殿崔嵬拂彩霓曹司今在殿東西賡歌太液翻黃鵠從獵陳倉獲碧雞曉飲豈知金掌迥夜吟應訝玉繩低鈞天雖許人間聽閶闔門多夢自迷唐書綯夜對禁中燭盡帝以金蓮華炬送還夜吟句美其恩遇之隆也

哭劉蕡

上帝深宮（一作居）閉九閽巫咸不下問銜冤廣陵別後春濤隔湓浦書來秋雨翻衹有安仁能作誄何曾宋玉解招魂平生風義兼師友不敢同君哭寢門（程注本集詩云去年相送地春色滿黃陵廣陵當爲黃陵之譌）

荊門西下

一夕南風一葉危荊雲（一作疑門）迴望夏雲時人生豈得輕離別天意何曾忌嶮巇骨肉書題安絕徼蕙蘭蹊徑失佳期洞庭湖闊蛟龍惡卻羨楊朱泣路歧

少年（此刺當時勳戚子弟）

外戚平羌第一功生年二十有重封直登宣室螭頭上橫過甘泉豹尾中別館覺來雲雨夢後門歸去蕙蘭叢灞陵夜獵隨田竇不識寒郊自轉蓬

藥轉（程注云此篇淫媟之辭朱竹垞以爲藥轉字出道書如廁之義也）

鬱金堂北畫樓東換骨神方上藥通露氣暗連青桂苑風聲偏獵紫蘭叢長籌未必輸孫皓香棗何勞問石崇憶事懷人兼得句翠衾歸臥繡簾中

隋宮

紫泉宮殿鎖煙霞欲取蕪城作帝家玉璽不緣歸日角錦帆應是到天涯於今腐草無螢火終古垂楊有暮鴉地下若逢陳後主豈宜重問後庭花（唐人諱淵紫泉即紫淵謂長安也蕪城揚州也刺隋鎖長安之宮殿而欲家於揚州）

二月二日

二月二日江上行東風日暖聞吹笙花鬚柳眼各無賴紫蝶黃蜂俱有情萬里憶歸元亮井三年從事亞夫營新灘（一作春）莫悟（一作訝）遊人意更作風檐夜雨（一作雨夜）聲（程注三年從事當是隨鄭亞在嶺南）

杜（一作辟）工部蜀中離席（朱鶴齡以為擬杜工部之詩雪嶺松州等俱切

老杜肅代朝事程夢星以爲柳仲郢鎭東蜀辟義山爲判官檢校工部郎中詩作於是時題當爲辟工部國藩按工部郎中京朝之官非幕府之官也檢校工部則可辟工部則不可朱說近之

人生何處不離羣世路干戈惜暫分雪嶺未歸天外使松州猶駐殿前軍座中醉客延醒客江上晴雲雜雨雲美酒成都堪送老當壚仍是卓文君

梓州罷吟寄同舍

不揀花朝與雪朝五年從事霍嫖姚霍嫖姚喻柳仲郢君緣接座交珠履我爲分行近翠翹楚雨含情皆有託漳濱臥病竟無憀長吟遠下燕臺去惟有衣香染未銷

無題二首二詩言世莫己知己亦誓不復求知於世託辭於貞女以自明其波瀾不起之意

鳳尾香羅薄幾重碧文圓頂夜深縫扇裁月魄羞難掩車走雷聲語未通曾是寂寥金燼暗斷無消息石

榴紅斑雖只繫垂楊岸何處西南任好風
重幃深下莫愁堂臥後清宵細細長神女生涯原是
夢小姑居處本無郎風波不信菱枝弱月露誰教桂
葉香直道相思了無益未妨惆悵是清狂

昨日 此冶遊惜別之詩

昨日紫姑神去也今朝青鳥使來賒未容言語還分
散少得團圓足怨嗟二八月輪蟾影破十三絃柱雁
行斜平明鐘後更何事笑倚牆邊一作匡梅樹花

汴上送李郢之蘇州 李郢字楚望大中進士爲侍御史

人高詩苦滯夷門萬里梁王有舊園煙幌自應憐白
紵一作苧月樓誰伴詠黃昏露桃塗頰依苔井風柳誇
腰任水村蘇小小墳今在否紫蘭香徑與招魂

贈鄭讜處士

淚跡江湖白髮新浮雲一片是吾身寒歸山觀隨棋

局暖入汀洲逐釣輪一作綸越桂留烹張翰鱠蜀薑供
煮陸機蓴相逢一笑憐疏放他日扁舟有故人

復至裴明府所居

伊人卜築自幽深桂巷杉籬不可尋柱上雕蟲對書
字槽中秣馬仰聽琴求之流輩豈易得行矣關山方
獨吟賒取松醪一斗酒與君相伴灑煩襟

覽古

莫恃金湯忽太平草間霜露古今情空糊一作存赬壤
真何益欲舉黃旗竟未成長樂瓦飛隨水逝景陽鐘
墮失天明迴頭一弔箕山客始信逃堯不爲名

子初郊墅五律有子初全溪作朱氏程氏未著子初何人

看山對酒君思我聽鼓離城我訪君臘雪已添牆下
水齋鐘不散檻前雲陰移竹柏濃還淡歌雜漁樵斷
更聞亦擬村南買煙舍子孫相約事耕耘

漢南書事 朱注大中三年二月吐蕃三州七關來降詔涇原等五鎮出兵應援又令百姓開墾三州七關土田其山南劍南沒蕃州縣亦令收復四年發諸道兵討党項無功上頗厭用兵此詩當作於其時

西師萬衆幾時迴哀痛天書近已裁文吏何曾重刀筆將軍猶自舞輪臺幾時拓土成王道從古窮兵是禍胎陛下好生千萬壽玉樓長御白雲杯

當句有對 此詩朱氏以爲譏恩倖之爭進程氏以爲刺貴游女冠之作

密邇一作爾平陽接上蘭秦樓鴛瓦漢宮盤池光不定花光亂日氣初涵露氣乾但覺游蜂饒舞蝶豈知孤鳳憶離鸞三星自轉三山遠紫府程遙碧落寬

井絡

井絡天彭一掌中漫誇天設劍爲峯陣圖東聚燕朱云燕當作燮江口一作石邊柝西懸雪嶺松堪歎故君成杜宇可能先主是真龍將來爲報姦雄輩莫向金牛訪舊

蹤第七句是作意預警奸雄之輩無恃蜀中之險而圖割據也

寫意 程云此東川佐幕回思長安之作

燕鴈迢迢隔上林高秋望斷正長吟人間路有潼江險天外山惟玉壘深日向花間留返照雲從城上結層陰三年已制思鄉淚更入新年恐不禁

隨師東

東征日調萬黃金幾竭中原買鬬心軍令未聞誅馬謖捷書惟是報孫歆但須鸑鷟巢阿閣豈假鴟鴞在泮林可惜前朝玄菟郡積骸成莽陣雲深 朱云太和元年命烏重胤等討李同捷之叛二年九月命諸軍討王庭湊久未成功每有小勝則虛張首虜以邀厚賞詩中語正此時事也潘耕曰假隋煬帝以譏切末二句則專指隋事

宋玉 此詩弔宋玉所以自傷也當係自桂林奉使江陵時作

何事荊臺百萬家惟教宋玉擅才華楚辭已不饒唐勒風賦何曾讓景差落日渚宮供觀閣開年雲夢送

煙花可憐庾信尋荒徑猶得三朝託後車

韓同年新居餞韓西迎家室戲贈朱云韓同年即畏之

籍籍征西萬戶侯新緣貴壻起朱樓一名我漫居先甲千騎君翻在上頭雲路招邀回綵鳳天河迢遞笑牽牛南朝禁臠無人近瘦盡瓊枝或作肢詠一作有四愁義山與畏之同為王茂元之壻玩詩中語當是畏之成婚後登第復赴涇原迎家室入京義山登第則已聘王氏而尚未成婚耳

奉和太原公送前楊秀才戴兼招楊正字戎楊敬之兼太常少卿二子戎戴同日登科

潼關地接古弘農萬里高飛鴈與鴻桂樹一枝當白日芸香三代繼清風仙舟尚惜乖雙美綵服何由得盡同誰憚士龍多笑疾美髭終類晉司空朱注太原公王茂元也第五句送戴六句招戎

聖女祠此亦刺女道士之詩

松篁臺殿蕙香幃龍護瑤窗鳳掩扉無質易迷三里霧不寒長著五（一作六）銖衣人閒定有崔羅什天上應無劉武威寄問釵頭雙白燕每朝珠館幾時歸

臨發崇讓宅紫薇（西谿叢語洛陽崇讓坊有河陽節度使王茂元宅臨發者將由洛陽王宅赴京也）

一樹濃姿獨看來秋庭暮雨類輕埃不先搖落應爲有（一作應有待）已欲別離休更開桃綏含情依露井柳緜相憶隔章臺天涯地角同榮謝豈要移根上苑栽

及第東歸次灞上卻寄同年

芳桂當年各一枝行期未分壓春期江魚朔鴈長相憶秦樹嵩雲自不知下苑經過勞想像東門送餞又差池灞陵柳色無離恨莫枉（一作把）長條贈所思

野菊

苦竹園南椒塢邊微香冉冉淚涓涓已悲節物同寒

雁忍委芳心與暮蟬細路獨來當此夕清樽相伴省他年紫雲一作微新苑移花處不取霜栽近御筵朱氏云此詩又見孫逖集題作咏樓前海石榴程氏云此詩與九日詩詞旨皆同野菊命題卽君子在野之歎國藩按程氏說是也義山以官不挂朝籍爲恨故以未嘗移栽御筵不能不致怨於令狐氏耳

過伊僕射舊宅伊愼兗州人大歷閒以軍功封南兗郡王歷官檢校尚書右僕射兼右衛上將軍

朱邸方酬力戰功華筵俄歎逝波窮迴廊檐斷燕飛去小閣塵凝人語空幽淚欲乾殘菊露餘香猶入敗荷風何能更涉瀧江去獨立寒流弔楚宮末二句朱氏以爲義山時自桂林奉使江陵故有此語程氏以爲伊愼立功初在嶺南後在湖襄愚意當從朱說

中元作

絳節飄颻宮一作空國來中元朝拜上清回羊權須一作雖得金條脫温嶠終虛玉鏡臺曾省驚眠聞雨過不知迷路爲花開有娀未抵瀛洲遠青雀如何鴆鳥媒

程云此中元悼亡之作首二句言舉國皆作中元己亦朝拜上清而回

銀河吹笙 程云此亦爲女冠而作

悵望銀河吹玉笙樓寒院冷接平明重衾幽夢他年斷別樹羈雌昨夜驚月榭故香因雨發風簾殘燭隔霜清不須淚作緱山意湘瑟秦簫自有情

與同年李定言曲水閒話戲作

海燕參差溝水流同君身世屬離憂相攜花下非秦贅對泣春天一作風前類楚囚碧草暗侵穿苑路珠簾不捲枕前一作去江樓莫驚一作經五勝埋香骨地下傷春亦白頭 程云此由校書郎出補宏農尉時作

聞歌

斂笑凝眸意欲歌高雲不動碧嵯峨銅臺罷望歸何處玉輦忘還事幾多青冢路邊南雁盡細腰宮裏北人過此聲腸斷非今日香灺斜上聲燈光柰爾何 程氏以此

詩爲宮妓流落在人閒者而作考唐德宗嘗命陸贄草詔使渾瑊訪求奉天所失裹頭內人其事可證○觀細腰句似在江陵時所作

贈華陽宋真人兼寄清都劉先生

淪謫千年別帝宸至今猶謝蕊珠人但驚茅許同仙籍不道劉盧是世親玉檢賜書迷鳳篆金華歸駕冷龍鱗不因杖屨逢周史徐甲何曾有此身此詩朱氏以宋真人爲女道士程氏謂義山以劉比周史而自比於徐甲推服至矣義山文集有云志在玄門宋真人必道侶也

楚宮

月姊曾逢下彩蟾傾城消息隔重簾已聞佩響知腰細更辨絃聲覺指纖暮雨自歸山悄悄秋河不動夜厭厭王昌且在牆東住未必金堂得免嫌

和友人戲贈二首

東望花樓會英華作事不同西來雙燕信休通仙人掌冷

三霄露。玉女窗虛五夜風。翠袖自隨回雪轉燭房尋類外庭空殷勤莫使清香透牢合金魚鏁桂叢

迢遞青門有幾關柳梢樓角見南山。明珠可貫須爲佩白璧堪裁且作環子夜休（一作欲）歌團扇掩新正未破翦刀閒猨啼鶴怨（英華作望）終年事。未抵熏爐（英華作爐香）一夕閒

題二首後重有戲贈任秀才

一丈紅薔擁翠筠羅窗不識繞街塵峽中尋覓長逢雨月裏依稀更有人。虛爲錯刀留遠客枉緣書札損文鱗遙知小閣還斜照羨殺烏龍臥錦茵

重有感（前篇有感二首五言排律未鈔專詠甘露之變）

玉帳牙旗得上遊（上遊謂茂元在涇原）安危須共主君憂。竇融表已來關右（謂劉從諫三疏）陶侃軍宜次石頭（謂茂元）豈有蛟龍。愁。失水（愁一作曾一作長）更。無鷹隼與高秋晝號夜哭兼

幽顯早晚星關雪涕收文宗太和九年十一月二十一日甘露之變宦官既殺宰相王涯賈餗舒元輿等時鄭注為鳳翔節度使為監軍所殺王茂元在涇原蕭弘在鄜坊勒兵以備非常昭義節度使劉從諫三上疏問王涯等罪名義山欲茂元入清君側之奸故有此詩

春雨

悵臥新春白袷衣白門寥落意多違紅樓隔雨相望冷珠箔飄燈獨自歸遠路應悲春晼晚殘宵猶得夢依稀玉璫緘札何由達萬里雲羅一雁飛此借春雨懷人而寓君門萬里之感朱云玉璫緘札猶今所云侑緘

楚宮

湘波如淚色漻漻楚厲一作癘古通迷魂逐恨遙楓樹夜猨愁自斷女蘿山鬼語相邀空歸腐敗猶難復更困腥臊豈易招但使故鄉三戶在綵絲誰惜懼長蛟宋申錫為宦官所誣貶開州司馬卒於貶所開州屬山南道本楚地程氏以為此詩弔宋申錫而作

宿晉昌亭聞驚禽

長安圖經自京城啓夏門北入東街第二坊曰晉昌坊

羈緒鰥鰥夜景侵高窗不掩見驚禽飛來曲渚煙方合過盡南塘樹更深胡馬嘶和榆塞笛楚猨吟雜橘村碪失羣挂木知何限遠隔天涯共此心（末四句言失羣之胡馬挂木之楚猨與此驚禽之心相同卽與義山之羈緒亦同也）

深宮

金殿銷香（鼓吹作香銷）閉綺櫳（一作籠）玉壺傳點（一作響）咽銅龍狂飆不惜蘿陰薄清露偏知桂葉濃斑竹嶺邊無限淚景陽宮裏及時鐘豈知爲雨爲雲處（鼓吹作意）只有高唐十二峯（此詩朱氏以爲宮怨）

題白石蓮花寄楚公（續高僧傳楚南閩人俗姓張氏初投開元寺曇藹師後參黃蘗山禪師）

白石蓮花誰所共六時常捧佛前燈空庭苔蘚饒霜露時夢西山老病僧大海龍宮無限地諸天鴈塔幾多層漫誇鷲子眞羅漢不會牛車是上乘

安定城樓涇州保定郡本安定郡此義山在王茂元涇原幕中時作

迢遞高城百尺樓綠楊枝外一作上盡汀洲賈生年少虛垂淚一作涕王粲春來更遠遊永憶江湖歸白髮欲迴天地入扁舟不知腐鼠成滋味猜意鵷雛竟未休

隋宮守歲

消息東郊木帝迴宮中行樂有新梅沈香甲煎去聲爲庭燎玉液瓊蘇作壽杯遙望露盤疑是月遠聞鼉鼓欲驚雷昭陽第一傾城客不踏金蓮不肯來程注中宗二年十二月晦敕中書門下與學士諸王駙馬入閣守歲設庭燎置酒奏樂胡注隋煬帝淫侈每除夜殿前設火山數十盡沈沈香木根每一山燒沈香數車香聞數十里火光暗則以甲煎沃之焰起數丈一夜之間用沈香二百餘乘甲煎二百餘石

利州江潭作原注感孕金輪所

神劍飛來不易銷碧潭珍重駐蘭橈自攜明月移燈疾欲就行雲散錦遙河伯軒窗通貝闕水宮帷箔卷

氷綃。此時燕脯無人寄雨滿空城蕙葉雕（武后自冊為金輪皇帝父士彠為利州都督生后此詩在利州詠武后也三四句卽潭中之景寓懷古之意五六七句均以龍比武氏）

茂陵

漢家天馬出蒲梢苜蓿榴花遍近郊內苑只知含（一作銜）鳳觜屬車無復插雞翹玉桃偷得憐方朔金屋修（一作妝）成貯阿嬌誰。料。蘇。卿。老。歸。國。茂。陵。松。柏。雨。蕭。蕭。

（朱云按史武宗好遊獵及武戲親受道士趙歸真法籙又寵王才人欲立為后此詩全是託諷）

淚

永巷長年怨綺羅離情終日思風波湘江竹上痕無限峴首碑前灑幾多人去紫臺秋入塞兵殘楚帳夜聞歌朝來灞水橋邊問。未。抵。青。袍。送。玉。珂。（前六句淚凡六種固已可傷末二句以青袍寒士而送玉珂貴客其淚尤可悲也）

十字水期韋潘侍御同年不至時韋寓居水次

故郭汾甯（一作陽）宅

伊水濺濺相背流，朱欄畫閣幾人遊。漆燈夜照真無數，蠟炬晨炊竟未休。顧我有懷同大夢，期君不至更沈憂。西園碧樹今誰主，與近高窗臥聽秋。

流鶯

流鶯漂蕩復參差，渡陌臨流不自持。巧囀豈能無本意，良辰未必有佳期。風朝露夜陰晴裏，萬戸千門開閉時。曾苦傷春不忍（一作思）聽，鳳城何處有花枝。（末句亦自恨官不挂朝籍之意）

出關宿盤豆館對叢蘆有感（盤豆館在湖城縣西二十里）

蘆葉梢梢夏景深，郵亭暫欲灑塵襟。昔年曾是江南客，此日初爲關外心。思子臺邊風自急，玉孃湖上月應沈。清聲不遠行人去，一世荒城伴夜碪。

和韓錄事送宮人入道（朱云張籍王建戴叔倫元稹于鵠項斯皆有作）

星使追還不自由雙童捧上綠瓊輈九枝燈下朝金殿三素雲中侍玉樓鳳女顛狂成久別月娥孀獨好同遊當時若愛韓公子埋骨成灰恨未休

七月二十九日崇讓宅讌作

露如微霰下前池月過回塘萬竹悲浮世本來多聚散紅蕖何事亦離披悠揚歸夢惟燈見濩落生涯獨酒知豈到白頭長只爾嵩陽松雪有心期程云集中有七月二十八日夜與王鄭二秀才聽雨夢後作七古一首敘見知於王茂元而歸結悼亡之意此詩僅後一日所言亦復悽惋疑七月二十八九爲義山悼亡之日

贈從兄閬之

悵望人間萬事違私書幽夢約忘機荻花村裏魚標在石蘚庭中鹿跡微幽徑定攜僧共入寒塘好與月相依城中猘犬憎蘭佩莫損幽芳久不歸魚標鹿跡言處處有機事機心也

行至金牛驛寄興元渤海尚書（朱云渤海尚書高元裕也）

樓上春雲水底天五雲章色破巴牋諸生個個王恭柳從事人人庾杲蓮六曲屏風江雨急九枝燈檠（去聲）夜珠圓深慚走馬金牛路驟和陳王白玉篇（首二句憶渤海公所居之勝景而寫入詩箋以寄義山）

籌筆驛

猨（一作魚）鳥猶疑畏簡書風雲常爲護儲胥徒令上將揮神筆終見降王走傳車管樂有才真（朱本作終）不忝關張無命欲何如（欲一作復）他年錦里經祠廟梁父吟成恨有餘

即日

一歲林花即日休江閣（一作門）亭下悵淹留重吟細把真無柰已落猶開未放愁山色正來銜小苑春陰祇欲傍高樓金鞍忽散銀壺漏（一作滴）更醉誰家白玉鉤

九成宮

十二層城閬苑西平時避暑拂虹霓雲隨夏后雙龍尾風逐周王八駿馬一作蹄吳岳曉光連翠巘甘泉晚景上丹梯荔枝盧橘沾恩幸鸞鵲天書溼紫泥送荔枝者而被天書恩幸亦一騎紅塵妃子笑之意

詠史

歷覽前賢國與家成由勤儉破由奢何須琥珀方爲枕豈得真一作待珍珠始是車運去不逢青海馬力窮難拔蜀山蛇幾人曾預南薰曲終古蒼梧哭翠華此篇朱氏以爲因文宗而發按三四句詠文宗之儉如史所稱衣必三澣是也五句以馬喻賢才傷時無良臣也六句以蛇喻宦官盤結而不能去也末句言己爲文宗開成二年進士曾與衆仙同詠霓裳也

無題本二首其二七絕未鈔

昨夜星辰昨夜風畫樓堂一作西畔桂堂東身無綵鳳雙飛翼心有靈犀一點通隔座送鉤春酒暖分曹射

覆蠟燈紅嗟余聽鼓應官去走馬蘭臺類斷一作轉蓬

此篇程注以為出祕書省調宏農尉時所作三四句出為外吏而不忘禁省也五六句言省垣朋遊之樂末句蘭臺朱氏以為義山為王茂元所辟得侍御史事

無題二首

來是空言去絕蹤月斜樓上五更鐘夢為遠別啼難喚書被催成墨未濃蠟照半籠金翡翠麝熏微度繡芙蓉劉郎已恨蓬山遠更隔蓬山一萬重

颯颯東風細雨來芙蓉塘外有輕雷金蟾齧鏁燒香入玉虎牽絲汲井迴賈氏窺簾韓掾少宓妃留枕魏王才春心莫共花爭發一寸相思一寸灰此二詩程氏以為在王茂元幕府時作本四首第三首五律第四首七古未鈔

赴職梓潼留別畏之員外同年畏之名瞻韓偓之父開成二年與義山同年進士

佳兆聯翩遇鳳凰雕文羽帳紫金牀桂花香處同高

第柿葉翻時獨悼亡烏鵲失棲長不定鴛鴦何事自相將京華庸蜀三千里送到咸陽見夕陽時韓留京師按前四句似韓與義山同時娶妻同年登第而義山旋卽悼亡朱云義山與畏之爲僚壻意或然與

王十二兄與畏之員外相訪見招小飲時予以悼亡日近不去因寄朱云王十二必茂元之子義山娶茂元女疑所悼卽王氏也

謝傅門庭舊末行今朝歌管屬檀郎更無人處簾垂地欲拂塵時簟竟牀嵇氏幼男猶可憫左家嬌女豈能忘秋一作愁霖腹疾俱難遣萬里西風夜正長首句義山自謂檀郎謂韓也

曲池

日下繁香不自持月中流豔與誰期迎憂急鼓疏鐘斷分隔休燈滅燭時張蓋欲判拚同江瀲灩回頭更望柳絲絲從來此地黃昏散未信河梁是別離此似治遊惜別

之詩

留贈畏之原注時將赴梓潼遇韓朝回三首有七絶二首未鈔

清時無事奏明光不遣當關報蚤霜中禁詞臣尋引領左川歸客自迴腸郎君下筆驚鸚鵡侍女吹笙弄鳳凰空寄一云當作記大羅天上事衆仙同日詠霓裳程云此必將赴梓潼往謁畏之值其朝回而不一見故有慨乎言之耳朱云左川卽東川愚按此必自東川奉使入京一次故自稱曰歸客與前留別畏之詩非一時也

無題

相見時難別亦難東風無力百花殘春蠶到死絲方盡蠟炬成灰淚始乾曉鏡但愁雲鬢改夜吟應覺月光寒蓬山此處無多路青鳥殷勤為探看程云此詩似邂逅有力者望其援引入朝而作

碧城三首

碧城十二曲闌干犀辟塵埃玉辟寒閬苑有書多附

鶴女牀無樹不棲鸞星沈海底當窗見雨過河源隔座看若是曉珠明又定一生長對水晶盤

對影聞聲已可憐玉池荷葉正田田不逢蕭史休回首莫見洪崖又拍肩紫鳳放嬌銜楚佩赤鱗狂舞撥湘絃鄂君悵望舟中夜繡被焚香獨自眠

七夕來時先有期洞房簾箔至今垂玉輪顧兔初生魄鐵網珊瑚未有枝檢與神方教駐景(音影)收將鳳紙寫相思武皇內傳分明在莫道人間總不知(居易錄引胡震亨云唐公主多自請出家與二教人媟近義山同時如文安潯陽平恩邵陽永嘉永安義昌安康諸主皆丐爲道士築觀於外史卽不言他醜頗著微詞碧城三首蓋刺之也)

對雪二首(原注時欲之東)

寒氣先侵玉女扉清光旋透省郎闈梅花大庾嶺頭發柳絮章臺街裏飛欲舞定隨曹植馬有情應濕謝莊衣龍山萬里無多遠留待行人二月歸

旋撲珠簾過粉牆輕於柳絮重於霜已隨江令誇瓊樹又入盧家妒玉堂侵夜可能爭桂魄忍寒應欲試梅妝關河凍合東西路腸斷斑騅送陸郎

蜂

小苑華池爛漫通後門前檻思無窮宓妃腰細纔勝露趙后身輕欲倚風紅壁寂寥崖蜜盡碧簾迢遞霧巢空青陵粉蝶休離恨長定相逢二月中

辛未七夕

恐是仙家好別離故教迢遞作佳期由來碧落銀河畔可要金風玉露時清漏漸移相望久微雲未接過來遲豈能無意酬烏鵲惟與蜘蛛乞巧絲

玉山

玉山高與閬風齊玉水清流不貯泥何處更求回日馭此中兼有上天梯珠容百斛龍休睡桐覆千尋鳳

要棲聞道神仙有才子赤簫吹罷好相攜程注此詩亦望恩干進之意國藩按此人蓋居勢要而有才望者三四句皆就山取譬山能回日馭謂其能回天眷也山有上天梯謂其接引甚易也神仙言其居要地才子言其負時望也

牡丹程云此豔詩也以其人爲國色故以牡丹喻之

錦帷初卷衛夫人繡被猶堆越鄂君垂手亂翻雕玉佩招朱云當作折腰爭舞鬱金裙石家蠟燭何曾翦荀令香爐可待熏我是夢中傳彩筆欲書花葉寄朝雲首句原注典略云夫子見南子在錦幃之中

一片

一片非煙隔九枝蓬巒仙仗儼雲旗天泉水暖龍吟細露晼春多鳳舞遲榆莢散來星斗轉桂花尋去月輪移人閒桑海朝朝變莫遣佳期更後期程氏以此爲幽期密約之詩國藩按此當致書友人求爲京朝一官如陳咸致書於陳湯得入帝城死不恨也前四句言帝城風景可望而不可卽後四句言春去秋來日月易逝時事變遷無使我更失望也

酬崔八蚤梅有贈兼示之作

知訪寒梅過野塘久留金勒為迴腸謝郎衣袖初翻雪荀令熏爐更換香何處拂胸資蝶粉幾時塗額藉蜂黄維摩一室雖多病亦要天花作道場程云此酬崔八挾妓之詩崔八者東川同幕之崔福也義山在東川清修梵行不染情緣故崔詩有梵王宮地羅含宅賴許時時聽法來之句

促漏

促漏遙鐘動靜聞報章重疊杳一作字難分舞鸞鏡匣收殘黛睡鴨香爐換夕熏歸去定一作豈知還向月夢來何處更為雲南塘漸暖蒲堪結兩兩鴛鴦護水紋此詩高棅以為擬深宮怨女而作程氏以為託詞於閨情亦怨令狐綯之不見答耳

馬嵬本二首其一七絕未鈔

海外徒聞更九州他生未卜此生休空聞虎旅傳宵柝無復雞人報曉籌此日六軍同駐馬當時七夕笑

牽牛如何四紀爲天子不及盧家有莫愁

可歎

幸會東城宴未迴年華憂共水相催梁家宅裏秦宮入趙后樓中赤鳳來冰簟且眠金鏤枕瓊筵不醉玉交杯宓妃愁坐芝田館用盡陳王八斗才此詩程氏以爲歎彼姝所遭非耦起句結句蓋會與義山目成而不及亂也愚謂此亦刺戚里之爲女道士者

富平少侯

七國三邊未到憂十三身襲富平侯不收金彈拋林外卻惜銀牀在井頭綵樹轉燈珠錯落繡檀迴枕玉雕鏤當關不報侵晨客新得佳人字莫愁此亦譏勳戚子弟

贈趙協律晳

俱識孫公與謝公二年歌哭處還一作皆同已叨鄒馬聲華末更共劉盧族望通南省恩深賓館在東山事往妓樓空不堪歲暮相逢地我欲西征君又東第四句原

注愚與趙俱出今吏部相公門下又同爲故尚書安平公所知復皆是安平公表姪按吏部相公令狐楚也時爲當路所軋置之散地故曰賓館徒在安平公崔戎也以太和八年六月卒故曰妓樓已空

正月崇讓宅 王茂元故宅

密鎖重關掩綠苔廊深閣迥此徘徊先知風起月含暈尚自露寒花未開蝙拂簾旌終展轉鼠翻窗網小驚猜背燈獨共一作立餘香語不覺猶歌起夜一作夜起來

柳惲有起夜來曲

曲江

望斷平時翠輦過空聞子夜鬼悲歌金輿不返傾城色玉殿猶分下苑波死憶華亭聞唳鶴老憂王室泣銅駝天荒地變心雖折若比傷春意未多太和九年正月鄭注言秦中有災宜興土工厭之乃興曲江之役是年十一月因甘露之變遂罷曲江亭館此詩所以慨也按天荒地變王室之公憂也傷春義山之私感也當別有感耳

柳

江南江北雪初消漠漠輕黃惹嫩條灞岸已攀行客手楚宮先騁舞姬腰清明帶雨臨官道晚日含風拂野橋如線如絲正牽恨王孫歸路一何遙

九日

曾共山翁把酒時（一作巵）霜天白菊繞堦墀十年泉下無人問（一作消息）九日樽前有所思不學漢臣栽苜蓿空教楚客詠江蘺郎君官貴施行馬東閣（一作閤）無因再得窺

贈司勳杜十三員外

杜牧司勳字牧之清秋一首杜秋（一作陵誤）詩前身應是梁江總名總還曾字總持心鐵已從干鏌利鬢絲休歎雪霜垂漢江遠弔西江水羊祜韋丹盡有碑（原注時杜奉詔撰韋碑）

天平公座中呈令狐令公時蔡京在坐京曾為

僧徒故有第五句
罷執霓旌上醮壇慢妝嬌樹水晶盤更深欲訴蛾眉斂衣薄臨醒玉艷寒自足禪僧思敗道青袍御史擬休官雖然同是將軍客不敢公然子細看

題道靜院院在中條山故王顏中丞所置虢州刺史捨官居此今寫真存焉

紫府丹成化鶴羣青松手植變龍文壺中別有仙家日嶺上猶多隱士雲獨座遺芳成故事褰帷舊貌似元君自憐築室靈山下徒望朝嵐與夕曛程云此退居永樂時作

題小松一作柏

憐君孤秀植庭中細葉輕陰滿座風桃李盛時雖寂寞雪霜多後始青蔥一年幾變一作度枯榮事百尺方資柱石功為謝西園車馬客定悲搖落盡成空

行次昭應縣道上送戶部李郎中充昭義攻討

程注唐書百官志天下兵馬元帥副元帥都統以下官屬只有行軍長史行軍司馬等官不聞別有攻討也再按百官志招討幕職長史從三品司馬從四品然則李郎中所充當是行軍司馬再上亦不過長史題下當有行軍長史行軍司馬等字殆亦脫之耳

將軍大旆掃狂童詔選名賢贊武功暫逐虎牙臨故絳遠含雞舌過新豐魚遊沸鼎知無日鳥覆危巢豈待風早勒勳庸燕石上佇光綸綍漢庭中

水齋

多病欣依有道邦南塘晏起想秋江卷簾飛燕還拂水開戶暗蟲猶打窗更閱前題一作頭非已披卷仍斟昨夜未開缸誰人為報故交道莫惜鯉魚時一雙

奉同諸公題河中任中丞新創河亭四韻之作

程云文集有任侍御憲中丞或即任憲

萬里誰能訪十洲新亭雲構壓中流河鮫縱翫難為

室海蜃遙驚恥化樓左右名山窮遠目東西大道鎖
輕舟獨留巧思傳千古長與蒲津作勝遊

過故府中武威公交城舊莊感事朱云武威公王茂元也交城縣屬太原府隋分晉陽縣置

信陵亭館接郊畿幽象遙通晉水祠日落高門喧燕雀風飄大樹撼一作感熊羆新蒲似筆思投日芳草如茵憶吐時山下祗音支一作只今黃絹字淚痕猶墮六州兒

贈田叟

荷蓧衰翁似有情相逢攜手遶村行燒畬曉映遠山色伐樹暝傳深谷聲鷗鳥忘機翻浹洽交親得路昧平生撫躬道直誠感激在野無賢心自驚程云此借忘機之田叟形排擠之故人

贈別前蔚州契苾使君原注使君遠祖國初功臣也唐書契苾何力內

附以功封涼國公

何年部落到陰陵奕（一作三）世勤王國史稱夜掩牙旗千帳雪朝飛羽騎一河冰蕃兒襁負來青冢狄女壺漿出白登日晚鸊鶘泉畔獵路人遙識（一作認）郅都鷹

和人題真娘墓（原注真娘吳中樂妓墓在虎邱山下寺中）

虎邱山下劍池邊長遣遊人歎逝川罥樹斷絲悲舞席出雲清梵想歌筵柳眉空吐效顰葉榆莢還飛買笑錢一自香魂招不得祇應江上獨嬋娟

人日即事

文王喻復今朝是子晉吹笙此日同舜格有苗旬太遠周稱流火月難窮鏤金作勝傳荊俗翦綵為人起晉風獨想道衡詩思苦離家恨得二年中

春日寄懷

世閒榮落重逡巡我獨邱園坐四春縱使有花兼有

月可堪無酒又無人青袍似草年年定。白髮如絲日日新。欲逐風波千萬里。未知何路到龍津。程大中云此元年作

義山自會昌四年移居永樂至此凡四年也此後遂出應鄭亞之聘矣

和劉評事永樂閑居見寄

白社幽閑君暫居青雲器業我全疏看封諫草歸鸞掖。尚賁衡門待鶴書。蓮聳碧峯關路近。荷翻翠扇水堂虛。自探典籍忘名利。攲枕時驚落蠹魚。

和馬郎中移白菊見示

陶詩祇採黃金實郢曲新傳白雪英素色不同籬下發繁花疑自月中生浮杯小摘開雲母帶露全移綴水精偏稱含香五字客從茲得地始芳榮

喜聞太原同院崔侍御臺拜兼寄在臺三二同年之什

鵬魚何事遇屯同雲水升沈一會中劉放未歸雞樹

老鄒陽新去兔園空寂寥我對先生柳赫奕君乘御史驄若向南臺見鶯友爲傳垂翅度春風程云此亦退居太原時作

無題

萬里風波一葉舟憶歸初罷更夷猶碧江地沒元相引黃鶴沙邊亦少留益德冤魂終報主阿童高義鎮橫秋人生豈得長無謂懷古思鄉共白頭程云觀起句結句所謂初罷者乃大中年閬梓州府罷將歸鄭州之時也

回中牡丹爲雨所敗二首回中在安定高平其中有宮

下苑他年未可追西州今日忽相期水亭暮雨寒猶在羅薦春香暖不知舞蝶殷勤收落蕊佳人惆悵臥遙帷章臺街裏芳菲伴且問宮腰損幾枝

浪笑榴花不及春先期零落更愁人玉盤迸淚傷心數錦瑟驚絃破夢頻萬里重陰非舊圃一年生意屬

流塵前溪舞罷君迴顧併覺今朝粉態新程云此二首乃歎長安故妓流落回中者牡丹特借喻耳

杜牧之七律五十五首

長安雜題長句六首

觚稜金碧照山高萬國珪璋捧赭袍舐筆和鉛欺賈馬讚功論道鄙蕭曹東南樓日珠簾卷西北天宛玉厄豪原注詩曰鞗革金厄蓋小環四海一家無一事將軍攜鏡泣霜毛

晴雲似一作如絮惹低空紫陌微微弄袖風韓嫣金丸莎覆綠許公韉汗杏黏紅煙生窈窕一作窈窱深東第輪撼流蘇下北宮自笑苦無樓護智可憐鉛槧竟何功韓嫣四句言勳戚豪家之盛末二句言不遊權貴之門也

雨晴九陌鋪江練嵐嫩千峯疊海濤南苑草芳眠錦雉夾城雲暖下霓旄少年羈絡青紋一作文玉遊女花

簪紫蒂桃江碧柳深人盡醉一瓢顏巷日空高此首誚方春景物之麗士女冶遊之盛而己甘陋巷寂寞也東帶謬趨文石陛有章曾拜皁囊封期嚴無奈睡留癖勢窘猶爲酒泥慵偷釣侯家池上雨醉吟隋寺日沈鐘九原可作吾誰與師友瑯琊邴曼容期嚴四句自言疏慵不宜於從公有嵇康七不堪之意

洪河清渭天池濬太白終南地軸橫祥雲輝映漢宮紫春光繡畫秦川明草妒佳人鈿朵色風回公子玉銜聲六飛南幸芙蓉苑十里飄香入夾城

豐貂長組金張輩駟馬文衣許史家白鹿原頭迴獵騎紫雲樓下醉江花九重樹影連清漢萬壽山光學翠華誰識大君謙讓德原注聖上不受徽號一毫名利鬭鼃蟇

河湟

元載相公曾借箸憲宗皇帝亦留神旋見衣冠就東

市忽遺弓劍不西巡牧羊驅馬雖戎服白髮丹心盡

漢臣唯有涼州歌舞曲流傳天下樂閑人

李給事中敏 本二首其二五律未錄

一章緘拜一作報皁囊中懍懍一作慄慄朝廷有古風元禮

去歸緱一作綸氏學原注李膺退罷歸緱氏教授生徒給事論鄭注告滿歸潁陽江

充來見犬臺宮原注鄭注對於浴室紛紜白晝驚千古鈇鑕一作

鐵鎖朱殷總一空曲突徙薪人不會海邊今作釣魚翁

唐書李中敏傳太和六年大旱中敏以司門員外郎上言請斬鄭注以快忠臣之魂帝不省中敏以病告歸注誅中敏被詔累遷給事中又誅仇士良不應蔭子爲士良所怒由是復棄官去

今皇帝陛下一詔徵兵不日功集河湟諸郡次

第歸降臣獲覩聖功輒獻歌詠

捷書皆應睿一作運謀期十萬曾無一鏃遺漢武慙誇

朔方地周宣一作宣王休道太原師威加塞外寒來早恩

入河源凍合遲聽取滿城歌舞曲涼州聲韻喜一作遠

參差

奉和白相公聖德和平致茲休運歲終功就合詠盛明呈上三相公長句四韻宣宗大中二年收復河湟白敏中進詩同時馬植魏扶崔鉉皆進詩三相公謂馬魏崔也聖德和平四句蓋白公題中語

行看臘破好年光萬壽南山對未央點戛可汗修職貢文思天子復河湟應須日馭西巡狩不假星弧北射狼吉甫裁詩歌盛業一篇江漢美宣王

聞慶州趙縱使君與党項戰中箭身死輒書長句

將軍獨乘鐵驄馬榆溪戰中金僕姑死綏卻是古來有驍將自驚今日無青史文章爭點筆朱門歌舞笑捐軀誰知我亦輕生者不得君王丈二殳

街西長句

碧池新漲浴嬌鴉分（一作深）鏁長安富貴家遊騎偶同人鬬酒名園相倚杏交花銀轍轣轆嘶宛馬繡轂璁瓏走鈿車一曲將軍何處笛連雲芳草（一作樹）日初斜

李侍郎於陽羨里富有泉石牧亦於陽羨麤有薄產敘舊述懷因獻長句四韻

冥鴻不下非無意塞馬歸來是偶然紫綬公卿今放曠白頭郎吏尚留連終南山下拋泉洞陽羨溪中買釣船欲與明公操杖屨願聞休去是何年

贈李處士長句四韻

玉函怪牒鎖靈篆紫洞香風吹碧桃老翁四目牙爪利擲火萬里精神高靄靄祥雲隨步武纍纍秋冢歎蓬蒿三山朝去應非久姹女當窗繡羽袍

送國棊王逢

王子紋楸一路饒最宜檐雨竹蕭蕭羸形暗去春泉

長拔一作猛勢橫來野火燒守道還如周柱史一作伏柱鏖
兵不羨霍嫖姚浮生一作得年七十更萬日與子期于局
上銷牧之是時年四十二三若得至七十猶有萬日

道一大尹存之學士庭美學士簡於聖明自致
霄漢皆與舍弟昔年還往牧支離窮顇竊於
一麾書美歌詩兼自言志因成長句四韻呈

上三君子

九金神鼎重邱山五玉諸侯雜珮環星座通霄狼鬣
暗戍樓吹笛一作角虎牙閑斗閉紫氣龍埋獄天上洪
爐帝鑄顏若念西河一作湖舊交友魚符應許出函關

洛陽長句二首

草色人心相與閑是非名利有無閒橋橫落照虹堪
畫樹鎖千門鳥自還芝蓋不來雲杳杳仙舟何處水
潺潺君王謙讓泥金事蒼翠空高萬歲山

天漢東穿白玉京日華浮動翠光生橋邊遊女珮環委波底上陽金碧明月鎖名園孤鶴唳川酣秋夢鑿龍聲連昌繡嶺行宮在玉輦何時父老迎

洛中監察病假滿送韋楚老拾遺歸朝（韋壽朋字楚老）

洛橋風暖細翻衣春引仙官去玉墀獨鶴初冲太虛日九牛新落一毛時行開教化期君是臥病神祗禱我知十載丈夫堪恥處朱雲猶掉直言旂

故洛陽城有感

一片宮牆當道危行人爲爾去遲遲畢圭苑裏秋風後平樂館前斜日時錮（一作鉤）黨豈能留漢鼎清談空解識胡兒千燒萬戰坤靈死慘慘終年鳥雀悲

潤州二首

向（一作句）吳亭東千里秋放歌曾作昔年遊青苔寺裏無馬（一作鳥）跡綠水橋邊多酒樓大抵南朝皆曠達可

憐東晉最風流月明更想桓伊在一笛聞吹出塞愁謝朓詩中佳麗地夫差傳裏水犀軍城高鐵瓮橫強弩原注潤州城孫權築號爲鐵瓮柳暗朱樓多夢雲畫角愛飄江北去釣歌長向月中聞揚州塵土試回首不惜千金借與君

西江懷古注家謂楚人指蜀江爲西江謂從西而下也愚按詩中魏帝苻堅等語殊不似指蜀中者六朝隋唐皆以金陵爲江東歷陽爲江西厥後豫章郡奪江西之名而歷陽等處不甚稱江西矣此西江或指歷陽烏江言之

上吞巴漢控瀟湘怒似連山淨鏡光魏帝縫囊真戲劇苻堅投箠更荒唐千秋釣艇一作舸歌明月萬里沙鷗弄夕陽范蠡清塵何寂寞好風唯屬往來商

題宣州開元寺水閣閣下宛溪夾溪居人

六朝文物草連空天淡雲閑馮本作開今古同鳥去鳥來山色裏人歌人哭水聲中深秋簾幕千家雨落日樓

臺一笛風惆悵無因見（一作逢）范蠡參差煙樹五湖東

宣州送裴坦判官往舒州時牧欲赴官歸京

日暖泥融雪半銷行人（一作人行）芳草馬聲驕九華山路雲遮寺清弋江村柳拂橋君意如鴻高的的我心懸旆正搖搖同來不得同歸去故國逢春一（一作正）寂寥

自宣城赴官上京

瀟灑江湖十過秋酒杯無日不淹（一作遲）留（一作封侯）謝公城畔溪驚夢蘇小門前柳拂頭千里雲山何處好幾人襟韻一生休塵冠挂卻知閑事終擬（一作把）蹉跎訪舊遊

登池州九峯樓寄張祜

百感中來不自由角聲孤起夕陽樓碧山終日思無盡芳草何年恨即（一作始）休睫在眼前長（一作猶）不見道非身外更（一作欲）何求誰人得似張公子千首詩輕萬

戶侯

齊安郡晚秋黃州黃岡縣

柳岸風來影漸疏使君家似野人居雲容水態還堪賞嘯志歌懷亦自如雨暗殘燈棋散後一作欲散酒醒孤枕鴈來初可憐赤壁爭雄渡唯有簑翁坐釣魚

九日齊安登高齊安一作齊山

江涵秋影鴈初飛與客攜壺上翠微塵世難逢開口笑菊花須插滿頭歸但將酩酊酬佳節不用登臨歎一作恨落暉古往今來祇如此牛山何必淚一作獨霑衣

池州李使君沒後十一日處州新命始到後見歸妓感而成詩

縉雲新命詔初行纔是孤魂壽器一作受氣成黃壤不知新雨露粉書空一作唯換舊銘旌巨卿哭處雲空斷用後漢書范式傳阿鶩歸來月正明用魏志朱建平傳多少四年遺愛

事鄉閭生子李爲名後漢書任延傳爲九真太守民無嫁娶禮法延移書屬縣使省祿以助聘同時相娶者二千餘人其產子者咸曰使我有是子者任君也多名其子爲任

見劉秀才與池州妓別

遠風南浦萬重波未似生離別恨多楚管能吹柳花怨吳姬爭唱竹枝歌金釵橫處綠雲墮玉筯凝時紅粉和待得枚皐相見日自應妝鏡笑蹉跎

卽事黃州作

因思上黨三年戰閑詠周公七月詩竹帛未聞書死節丹青空見畫靈旗蕭條井邑如魚尾早晚干戈識虎皮莫笑一麾東下計滿江秋浪碧參差

寄李起居四韻

楚女梅簪白雪姿前溪碧水凍醪時雲罍心凸知難捧鳳管簧寒不受吹南國劍眸能盼眄侍臣香袖愛僛垂自憐窮律窮途客正怯一作劫孤燈一局碁

八月十二日得替後移居霅溪館因題長句四韻

萬家相慶喜秋成處處樓臺歌板聲千載鶴歸猶有恨一年人住豈無情馮注牧之於大中四年七月至湖州五年八月得替恰及一年夜涼溪館留僧話風定蘇潭看月生景物登臨閑始見願爲閑客此閑行

柳長句

日落水流西復東春光不盡柳何窮巫娥廟裏低含雨宋玉宅一作門前斜帶風莫將一云不嫌榆莢共爭翠深感杏一云與桃花相映紅灞上漢南千萬樹幾人遊宦別離中

早鴈

金河秋半虜弦開雲外驚飛四散哀鴈爲虜弦所驚而來落想奇警辭亦足以達之仙掌月明孤影過長門燈暗數聲來須知胡

騎紛紛在（一作雖隨胡馬翩翩去）豈逐春風一一迴莫厭（一作好是）瀟湘少人處水多菰米岸莓苔

送劉秀才歸江陵

綵服鮮華覲渚宮鱸魚新熟別江東劉郎浦夜侵船月（劉郎浦在石首縣）宋玉亭春弄（一作滿）袖風落落精神終（一作將）有立飄飄才思杳無窮誰人世上為金口借取明時一薦雄

湖南正初招李郢秀才（李郢字楚望大中進士長安人唐末避亂嶺表馮注云李郢有和湖州杜員外冬至日白蘋洲見憶詩與牧之此詩用韻竝同此湖南當是湖州之誤）

行樂及時時已晚對酒當歌歌不成千里暮山重疊翠一溪寒水淺深清高人以飲為忙事浮世除詩盡强名看著白蘋芽欲吐雪舟相訪勝閑行

懷鍾陵舊遊四首（漢之豫章郡隋改為縣唐改鍾陵縣後改南昌縣）

一謁征南最少年虞卿雙璧截肪鮮歌謠千里春長暖絲管高臺月正圓玉帳軍籌羅俊彥絳帷環珮立神仙陸公餘德機雲在如我酬恩合執鞭征南指沈傳師也傳師太和元年卒子樞詢皆登進士第詢歷清顯至禮部侍郎故以機雲比之

滕閣中春綺席開拓枝蠻鼓殷晴雷垂樓萬幕青雲合破浪千帆陣馬來未掘雙龍牛斗氣高懸一榻棟梁材連巴控越知何事一作有珠翠沈檀處處堆

十頃平湖堤柳合岸秋蘭芷綠纖纖一聲明月採蓮女四面朱樓卷畫簾白鷺煙分光的的微漣風定翠湉湉馮注云字書無湉字廣韻湉徒兼切水聲疑此湉卽湉也斜暉更落西山影千步虹橋氣象兼

控壓平江十萬家秋來江靜鏡新磨城頭晚鼓雷霆後橋上遊人笑語多日落汀痕千里色月當樓午一聲歌昔年行樂穠桃畔醉與龍沙揀蜀羅馮注通典南昌有龍

沙水經注龍沙沙甚潔白高峻而阤有龍形國藩按此詩之意謂沙之白細就中可揀出蜀羅也以比就紅粉隊中揀選絕色蓋攜妓夜遊之詩

商山麻澗

雲光嵐彩四面合柔柔一作桑垂柳十餘家雉飛鹿過芳草遠牛巷雞塒春日斜秀眉老父對罇酒蒨袖女兒簪野花征車自念塵土計惆悵溪邊書細沙

商山富水一作春驛原注驛本名與陽諫議城同姓名因此改爲富水驛

益戇由來未覺賢終須南去弔湘川當時物議朱雲小後代聲華白日懸邪佞每思當面唾清貧長欠一杯錢驛名不合輕移改留警朝天者惕然

題武關

碧溪留我武關東一笑懷王跡自窮鄭袖嬌嬈酣似醉屈原憔悴去如蓬山牆谷塹依然在弱吐强吞定已空今日聖神家四海戍旗長捲夕陽中

詠歌聖德遠懷天寶因題關亭長句四韻

聖敬文思業太平（宣宗徽號曰聖敬文思和武光孝皇帝）海寰天下唱歌行秋來氣勢洪河壯霜後精神泰華獰（一作甯）廣德者（一作有）强朝萬國用賢無敵是長城君王若悟治安論安史何人敢弄兵

寄浙東韓乂評事

一笑五雲溪上舟（會稽若耶溪徐浩改爲五雲溪）跳丸日月十經秋鬢衰酒減欲誰泥跡辱魂慙好自尤夢寐幾回迷蛺蝶文章應廣畔牢愁無窮塵土無聊事不得清言解不休

書懷寄中朝往還（往還猶云舊遊）

平生自許少塵埃爲吏塵中勢自迴（迴猶云變易也）朱紱久慙官借與白題（一作頭）還歎老將來須知世路難輕進豈是君門不大開霄漢幾多同學伴可憐頭角盡卿

材

初春雨中舟次和州横江裴使君見迎李趙二秀才同來因書四韻兼寄江南許渾先輩

芳草渡頭微雨時萬株楊柳拂波垂蒲根水暖鴈初浴梅徑香寒蜂未知辭客倚風迎暗淡使君迴馬溼旌旗江南仲蔚多情調悵望春（一作青）陰幾首詩（辭客指李趙使君謂裴仲蔚指許也）

寄澧州張舍人笛

髮匀肉好生春嶺截玉鑽星寄使君檀的染時痕半月落梅飄處響穿雲樓中威鳳傾冠聽沙上（馮作海上）驚鴻掠水分遙想紫泥封詔罷夜深應隔禁牆聞

酬張祜處士見寄長句四韻

七子論詩誰似公曹劉須在指揮中薦衡昔日知（馮作推）文舉（原注令狐相公曾表薦處士）乞火無（一作何）人作蒯通北極

樓臺長掛夢西江波浪遠吞空可憐故國三千里虛唱歌詞滿六宮原注處士詩故國三千里深宮二十年一聲河滿子雙淚落君前馮注唐摭言張祜深爲令狐文公所知公鎭天平日自草薦表令以新舊格詩三百篇進請宣付中書門下祜至京師方屬元江夏偃仰內廷上因召問祜之辭藻上下積對曰張祜雕蟲小技壯夫恥而不爲者或獎激之恐變陛下風教上頷之遂寂寞而歸

寄宣州鄭諫議

大夫官重醉江東瀟灑名儒振古風文石陛前辭聖主碧雲天外作冥鴻五言寧謝顏光祿百歲須齊衛武公再拜宜同一作爲丈人行過庭交分有無一作誰同馮本作有無中非也

寄題甘露寺北軒

曾向一作上蓬萊宮裏行北軒闌檻最留情孤高堪弄桓伊笛縹緲宜聞子晉笙天接海門秋水色煙籠隋一作鹿苑暮鐘聲他年會著荷衣去不向山僧說一作道

姓名

題青雲館在商洛縣

虬蟠千仞劇羊腸天府由來百二强四皓有芝輕漢祖張儀無地與懷王雲連帳影蘿陰合枕繞泉聲客夢涼深處會容高尚者水苗三頃百株桑

正初奉酬歙州刺史邢羣

翠巖千尺倚溪斜曾得嚴光作釣家越嶂遠分丁字水臘梅遲見二年花明時刀尺君須用幽應田園我有涯一壑風煙陽羨里解龜休去路非賒

按外集中尚有七律二十四首以余辨之皆非牧之詩也故不錄馮注本別集中又有七律二首補遺中又有七律六首均未鈔

十八家詩鈔卷二十一目錄

閣故曾氏所建也夜久不寐見壁有前縣令
趙薦留名有懷其人
二十六日五更起行至磻溪未明
周公廟
樓觀
五郡
十二月十四日夜微雪明日早往南溪小酌至
晚
和子由木山引水二首
寄題興州晁太守新開古東池
華陰寄子由
和董傳留别
次韻柳子玉見寄
次韻王誨夜坐

今歲盛開二首
是日宿水陸寺寄北山清順僧二首
送張軒民寺丞赴省試
和邵同年戲贈賈收秀才三首
莘老葺天慶觀小園有亭北向道士山宗說乞
名與詩
秀州報本禪院鄉僧文長老方丈
宋叔達家聽琵琶
祥符寺九曲觀燈
正月二十一日病後述古邀往城外尋春
有以官法酒見餉者因用前韻求述古爲移廚
飲湖上
新城道中二首
寒食未明至湖上太守未來兩縣令先在

張文裕挽詞
和梅戶曹會獵鐵溝
祭常山回小獵
和章七出守湖州二首
寄題刁景純藏春塢
玉盤盂二首
聞喬太博換左藏知欽州以詩招飲
喬將行烹鵝鹿出刀劍以飲客以詩戲之
次韻劉貢父李公擇見寄二首
寄黎眉州
同年王中甫挽詞
次韻周邠寄鴈蕩山圖二首
蘇潛聖挽詞
和鼂同年九日見寄

臺頭寺雨中送李邦直赴史館分韻得憶字人
字兼寄孫巨源二首
九日邀仲屯田爲大水所隔以詩見寄次其韻
有言郡東北荆山下可以溝畎積水因與吳正
字王戸曹同往相視以地多亂石不果還遊
聖女山二子有詩次其韻二首
送鄭戸曹
坐上賦戴花得天字
夜飲次韻畢推官
和孫莘老次韻
遊張山人園
杜介熙熙堂
答仲屯田次韻
次韻王定國馬上見寄

次韻曹九章見贈

余去金山五年而復至次舊詩韻贈寶覺長老

贈惠山僧惠表

與秦太虛參寥會於松江而關彥長徐安中適至分韻得風字二首

次韻孫祕丞見贈

僕去杭五年吳中仍歲大饑疫故人往往逝去聞湖上僧舍不復往日繁麗獨淨慈本長老學者益盛作詩寄之

舶趠風

丁公默送蝤蛑

泛舟城南會者五人分韻賦詩得人皆苦炎字四首

送表忠觀錢道士歸杭

次韻答孫侔

重寄

陳州與文郎逸民飲別攜手河隄上作此詩

萬松亭

張先生

初到黃州

今年正月十四日與子由別於陳州五月子由復至齊安以詩迎之

次韻答子由

觀張師正所蓄辰砂

正月廿日往岐亭郡人潘古郭三人送余於女王城東禪莊院

與潘三失解後飲酒

姪安節遠來夜坐三首

樂全先生生日以鐵拄杖爲壽二首

送牛尾貍與徐使君

太守徐君猷通守孟亨之皆不飲酒以詩戲之

雪後到乾明寺遂宿

三朵花

正月二十日與潘郭二生出郊尋春忽記去年

是日同至女王城作詩乃和前韻

是日偶至野人汪氏之居有神降於其室自稱

天人李全字德通善篆字用筆奇妙而字不

可識云天篆也與余言有所會者復作一篇

仍用前韻

紅梅三首

和子由寄題孔平仲草菴

次韻答元素

次韻蔣穎叔

王仲父哀辭

十八家詩鈔卷二十一目錄

湘鄉曾國藩纂

合肥李鴻章審訂
東湖王定安校

蘇東坡七律上二百五十八首

和子由澠池懷舊

人生到處知何似應似飛鴻踏雪泥泥上偶然留指爪鴻飛那復計東西老僧已死成新塔壞壁無由見舊題往日崎嶇還記否路長人困蹇驢嘶公自注往歲馬死於二陵騎驢至澠池

留題延生觀後山上小堂

溪山愈好意無厭上到巉巉第幾尖深谷野禽毛羽怪上方仙子鬢眉纖不慙弄玉騎丹鳳應逐嫦娥駕老蟾澗草巖花自無主晚來胡蝶入疏簾

留題仙遊潭中興寺東有玉女洞洞南有馬融讀書石室過潭而南山石益奇潭上有橋畏

其嶮不敢渡

清潭百尺皎無泥山木陰陰谷鳥啼蜀客曾遊明月峽秦人今在武陵溪獨攀書室窺巖竇還訪仙姝款石閨猶有愛山心未至不將雙腳踏飛梯

石鼻城

平時戰國今何在陌上征夫自不閑北客初來試新險蜀人從此送殘山獨穿暗月朦朧裏愁渡奔河蒼茫閒漸入西南風景變道邊修竹水潺潺

樓觀（公自注秦始皇立老子廟於觀南晉惠始修此觀）

門前古碣臥斜陽閱世如流事可傷長有幽人悲晉惠強修遺廟學秦皇丹砂久窖井水赤白术誰燒廚竈香聞道神仙亦相過只疑田叟是庚桑

九月二十日微雪懷子由弟二首

岐陽九月天微雪已作蕭條歲暮心短日送寒砧杵

急冷官無事屋廬深愁腸別後能消酒白髮秋來已上簪近買貂裘堪出塞忽思乘傳問西琛

江上同舟詩滿篋鄭西分馬涕垂膺未成報國慚書劍豈不懷歸畏友朋官舍度秋驚歲晚寺樓見雪與誰登遙知讀易東窗下車馬敲門定不譍

病中聞子由得告不赴商州三首王注子由與先生同舉賢良科子由以許直得下第除商州推官而王介甫猶不肯撰辭告未即下故先生自去年十二月先赴鳳翔至今年秋子由方告下以老泉傍無侍子奏乞養親三年此所以得告而不赴也

病中聞汝免來商旅鴈何時更著行遠別不知官爵好思歸苦覺歲年長著書多暇真良計從宦無功謾去鄉惟有王城最堪隱萬人如海一身藏

近從章子聞渠說公自注章子惇也苦道商人望汝來說客有靈慚直道逋翁久沒厭凡才夷音僅可通名姓瘿

俗無由辨頸顯答策不堪宜落此。上書求免亦何哉辭官不出意誰知敢向清時怨位卑萬事悠悠付杯酒流年冉冉入霜髭策曾忤世人嫌汝。易可忘憂家有師。此外知心更誰是夢魂相覓苦參差

和子由寒食

寒食今年二月晦樹林深翠已生煙遶城駿馬誰能借到處名園意盡便但挂酒壺那計盞偶題詩句不須編忽聞啼鴂驚羇旅江上何人治廢田

七月二十四日以久不雨出禱磻溪是日宿虢縣二十五日晚自虢縣渡渭宿於僧舍曾閣閣故曾氏所建也夜久不寐見壁有前縣令趙薦留名有懷其人

龕燈明滅欲三更欹枕無人夢自驚深谷留風終夜響亂山銜月半牀明故人漸遠無消息古寺空來看

姓名欲向磻溪問姜叟僕夫屢報斗杓傾

二十六日五更起行至磻溪未明

夜入磻溪如入峽照山炬火落驚猨山頭孤月耿猶在石上寒波曉更喧至人舊隱白雲合神物已化遺蹤蜿安得夢隨霹靂駕馬上傾倒天瓢翻

周公廟廟在岐山西北七八里廟後百許步有泉依山湧冽異常國史所謂潤德泉世亂則竭者也

吾今那復夢周公尚喜秋來過故宮翠鳳舊依山硉兀清泉長與世窮通至今遊客傷離黍故國諸生詠雨濛牛酒不來烏鳥散白楊無數暮號風

樓觀

烏噪猨呼晝閉門寂寥誰識古皇尊青牛久已辭轅軛白鶴時來訪子孫山近朔風吹積雪天寒落日淡

孤村道人應怪遊人衆汲盡階前井水渾

五郡

古觀正依林麓斷居民來就（一作說）水泉甘亂溪赴渭爭趨北飛鳥迎山不復南羽客衣冠朝上象野人香火祝春蠶汝師豈解言符命山鬼何知託老聃（公自注觀有明皇碑言夢老子告以享國長久之意）

十二月十四日夜微雪明日早往南溪小酌至晚

南溪得雪真無價走馬來看及未消獨自披榛尋履跡最先犯曉過朱橋誰憐破屋眠無處坐覺村飢語不囂惟有暮鴉知客意驚飛千片落寒條

和子由木山引水二首

蜀江久不見滄浪江上枯槎遠可將去國尚能三犢載汲泉何愛一夫忙崎嶇好事人應笑冷淡爲歡意

自長遙想納涼清夜永窗前微月照汪汪

千年古木臥無梢浪卷沙翻去似瓢幾度過秋生蘚暈至今流潤應江潮泫然疑有蛟龍吐斷處人言霹靂焦材大古來無適用不須鬱鬱慕山苗

寄題興州鼂太守新開古東池

百畝新池傍郭斜居人行樂路人誇自言官長如靈運能使江山似永嘉縱飲座中遺白帢幽尋盡處見桃花不堪山鳥號歸去長遣王孫苦憶家

華陰寄子由

三年無日不思歸夢裏還家旋覺非臘酒送寒催去國東風吹雪滿征衣三峯已過天浮翠四扇行看日照扉里堠消磨不禁盡速攜家餉勞驂騑

和董傳留別

麤繒大布裹生涯腹有詩書氣自華厭伴老儒烹瓠

葉强隨舉子踏槐花囊空不辦尋春馬眼亂行看擇婿車得意猶堪誇世俗詔黃新溼字如鴉

次韻柳子玉見寄

薄雷輕雨曉晴初陌上春泥未濺裾行樂及時雖有酒出門無侶謾看書遙知寒食催歸騎定把鴟夷載後車他日見邀須强起不應辭病似相如

次韻王誨夜坐

愛君東閣能延客顧我閑官不計員策杖頻過知未厭卜居相近豈辭遷莫將詩句驚搖落漸喜樽罍省僕緣待約月明池上宿夜深同看水中天

傅堯俞濟源草堂

微官共有田園興老罷方尋隱退廬栽種成陰十年事倉黃欲買百金無先生卜築臨清濟喬木如今似畫圖鄰里亦知偏愛竹春來相與護龍雛

陸龍圖詵挽詩

施注陸詵字介夫餘杭人以龍圖閣直學士知成都青苗法出詵言蜀峽刀耕火種民食常不足至種芋充飢願罷四路使者竝言差役水利事皆不當改詔獨置成都府一路提舉省其三使詩云挺然直節庇峨岷蓋謂是也所歷桂延秦鳳晉真定成都六州秦鳳未上而改命詩云六州巷哭蓋總言之耳

挺然直節庇岷峨謀道從來不計身屬纊家無十金
產過車巷哭六州民塵埃輦寺三年別樽俎岐陽一
夢新他日思賢見遺像不論宿草更沾巾

胡完夫母周夫人挽詞

柏舟高節冠鄉鄰絳帳清風聳搢紳豈似凡人但慈
母能令孝子作忠臣當年織屨隨方進晚節稱觴見
伯仁回首悲涼便陳迹凱風吹盡棘成薪

次韻柳子玉過陳絕糧二首

風雨蕭蕭夜晦迷不須鳴叫强知時多才久被天公
怪闞食惟應爨婦知杜叟挽衣那及脛顏公食粥敢

言炊詩人情味真嘗遍試問於今底處事一作虧
如我自觀猶可厭非君誰復肯相尋圖書跌宕悲年
老燈火青熒語夜深早歲便懷齊物意微官敢有濟
時心南行千里成何事一聽秋濤萬鼓音

出潁口初見淮山是日至壽州

我行日夜向江海楓葉蘆花秋興長長淮忽迷天遠
近青山久與船低昂壽州已見白石塔短棹未轉黃
茆岡波平風輭望不到故人久立煙蒼茫

壽州李定少卿出餞城東龍潭上

山鴉噪處古靈湫亂沫浮涎繞客舟未暇然犀照奇
鬼欲將燒燕出潛虯使君惜別催歌管村巷驚呼聚
玃猴此地他年頌遺愛觀魚並記老莊周

龜山 自此以上皆三十六歲未判杭州以前之詩

我生飄蕩去何求再過龜山歲五周身行萬里半天

下僧臥一菴初白頭地隔中原勞北望潮連滄海欲東遊元嘉舊事無人記故壘摧頹今在不

次韻柳子玉二首自此以下杭州密州徐州湖州之詩

地爐

細聲蚯蚓發銀瓶擁褐横眠天未明衰鬢鑷殘欹雪領壯心降盡倒風旌自稱丹竈錙銖火倦聽山城長短更聞道牀頭惟竹几夫人應不解卿卿公自注俗謂竹几爲竹夫人

紙帳

亂文龜殼細相連慣臥青綾恐未便潔似僧巾白疊布暖於蠻帳紫茸氈錦衾速卷持還客破屋那愁仰見天但恐嬌兒還惡睡夜深踏裂不成眠

姚屯田挽詞

京口年來耆舊衰高人淪喪路人悲空聞韋叟一經

在不見恬侯萬石時貧病秖知爲善樂逍遥卻恨棄
官遲七年一別真如夢猶記蕭然瘦鶴姿
和劉道原見寄
敢向清時怨不容直嗟吾道與君東坐談足使淮南
懼歸去方知冀北空獨鶴不須驚夜旦羣烏未可辨
雌雄廬山自古不到處得與幽人仔細窮
和劉道原詠史
仲尼憂世接輿狂臧穀雖殊竟兩亡吳客漫陳豪士
賦桓侯初笑越人方名高不朽終安用日飲無何計
亦良獨掩陳編弔興廢窗前山雨夜浪浪
和子由柳湖久涸忽有水開元寺山茶舊無花
今歲盛開二首
太昊祠東鐵墓西一樽曾與子同攜回瞻郡閣遥飛
檻北望橋竿半隱隄飯豆羹藜思兩鵠飲河嘆水賴

長蜆如今勝事無人共花下壺盧鳥勸提

長明燈下石欄干長共松杉鬬歲寒葉厚有稜犀甲健花深少態鶴頭丹久陪方丈曼陀雨羞對先生苜蓿盤雪裏盛開知有意明年開後更誰看

是日宿水陸寺寄北山清順僧二首 上一首五古題云湯村開運鹽河雨中督役此題是日字承上言之

草沒河隄雨暗村寺藏修竹不知門拾薪煮藥憐僧病掃地焚香淨客魂農事未休侵小雪佛燈初上報黃昏年來漸識幽居味思與高人對榻論

長嫌鐘鼓聒湖山此境蕭條卻自然乞食遶村真為飽無言對客本非禪披榛覓路衝泥入洗足關門聽雨眠遙想後身窮賈島夜寒應聳作詩肩

送張軒民寺丞赴省試

龍飛甲子盡豪英嘗喜吾猶及老成人競春蘭笑秋

菊天教明月伴長庚傳家各自聞詩禮與子相逢亦弟兄洗眼上林看躍馬賀詩先到古宣城公自注伯父與太平州張侍讀同年此其子

和邵同年戲贈賈收秀才三首

傾蓋相歡一笑中從來未省馬牛風卜鄰尚可容三徑投社終當作兩翁古意已將蘭緝佩招詞閑詠桂生叢此身自斷天休問白髮年來漸不公

朝見新黃出舊槎騷人孤憤苦思家五噫處士大窮約三賦先生多誕誇帳外鶴鳴奩有鏡筒中錢盡案無鮭玉川何日朝金闕白晝關門守夜叉公自注時賈欲再娶

生涯到處似檣烏科第無心摘頷鬚黃帽刺船忘歲月白衣擔酒慰鰥孤狙公欺病來分栗水伯知饞爲出鱸莫向洞庭歌楚曲煙波渺渺正愁予

華老茸天慶觀小園有亭北向道士山宗說乞

名與詩

春風欲動北風微歸鴈亭邊送鴈歸蜀客南遊家最遠吳山寒盡雪先晞扁舟去後花絮亂五馬來時賓從非惟有道人應不忘抱琴無語立斜暉

秀州報本禪院鄉僧文長老方丈

萬里家山一夢中吳音漸已變兒童每逢蜀叟談終日便覺峨眉翠掃空師已忘言真有道我除搜句百無功明年採藥天台去更欲題詩滿浙東

宋叔達家聽琵琶

數絃已品龍香撥半面猶遮鳳尾槽新曲翻從玉連鎖。舊聲終愛鬱輪袍。夢回祇記歸舟字賦罷雙垂紫錦條何異烏孫送公主碧天無際鴈行高

祥符寺九曲觀燈

紗籠擎燭迎門入銀葉燒香見客邀金鼎轉丹光吐

夜寶珠穿蟻鬧連宵波翻焰裏元相激魚舞湯中不畏焦明日酒醒空想像清吟半逐夢魂銷

正月二十一日病後述古邀往城外尋春

屋上山禽苦喚人檻前冰沼忽生鱗老來厭伴（一作逐）紅帬醉病起空驚白髮新臥聽使君鳴鼓角試呼稚子整冠巾曲欄幽榭終寒窘一看郊原浩蕩春

有以官法酒見餉者因用前韻求述古爲移廚飲湖上

喜逢門外白衣人欲膾湖中赤玉鱗遊舫已妝吳榜穩舞衫初試越羅新欲將漁釣追黃帽未要靴刀抹絳巾芳意十分強半在爲君先踏水邊春

新城道中二首

東風知我欲山行吹斷檐間積雨聲嶺上晴雲披絮帽樹頭初日掛銅鉦野桃含笑竹籬短溪柳自搖沙

水清西崦人家應最樂煮葵燒筍餉春耕
身世悠悠我此行溪邊委轡聽溪聲散材畏見搜林斧疲馬思聞卷旆鉦細雨足時茶戶喜亂山深處長官清人閒歧路知多少試向桑田問耦耕

寒食未明至湖上太守未來兩縣令先在

城頭月落尚啼烏烏榜紅舷早滿湖鼓吹未容迎五馬水雲先已颺雙鳧映山黃帽螭頭舫夾道青煙鵲尾爐老病逢春祇思睡獨求僧榻寄須臾

次韻孫莘老見贈時莘老移廬州因以別之

鑪錘一手賦形殊造物無心敢望渠我本疏頑固當爾子猶淪落況其餘龔黃側畔難言政羅趙前頭且炫書（公自注莘老見稱政事與書而莘老書至不工）惟有陽關一杯酒殷懃重唱贈離居

李鈐轄坐上分題戴花

二八佳人細馬馱十千美酒渭城歌簾前柳絮驚春
晚頭上花枝奈老何露溼醉巾香掩冉月明歸路影
婆娑綠珠吹笛何時見欲把斜紅插皁羅
自昌化雙谿館下步尋谿源至治平寺二首
亂山摘翠衣裘重雙澗響空窗戶搖飽食不嫌谿筍
瘦穿林閑覓野芎苗卻愁縣令知遊寺尚喜漁人爭
渡橋正似醴泉山下路桑枝刺眼麥齊腰
每見田園輒自招倦飛不擬控扶搖共疑楊惲非鋤
豆誰信劉章解立苗老去尚殘彭澤米夢歸時到錦
江橋宦遊莫作無家客舉族長懸似細腰
會客有美堂周邠長官與數僧同汎湖往北山
湖中聞堂上歌笑聲以詩見寄因和二首時
周有服
藹藹君詩似嶺雲從來不許醉紅帬不知野屐穿山

翠惟見輕橈破浪紋頗憶呼盧袁彥道難邀罵坐灌將軍晚風落日元無主不惜清涼與子分

載酒無人過子雲掩關晝臥客書帬歌喉不共聽珠貫醉面何因作纈紋僧侶且陪香火社詩壇欲斂鸛鵝軍憑君遍繞湖邊寺漲淥晴來已十分

立秋日禱雨宿靈隱寺同周徐二令

百重堆案掣身閑一葉秋聲對榻眠牀下雪霜侵戶月枕中琴筑落階泉崎嶇世味嘗應徧寂寞山栖老漸便惟有問農心尚在起占雲漢更茫然

病中獨遊淨慈謁本長老周長官以詩見寄仍邀遊靈隱因次韻答之

臥聞禪老入南山淨埽清風五百閒我與世疏宜獨往君緣詩好不容攀自知樂事年年減難得高人日日閑欲問雲公覓心地要知何處是無還公自注楞嚴經云我

今示汝無所還地

病中遊祖塔院

紫李黃瓜村路香。烏紗白葛道衣涼。閑門野寺松陰轉。攲枕風軒客夢長。因病得閑殊不惡。安心是藥更無方。道人不惜階前水。借與匏樽自在嘗。

癸丑春分後雪

雪入春分省見稀。半開桃李不勝威。應慚落地梅花識。卻作漫天柳絮飛。不分東君專節物。故將新巧發陰機。從今造物尤難料。更暖須留御臘衣。

孤山二詠 並序

孤山有陳時柏二株。其一為人所薪。山下老人自為兒已見其枯矣。然堅悍如金石。愈於未枯者。僧志詮作堂於其側。名之曰柏堂。堂與白公居易竹閣相連屬。余作二詩以記之。

柏堂

道人手種幾生前鶴骨龍姿尚宛然雙幹一先神物化九朝三見太平年忽驚華構依巖出乞與佳名到處傳此柏未枯君記取灰心聊伴小乘禪

竹閣

海山兜率兩茫然古寺無人竹滿軒白鶴不留歸後語。蒼龍猶是種時孫兩叢恰似蕭郎筆千畝空懷渭上村欲把新詩問遺像病維摩詰更無言

與述古自有美堂乘月夜歸

娟娟雲月稍侵軒瀲瀲星河半隱山魚鑰未收清夜永鳳簫猶在翠微閒淒風瑟縮經絃柱香霧淒迷著髻鬟共喜使君能鼓樂萬人爭看火城還

有美堂暴雨

遊人腳底一聲雷滿坐頑雲撥不開天外黑風吹海

立浙東飛雨過江來十分瀲灩金樽凸千丈敲鏗羯鼓催喚起謫仙泉灑面倒傾鮫室瀉瓊瑰

登玲瓏山 施注臨安圖經玲瓏山在縣西十二里兩山屹起盤屈九折上通絕頂名日九折巖行百許步有亭下瞰百里名三休亭

何年僵立兩蒼龍瘦脊盤盤尚倚空翠浪舞翻紅罷亞白雲穿破碧玲瓏三休亭上工延月九折巖前巧貯風腳力盡時山更好莫將有限趁無窮

宿九仙山 公自注九仙謂左元放許邁王謝之流

風流王謝古仙真一去空山五百春玉室金堂餘漢士桃花流水失秦人困眠一榻香凝帳夢遶千巖冷逼身夜半老僧呼客起雲峯缺處湧冰輪

海會寺清心堂

南郭子綦初喪我西來達磨尚求心此堂不說有清濁遊客自觀隨淺深兩歲頻爲山水役一溪長照雪

霜侵紛紛無補竟何事慚愧高人閉戶吟

汪覃秀才久留山中以詩見寄次其韻

季子應嗔不下機棄家來伴碧雲師中秋冷坐無因醉半月長齋未肯辭擲簡搖毫無忤色公自注汪善書託寫諸人詩投名入社有新詩飛騰桂籍他年事莫忘山中採藥時

洞霄宮

上帝高居愍世頑故留瓊館在凡間青山九鎖不易到作者七人相對閑公自注論語云作者七人矣今監宮凡七人庭下流泉翠蛟舞洞中飛鼠白鴉翻長松怪石宜霜鬢不用金丹苦駐顏

初自徑山歸述古召飲介亭以病不赴

西風初作十分涼喜見新橙透甲香遲暮賞心驚節物登臨病眼怯秋光慣眠處士雲菴裏倦醉佳人錦

瑟旁猶有夢回清興在臥聞歸路樂聲長

明日重九亦以病不赴述古會再用前韻

月入秋帷病枕涼霜飛夜簟故衾香可憐吹帽狂司馬空對親舂老孟光不作雍容傾坐上翻成骯髒倚門旁人閒此會論今古細看茱萸感歎長

九日尋臻闍梨遂泛小舟至勤師院二首

白髮長嫌歲月侵病眸兼怕酒杯深南屏老宿閑相過東閣郎君嬾重尋試碾露芽烹白雪休拈霜蕊嚼黃金扁舟又截平湖去欲訪孤山支道林

湖上青山翠作堆葱葱鬱鬱氣佳哉笙歌叢裏抽身出雲水光中洗眼來白足赤髭迎我笑拒霜黃菊爲誰開明年桑苧煎茶處憶著衰翁首重回公自注皎然有九日與陸羽煎茶詩羽自號桑苧翁余來年九日去此久矣

次韻周長官壽星院同錢魯少卿

瑠璃百頃水仙家風靜湖平響釣車寂歷疏松欹晚照伶俜寒蝶抱秋花困眠不覺依蒲褐歸路相將踏桂華更著綸巾披鶴氅他年應作畫圖誇

次韻述古過周長官夜飲

二更鐃鼓動諸鄰百首新詩鬪八珍已遣亂蛙成兩部更邀明月作三人雲煙湖寺家家境燈火沙河夜夜春曷不勸公勤秉燭老來光景似奔輪

述古以詩見責屢不赴會復次前韻

我生孤僻本無鄰老病年來益自珍肯對紅裘辭白酒但愁新進笑陳人北山怨鶴休驚夜南畝巾車欲及春多謝清詩屢推轂狶膏那解轉方輪公自注來詩有雲霄蒲輪之句

賀陳述古弟章生子

鬱葱佳氣夜充閭始見徐卿第二雛甚欲去爲湯餅

客惟愁錯寫弄麞書參軍新婦賢相敵。阿大中郎喜
有餘。我亦從來識英物試教啼看定何如

贈治易僧智周

寒窗孤坐凍生餅。尚把遺編照露螢。閣束九師新得
妙。夢吞三畫舊通靈。斷絃挂壁知音喪。公自注師與契嵩深相知時已逝矣揮麈空山亂石聽。齋罷何須更臨水胸中自有
洗心經

張子野年八十五尚聞買妾述古令作詩

錦里先生自笑狂莫欺九尺鬢眉蒼詩人老去鶯鶯
在公子歸來燕燕忙柱下相君猶有齒江南刺史已
無腸平生謬作安昌客略遣彭宣到後堂

寶山新開徑

藤梢橘刺元無路竹杖欆鞋不用扶風自遠來聞笑
語。水分流處見江湖。回觀佛骨青螺髻踏遍仙人碧

玉壺野客歸時山月上棠梨葉戰暝禽呼

李頎秀才善畫山以兩軸見寄仍有詩次韻答之

平生自是箇中人欲向漁舟便寫真詩句對君難出手雲泉勸我早抽身年來白髮驚秋速長恐青山與世新從此北歸休悵望囊中收得武陵春

夜至永樂文長老院文時臥病退院

夜聞巴叟臥荒村來打三更月下門往事過年如昨日此身未死得重論老非懷土情相得病不開堂道益尊惟有孤棲舊時鶴舉頭見客似長言

錢安道席上令歌者道服

烏府先生鐵作肝霜風卷地不知寒猶嫌白髮年前少故點紅燈雪裏看他日卜鄰先有約待君投紱我休官如今且作華陽服醉唱儂家七返丹

除夜野宿常州城外二首

行歌野哭兩堪悲遠火低星漸向微病眼不眠非守歲鄉音無伴苦思歸重衾腳冷知霜重新沐頭輕感髮稀多謝殘燈不嫌客孤舟一夜許相依

南來三見歲云徂直恐終身走道塗老去怕看新歷日退歸擬學舊桃符煙花已作青春意霜雪偏尋病客鬚但把窮愁博長健不辭最後飲屠酥

元日過丹陽明日立春寄魯元翰

堆盤紅縷細茵陳巧與椒花兩鬬新竹馬異時寧信老土牛明日莫辭春西湖弄水猶應早北寺觀燈欲及辰白髮蒼顏誰肯記曉來頻嚏爲何人

刁同年草堂

不用長竿矯繡衣。南園北第兩參差。青山有約長當戶。流水無情自入池。歲久黳醲渾欲合春來楊柳不

勝垂主人不用悤悤去正是紅梅著子時

惠山謁錢道人烹小龍團登絕頂望太湖

踏遍江南南岸山。逢山未免更留連。獨攜天上小團月。來試人閒第二泉。石路縈回九龍脊水光翻動五湖天孫登無語空歸去半嶺松聲萬壑傳

和蘇州太守王規父侍太夫人觀燈之什余時以劉道原見訪滯留京口不及赴此會二首

不覺朱轓輾後塵爭看繡幰錦纏輪洛濱侍從三人貴京兆平反一笑春但逐東山攜妓女那知後閤走窮賓滯留不見榮華事空作賡詩第七人

翻翻緹騎走香塵激激飛濤射火輪美酒留連三夜月。豐年傾倒五州春。公自注時浙西皆不熟罷燈惟蘇獨盛安排詩律追彊對蹭蹬歸期爲惡賓墮珥遺簪想無限華胥猶見夢回人

常潤道中有懷錢塘寄述古五首

從來直道不辜身得向西湖兩過春沂上已成曾點服泮宮初采魯侯芹休驚歲歲年年貌且對朝朝暮暮人細雨晴時一百六畫船鼉鼓莫違民

草長江南鶯亂飛年來事事與心違花開後院還空落燕入華堂怪未歸世上功名何日是樽前點檢幾人非去年柳絮飛時節記得金籠放雪衣公自注杭人以放鴿爲太守壽國藩按快雪堂刻東坡帖有開籠若放雪衣女長念金剛般若經一事亦與此詩相合

浮玉山頭日日風湧金門外已春融二年魚鳥渾相識三月鶯花付與公剩看新翻眉倒暈未應泣別臉消紅何人織得相思字寄與江邊北向鴻

國豔夭嬈酒半酣去年同賞寄僧檐但知撲撲晴香輭誰見森森曉態嚴穀雨共驚無幾日蜜蜂未許輒先甜應須火急回征棹一片辭枝可得黏

惠泉山下土如濡陽羨溪頭米勝珠賣劍買牛吾欲老殺雞爲黍子來無地偏不信容高蓋俗儉真堪著腐儒莫怪江南苦留滯經營身計一生迂

刁景純賞瑞香花憶先朝侍宴次韻

上苑天桃自作行劉郎去後幾回芳厭從年少追新賞閑對宮花識舊香欲贈佳人非泛洧好紉幽佩吊沈湘鶴林神女無消息爲問何年返帝鄉

同柳子玉遊鶴林招隱醉歸呈景純

花時臘酒照人光歸路春風灑面涼劉氏宅邊霜竹老戴公山下野桃香巖頭疋練兼天淨。一作靜泉底真珠濺客忙。安得道人攜笛去一聲吹裂翠崖岡

景純見和復次韻贈之二首

解組歸來道益光坐看百物自炎涼捲簾堂上檀槽鬧送客林閒樺燭香淺暈已愁當酒怯非才尤覺和

詩忙何人貪佩黃金印千柱眈眈瑣北岡

人閒膏火正爭光每到藏春得暫涼多事始知田舍好凶年偏覺野蔬香谿山勝畫徒能說來往如梭爲底忙老去此身無處著爲翁栽插萬松岡

柳子玉亦見和因以送之兼寄其兄子璋道人

不羨腰金照地光暫時假面弄西涼晴窗嚥日肝腸暖。古殿朝真屢袖香。說靜故知猶有動無閒底處更求忙先生官罷乘風去何用區區賦陟岡

子玉家宴用前韻見寄復答之

自酌金尊勸孟光更教長笛奏伊涼（公自注子玉家有笛妓）牽衣男女遶太白扇枕郎君煩阿香詩病逢春轉深錮愁魔得酒暫奔忙醒時情味吾能說日在西南白草岡

景純復以二篇一言其亡兄與伯父同年之契

一言今者唱酬之意仍次其韻

靈壽扶來似孔光感時懷舊一悲涼蟾枝不獨同攀桂雞舌還應共賜香（公自注亦同為郎）等是浮休無得喪麤分憂樂有閑忙年來世事如波浪鬱鬱誰知柏在岡

屢把鉛刀齒步光更遭華衮照龐涼蘇門山上莫長嘯薝蔔林中無別香燭燼已殘終夜刻槐花還似昔年忙背城借一吾何敢慎莫樽前替戾岡

書普慈長老壁（公自注志誠）

普慈寺後千竿竹醉裏曾看碧玉椽倦客再遊行老矣高僧一笑故依然久參白足知禪味苦厭黃公聒晝眠惟有兩株紅百葉晚來猶得向人妍（王注江浙閒有花謂之百葉紅）

刁景純席上和謝生二首

誤入仙人碧玉壺一歡那復間親疏杯盤狼藉吾何

敢車騎雍容子甚都此夜新聲聞北里他年故事紀
南徐欲窮風月三千界願化天人百億軀
縱飲誰能問挈壺不知門外曉星疏綺羅勝事齊三
閣。賓主談鋒敵兩都。榻畔煙花嘗歎杜海中童丱尚
追徐無多酌我公須聽醉後麤狂膽滿軀

留別金山寶覺圓通二長老

沐罷巾冠快晚涼睡餘齒頰帶茶香艤舟北岸何時
渡晞髮東軒未肯忙康濟此身殊有道醫治外物本
無方風流二老長還往顧我歸期尚渺茫

杭州牡丹開時僕猶在常潤周令作詩見寄次
其韻復次一首送赴闕

羞歸應爲負花期已見成陰結子時與物寡情憐我
老遣春無恨賴君詩玉臺不見朝酣酒金縷猶歌空
折枝從此年年定相見欲師老圃問樊遲。

莫負黃花九日期人生窮達可無時十年且就三都賦萬戶終輕千首詩天靜傷鴻猶戢翼月明驚鵲未安枝君看六月河無水萬斛龍驤到自遲

蘇州閭邱江君二家雨中飲酒二首

小圃陰陰徧灑塵方塘瀲瀲欲生紋已煩仙袂來行雨莫遣歌聲便駐雲肯對綺羅辭白酒試將文字惱紅裙今宵記取醒時節點滴空階獨自聞

五紀歸來鬢未霜十眉環列坐生光喚船渡口迎秋女駐馬橋邊問泰娘曾把四絃娛白傅敢將百草鬭吳王從今卻笑風流守畫戟空凝宴寢香

過永樂文長老已卒

初驚鶴瘦不可識旋覺雲歸無處尋三過門閒老病死一彈指頃去來今存亡慣見渾無淚鄉井難忘尚有心欲向錢塘訪圓澤葛洪川畔待秋深

贈張刁二老

兩邦山水未淒涼二老風流總健彊共成一百七十
歲各飲三萬六千觴藏春塢裏鶯花鬧仁壽橋邊日
月長惟有詩人被磨折金釵零落不成行

八月十七日天竺山送桂花分贈元素

月缺霜濃細蘂乾此花原屬桂堂仙鷲峯子落驚前
夜蟾窟枝空記昔年破裓山高一作僧憐耿介練㲲溪
女鬭清妍願公採擷紉幽佩莫遣孤芳老澗邊

捕蝗至浮雲嶺山行疲苦有懷子由弟二首

西來煙障塞空虛灑遍秋田雨不如新法清平那有
此老身窮苦自招渠無人可訴烏銜肉憶弟難憑犬
寄書。自笑迂疏皆此類區區猶欲理蝗餘

霜風漸欲作重陽熠熠溪邊野菊黃久廢山行疲犖
确尚能村醉舞淋浪獨眠林下夢魂好回首人間憂

患長殺馬毀車從此逝子來何處問行藏

與毛令方尉遊西菩提寺二首 施注按於潛縣圖經毛君寶同尉方君武與東坡於熙甯七年八月廿七日同遊西菩山明智院石刻存焉西菩提寺去縣十五里

推擠不去已三年魚鳥依然笑我頑人未放歸江北路天教看盡浙西山尚書清節衣冠後處士風流水石閒一笑相逢那易得數詩狂語不須刪

路轉山腰足未移水清石瘦便能奇白雲自占東西嶺明月誰分上下池黑黍黃粱初熟後朱柑綠橘半甜時人生此樂須天賦莫遣兒郎取次知

平山堂次王居卿祠部韻

高會日陪山簡醉狂言屢發次公醒酒如人面天然白山向吾曹分外青江上飛雲來北固檻前修竹憶南屏六朝興廢餘邱隴空使奸雄笑甯馨

次韻陳海州書懷

鬱鬱蒼梧海上山公自注東海鬱州山云自蒼梧浮來蓬萊方丈有無間舊聞草木皆仙藥欲棄妻孥守市闤雅志未成空自歎故人相對若爲顏酒醒卻憶兒童事長恨雙鳧去莫攀公自注陳曾令鄉邑

次韻陳海州乘槎亭

人事無涯生有涯近將歸釣漢江槎乘桴我欲從安石遁世誰能識子嗟日上紅波浮翠巘潮來白浪卷青沙清談美景雙奇絕不覺歸鞍帶月華

次韻孫職方蒼梧山

蒼梧奇事豈虛傳荒怪還須問子年遠託鼇頭轉滄海來依鵬背負青天或云靈境歸賢者又恐神功亦偶然聞道新春恣遠覽羨君平地作飛仙

雪後書北臺壁二首

黃昏猶作雨纖纖夜靜無風勢轉嚴但覺衾裯如潑
水不知庭院已堆鹽五更曉色來書幌半夜寒聲落
畫檐試掃北臺看馬耳未隨埋沒有雙尖
城頭初日始翻鴉陌上晴泥已沒車凍合玉樓寒起
粟光搖銀海眩生花遺蝗入地應千尺宿麥連雲有
幾家老病自嗟詩力退空吟冰柱憶劉叉

謝人見和前篇二首

已分杯酒欺淺懦敢將詩力鬬深嚴漁蓑句好眞堪
畫柳絮才高不道鹽敗履尚存東郭足飛花又舞謫
仙檐書生事業眞堪笑忍凍孤吟筆退尖
九陌淒風戰齒牙銀杯逐馬帶隨車也知不作堅牢
玉無奈能開頃刻花得酒强歡愁底事閉門高臥定
誰家臺前日暖君須愛冰下寒魚漸可叉

遊廬山次韻章傳道

塵容已似服轅駒野性猶同縱壑魚出入巖巒千仞

表較量筋力十年初雖無窮兎驅前馬還有鴟夷挂

後車莫笑吟詩淡生活當令阿買爲君書

和子由四首

韓太祝送遊太山

偶作郊原十日遊未應回首厭籠囚但教塵土驅馳

足終把雲山爛漫酬聞道逢春思濯錦便須到處覓

菟裘恨君不上東封頂夜看金輪出九幽

送春

夢裏青春可得追欲將詩句絆餘暉酒闌病客惟思

睡蜜熟黃蜂亦懶飛芍藥櫻桃俱掃地公自注病過此二物鬢

絲禪榻兩忘機憑君借取法界觀一洗人間萬事非

公自注來書云近看此書余未嘗見也

首夏官舍即事

安石榴花開最遲絳囊深樹出幽菲吾廬想見無限
好客子倦遊胡不歸坐上一樽雖得滿古來四事巧
相違令人卻憶湖邊寺垂柳陰陰晝掩扉

送李供備席上和李詩

家聲赫奕蓋并涼也解微吟錦瑟旁擘水取魚湖起
淚引杯看劍坐生光風流別後人人憶才器歸來種
種長不用更貪窮事業風騷分付與沈湘

孔長源挽詩二首

少年才氣冠當時晚節孤風益自奇君勝宜為夫子
後林宗不愧蔡邕碑南荒尚記誅元惡東越誰能事
細兒耆舊如今幾人在為君無憾為時悲
小堰門頭柳繫船吳山堂上月侵筵潮聲半夜千巖
響詩句明朝萬口傳豈意日斜庚子後忽驚歲在巳
辰年佳城一閉無窮事南望題詩淚灑牋

寄呂穆仲寺丞

孤山寺下水侵門每到先看醉墨痕楚相未亡談笑是中郎不見典刑存公自注杭有伶人善學呂舉措酷似別後常令作之以爲笑君先去踏塵埃陌我亦來尋桑棗村回首西湖真一夢灰心霜鬢更休論

余主簿母挽詩

閨庭蘭玉照鄉閭自昔雖貧樂有餘豈獨家人在中饋卻因麟趾識關雎雲軿忽已歸仙府喬木依然擁舊廬忍把還鄉千斛淚一時灑向老萊裾

張文裕挽詞

高才本出朝廷右能事空推德業餘每見便聞曹植句至今傳寶魏華書濟南名士新凋喪劍外生祠已潔除欲寄西風兩行淚依然喬木鄭公廬

和梅戶曹會獵鐵溝

山西從古說三明誰信儒冠也捍城竿上鯨鯢猶未掩（公自注近臯數盜）草中狐兔不須驚東州趙叟飲無敵南國梅仙詩有聲不向如臯閑射雉歸來何以得卿卿

祭常山回小獵

青蓋前頭點皁旗黃茅岡下出長圍弄風驕馬跑空立趁兔蒼鷹掠地飛回望白雲生翠巘歸來紅葉滿征衣聖明若用西涼簿白羽猶能效一揮

和章七出守湖州二首

方丈仙人出渺茫高情猶愛水雲鄉功名誰使連三捷身世何緣得兩忘早歲歸休心共在他年相見話偏長秖應未報君恩重清夢時時到玉堂

絳闕雲臺總有名應須極貴又長生鼎中龍虎黃金賤松下龜蛇綠骨輕（公自注君好爐火而餌茯苓）雪水未渾纓可濯弁峯初見眼應明兩卮春酒真堪羨獨占人間分

外榮

寄題刁景純藏春塢

白首歸來種萬松待看千尺舞霜風年拋造物陶甄外春在先生杖屨中楊柳長齊低戶暗櫻桃爛熟滴階紅何時卻與徐元直共訪襄陽龐德公

玉盤盂二首 並敘

東武舊俗每歲四月大會于南禪資福兩寺以芍藥供佛而今歲最盛凡七千餘朶皆重跗累萼繁麗豐碩中有白花正圓如覆盂其下十餘葉稍大承之如盤姿格絕異獨出於七千朶之上云得之於城北蘇氏園中周宰相莒公之別業也而其名俚甚乃爲易之

雜花狼籍占春餘芍藥開時掃地無兩寺妝成寶瓔珞一枝爭看玉盤盂佳名會作新翻曲絕品難尋舊

畫圖從此定知年穀熟姑山親見雪肌膚

花不能言意可知令君痛飲更無疑但持白酒勸嘉客直待瓊舟覆玉彝負郭相君初擇地看羊屬國首吟詩吾家豈與花相厚更問殘芳有幾枝

聞喬太博換左藏知欽州以詩招飲

今年果起故將軍幽夢清詩信有神馬革裹屍真細事虎頭食肉更何人陣雲冷壓黃茅瘴羽扇斜揮白葛巾痛飲從今有幾日西軒月色夜來新

喬將行烹鵝鹿出刀劍以飲客以詩戲之

破匣哀鳴出素虯倦看鶂鶂聽呦呦明朝祇恐兼烹鶴此去還須卻佩牛便可先呼報恩子不妨仍帶醉鄉侯他年萬騎歸應好奈有移文在故邱

次韻劉貢父李公擇見寄二首

白髮相望兩故人眼看時事幾番新曲無和者應思

郢論少卑之且借秦歲惡詩人無好語公自注公擇來詩皆道吳中饑苦之事夜長鰥守向誰親公自注貢父近喪妻少思多睡無如我鼻息雷鳴撼四鄰

何人勸我此閒來絃管生衣甑有埃綠蟻濡脣無百斛蝗蟲撲面已三回磨刀入谷追窮寇灑涕循城拾棄孩爲郡鮮歡君莫歎猶勝塵土走章臺

寄黎眉州

膠西高處望西川應在孤雲落照邊瓦屋寒堆春後雪峨眉翠掃雨餘天治經方笑春秋學好士今無六一賢公自注君以春秋受知歐陽文忠公公自號六一居士且待淵明賦歸去共將詩酒趁流年

同年王中甫挽詞

先帝親收十五人公自注仁宗朝賢良十五人今惟富鄭公張宣徽錢純老及余與舍弟在耳四方爭看擊鵬鶚如君事業真堪用顧我衰遲

不足論出處升沈十年後死生契闊幾人存他時京口尋遺跡宿草猶應有淚痕

次韻周邠寄鴈蕩山圖二首

指點先憑採藥翁丹青化出大槐宮眼明小閣浮煙翠齒冷新詩嚼雪風二華行觀雄陝右九仙今已壓京東（公自注將赴河中密邇太華九仙在東武奇秀不減鴈蕩也）此生的有尋山分已覺溫台落手中

西湖三載與君同馬入塵埃鶴入籠東海獨來看出日石橋先去踏長虹遙知別後添華髮時向樽前說病翁所恨蜀山君未見他年攜手醉郫筒

蘇潛聖挽詞

妙齡馳譽百夫雄晚節忘懷大隱中悃愊無華真漢吏文章爾雅稱吾宗趨時肯負平生志有子還應不死同惟我閑思十年事數行老淚寄西風

和聶同年九日見寄

仰看鸞鵠刺天飛富貴功名老不思病馬已無千里志騷人長負一秋悲古來重九皆如此別後西湖付與誰遣子窮愁天有意吳中山水要清詩

送喬施州

恨無負郭田二頃空有載行書五車江上青山橫絕壁雲閒細路躡飛蜺雞號黑暗通蠻貨蜂鬧黃連採蜜花共怪河南門下客不應萬里向長沙公自注喬受知於吳丞相而施州風土大類長沙

雪夜獨宿柏仙菴

晚雨纖纖變玉霙小菴高臥有餘清夢驚忽有穿窗片夜靜惟聞瀉竹聲稍壓冬溫聊得健未濡秋旱若爲耕天公用意真難會又作春風爛漫一作熳晴

董儲郎中嘗知眉州與先人遊過安邱訪其故

居見其子希甫留詩屋壁

白髮郎潛舊使君至今人道最能文隻雞敢忘橋公語。下馬來尋董相墳。冬月負薪雖一作那得免鄰人吹笛不堪聞死生契闊君休問灑淚西南向白雲

劉貢父見余歌詞數首以詩見戲聊次其韻

十載飄一作漂然未可期那堪重作看花詩門前惡語誰傳去醉後狂歌自不知刺舌君今猶未戒灸眉吾亦更何辭相從痛飲無餘事正是春容最好時

至濟南李公擇以詩相迎次其韻二首

敝裘羸馬古河濱野闊天低糝玉塵自笑餐氈典屬國來看換酒謫仙人宦遊到處身如寄農事何時手自親剩作新詩與君和莫因風雨廢鳴晨

夜擁笙歌霅水濱回頭樂事總成塵今年送汝作太守到處逢君是主人聚散細思都是夢身名漸覺兩

非親相從繼燭何須問蝙蝠飛時日正晨

和孔君亮郎中見贈

偶對先生盡一樽醉看萬物洶崩奔優遊共我聊卒
歲骯髒如君合倚門祇恐掉頭難久住應須傾蓋便
深論固知嚴勝風流在又見長身十世孫公自注戩字君嚴弟戩字君勝退之志其墓云孔世卅八吾見其孫白而長身今君亮四十八世矣

次韻子由送蔣夔赴代州學官

功利爭先變法初典刑獨守老成餘窮人未信詩能
爾倚市懸知繡不如代北諸生漸狂簡牀頭雜說爲
爬梳歸來問鴈吾何敢疾世王符解著書

宿州次韻劉涇

我欲歸休瑟漸希舞雩何日著春衣多情白髮三千
丈無用蒼皮四十圍晚覺文章真小伎早知富貴有
危機爲君垂涕君知否千古華亭鶴自飛公自注涇之兄汴亦

有文死矣

次韻李邦直感舊

騶騎傳呼出跨坊，簿書填委入充堂。誰教按部如何武，只許清樽對孟光。婉娩有時來入夢，溫柔何日聽還鄉。酸寒病守尤堪笑，千步空餘僕射場。

次韻答邦直子由四首 按此詩施注本四首半查注本五首此從施本鈔四首

簿書顛倒夢魂間，知我疎慵肯見原。閑作閉門僧舍冷，病聞吹枕海濤喧。忘懷杯酒逢人共，引睡文書信手翻。欲吐狂言喙三尺，怕君瞋我卻須吞。公自注邦直屢以此見戒

城南短李好交遊，箕踞狂歌總自由。尊主庇民君有道，樂天知命我無憂。醉呼妙舞留連夜公自注邦直家中舞者甚多，閑作清詩斷送秋。瀟灑使君殊不俗，樽前容我攬

鬢。不。

老弟東來殊寂寞故人留飲慰酸寒草荒城角開新徑雨入河洪失舊灘車馬追陪迹未掃唱酬往復字應漫此詩更欲憑君改待與江南子布看

君雖爲我此遲留別後凄涼我已憂不見便同千里遠退歸終作十年遊恨無揚子一區宅嬾臥元龍百尺樓聞道鵷鴻滿臺閣網羅應不到沙鷗

次韻呂梁仲屯田

雨葉風花日夜稀一杯相屬竟何時空虛豈敢酬瓊玉枯朽猶能出菌芝門外呂梁從迅急胸中雲夢自逶遲待君筆力追靈運莫負南臺九日期

王鞏累約重九見訪既而不至以詩送將官梁交且見寄次韻答之交頗文雅不類武人家有侍者甚惠麗

知君月下見傾城破恨懸知酒有兵老守士何惟日飲將軍競病自詩鳴花枝不共秋欹帽筆陣空來夜斫營愛惜微官將底用他年祇好寫銘旌

臺頭寺雨中送李邦直赴史館分韻得憶字人字兼寄孫巨源二首

霜林日夜西風急老送君歸百憂集清歌窈眇入行雲雲爲不行天爲泣紅葉黃花秋正亂白魚紫蟹君須憶憑君說向髯將軍衰鬢相逢應不識

珥筆西歸近紫宸太平典冊不緣麟付君此事甯論晉載我當時舊過秦門外想無千斛米墓中知有百年人看君兩一作雙眼明如鏡休把春秋坐素臣

九日邀仲屯田爲大水所隔以詩見寄次其韻

無復龍山對孟嘉西來河伯意雄夸霜風可使吹黃帽公自注舟人黃帽土勝水也樽酒那能泛浪花漫遣鯉魚傳尺

素卻將燕石報瓊華何時得見悲秋老醉裏題詩字半斜

有言郡東北荊山下可以溝畎積水因與吳正字王戶曹同往相視以地多亂石不果還遊聖女山山有石室如墓而無棺椁或云宋司馬桓魋墓二子有詩次其韻二首

側手區區未易遮奔流一瞬卷千家共疑智伯初圍趙猶有張湯欲漕斜已坐迂疏來此地分將勞苦送生涯使君下策真堪笑隱隱驚雷響踏車

茫茫清泗繞孤岑歸路相將得暫臨試著芒鞋穿犖确更然松炬照幽深縱令司馬能鑱石奈一作會有中郎解摸金強寫蒼崖留歲月他年誰識此時心

送鄭戶曹

遊遍錢塘湖上山歸來文字帶芳鮮羸僮瘦馬從吾

飲陋巷何人似子賢公業有田常乏食廣文好客竟無氈東歸不趁花時節開盡春風誰與妍

坐上賦戴花得天字

清明初過酒闌珊折得奇葩晚更妍春色豈關吾輩事老狂聊作坐中先醉吟不耐欹紗帽起舞從教落酒船結習漸消留不住卻須還與散花天

夜飲次韻畢推官

簿書叢裏過春風酒聖時時且復中紅燭照庭嘶騕褭黃雞催曉唱玲瓏老來漸減金釵興醉後空驚玉筋工（公自注畢善篆）月未上時應蚤散免教壑谷問吾公

和孫莘老次韻

去國光陰暮雪消還家蹤跡野雲飄功名正自妨行樂迎送纔堪博早朝雖去友朋親吏卒卻辭讒謗得風謠今年我亦江南去不問繁雄與寂寥

遊張山人園

壁間一軸煙蘿子盆裏千枝錦被堆慣與先生爲酒伴不嫌刺史亦顏開纖纖入麥黃花亂颯颯催詩白雨來聞道君家好井水歸軒乞得滿瓶回

杜介熙熙堂

崎嶇世路最先回窈窕華堂手自開咄咄何曾書怪事熙熙長覺似春臺白砂碧玉味方永黃紙紅旗心已灰遙想閉門投轄飲鵾絃鐵撥響如雷

答仲屯田次韻

秋來不見渼陂岑千里詩盟忽重尋大木百圍生遠籟朱絃三歎有遺音清風卷地收殘暑素月流天掃積陰欲遣何人賡絕唱滿階桐葉候蟲吟

次韻王定國馬上見寄

昨夜霜風入裌衣曉來病骨更支離疏狂似我人誰

顧坎坷憐君志未移但恨不攜桃葉女尚能來趁菊花時南臺二謝人無繼直恐君詩勝義熙公自注二謝從宋武帝九日燕戲馬臺

次韻答頓起二首

挽袖推腰踏破紳舊聞攜手上天門相逢應覺聲容似欲話先驚歲月奔新學已皆從許子諸生猶自畏何蕃殿廬直宿真如夢猶記憂時策萬言公自注頓君及第時余為殿試編排官見其答策語頗直其後與子由試舉人西京既罷回登嵩山絕頂嘗見其唱酬詩十餘首頓詩中及之

十二東秦比漢京去年古寺共題名公自注去歲早見之於青州衰怪我遽如許苦學憐君太瘦生茆屋擬歸田二頃金丹終掃雪千莖何人更似蘇司業和遍新詩滿洛城

九日次韻王鞏

我醉欲眠君罷休已教從事到青州鬢霜饒我三千
丈詩律輸君一百籌聞道郎君閉東閣且容老子上
南樓相逢不用忙歸去明日黃花蝶也愁

次韻王鞏顏復同泛舟

沈郎清瘦不勝衣邊老便便帶十圍躞蹀身輕山上
走讙呼船重醉中歸舞腰似雪金釵落談辯如雲玉
麈揮憶在錢塘正如此回頭四十二年非

次韻張十七九日贈子由

干戈萬槊擁篦籬九日清樽豈復持官事無窮何日
了菊花有信不吾欺逍遙瓊館真堪羨取次塵纓未
可縻迨此暇時須痛飲他年長劍拄君頤

與舒教授張山人參寥師同遊戲馬臺書西軒
壁兼簡顏長道二首

古寺長廊院院行此軒偏慰旅人情楚山西斷如迎

客汴水南來故遶城路失玉鉤芳草合林亡白鶴古泉清淡遊何以娛庠老坐聽郊原琢磬聲

竹杖芒鞵取次行下臨官道見人情天寒菽粟猶栖畝日暮牛羊自入城沽酒獨教陶令醉題詩誰似皎公清更尋陋巷顏夫子乞取微言繼此聲

次韻王庭老和張十七九日見寄

霜葉投空雀啅籬上樓筋力强扶持對花把酒未甘老膏面染鬚聊自欺無事亦知君好飲多才終恐世相縻請看平日銜杯口會有金椎爲控頤

與參寥師行園中得黃耳蕈

遺化何時取衆香法筵齋鉢久凄涼寒蔬病甲誰能採落葉一作蕊空畦半已荒老楮忽生黃耳菌故人兼致白芽薑蕭然放箸東南去又入春山筍蕨鄉東南去者公此時將離徐州改官湖州也

十月十五日觀月黃樓席上次韻

中秋天氣未應殊不用紅紗照坐隅山下白雲橫匹素水中明月卧浮圖未成短棹還三峽已約輕舟泛五湖爲問登臨好風景明年還憶使君無

答王定民

開緘奕奕滿銀鉤書尾題詩語更遒八法舊聞宗長史五言今復擬蘇州筆蹤好在留臺寺旗隊遙知到石溝欲寄鼠須并繭紙請君章草賦黃樓

次韻王廷老退居見寄二首

浿藥浮花不辨春歸來方識歲寒人回頭自笑風波地閉眼聊觀夢幻身北牖已安陶令榻西風還避庾公塵更搔短髮東南望試問今誰裹舊巾

接果移花看補籬腰鐮手斧不妨持上都新事長先到老圃閑談未易欺釀酒閉門開社甕殺牛留客解

耕縻何時得見纖纖玉右手持杯左捧頤

次韻顏長道送傅倅

兩次黃花掃落英南山山寺遍題名宗成不獨依岑范魯衛終當似弟兄去歲雲濤浮汴泗與君泥土滿衣纓如今別酒休辭醉試聽雙洪落後聲

臺頭寺步月得人字

風吹河漢掃微雲步屧中庭月趁人浥浥爐香初泛夜離離花影欲搖春遙知金闕同清景想見氈車輾暗塵回首舊遊真是夢一簪華髮岸綸巾

臺頭寺送宋希元

相從傾蓋祇今年送別南臺便黯然入夜更歌金縷曲他時莫忘角弓篇公自注是日與宋君同栽松寺中三年不顧東鄰女公自注取宋玉二頃方求負郭田公自注取季子我欲歸休君未可茂先方議斸龍泉以上皆徐州詩

次韻曹九章見贈

蘧瑗知非我所師流年已似手中著正平獨肯從文舉中散何曾靳孝尼賣劍買牛真欲老得錢沽酒更無疑雞豚異日為同社應有千篇唱和詩

余去金山五年而復至次舊詩韻贈寶覺長老

誰能斗酒博西涼但愛齋廚法豉香舊事真成一夢過高譚為洗五年忙清風偶與山阿曲明月聊隨屋角方稽首願師憐久客直將歸路指茫茫

贈惠山僧惠表

行遍天涯意未闌將心到處遣人安山中老宿依然在案上楞嚴已不看欹枕落花餘幾片閉門新竹自千竿客來茶罷空無有盧橘楊梅尚帶酸

與秦太虛參寥會於松江而關彥長徐安中適

至分韻得風字二首

吳越溪山興未窮又扶衰病過垂虹浮天自古東南水送客今朝西北風絕境自忘千里遠勝遊難復五人同舟師不會留連意擬看斜陽萬頃紅

二子緣詩老更窮人間無處吐長虹平生睡足連江雨盡日舟橫擘岸風人笑年來三黜慣天教我輩一樽同知君欲寫長相憶更送銀盤尾鬣紅

次韻孫秘丞見贈

感槩清哀似變風老於詩句耳偏聰迂疏自笑成何事冷淡誰能用許功不怕飛蚊如立豹肯隨白鳥過垂虹吟哦相對忘三伏擬泛冰谿入雪宮公自注湖州多蚊蚋豹腳尤毒垂虹吳江亭名

僕去杭五年吳中仍歲大饑疫故人往往逝去聞湖上僧舍不復往日繁麗獨淨慈本長老學者益盛作詩寄之

來往三吳一夢閒故人半作冢纍然獨依舊社傳真
法要與遺民度厄年趙叟近聞還印綬竺翁先已反
林泉何時策杖相隨去任性逍遙不學禪

舶趠風並序

吳中梅雨既過颯然清風彌旬歲歲如此湖
人謂之舶趠風是時海舶初回云此風自海
上與舶俱至云爾

三旬已過黃梅雨萬里初來舶趠風幾處縈回度山
曲一時清駛滿江東驚飄蔌蔌先秋葉喚醒昏昏嗜
睡翁欲作蘭臺快哉賦卻嫌分別問雌雄

丁公默送蝤蛑

溪邊石蟹小如錢喜見輪囷赤玉盤半殼含黃宜點
酒兩螯斫雪勸加餐蠻珍海錯聞名久怪雨腥風入
坐寒堪笑吳興饞太守一詩換得兩尖團

泛舟城南會者五人分韻賦詩得人皆苦炎字

四首

城中樓閣似魚鱗不見清風起白蘋試選茗谿最深處仍呼我輩不羈人窺船野鶴何曾下見燭飛蟲空自馴遶郭荷花一千頃誰知六月下塘春

苦熱誠知處處皆何當危坐學心齋海鰲要共詩人把谿月行遭霧雨霾鄉國飄零斷書信弟兄流落隔江淮便應築室苕谿上荷葉遮門水浸階

紫蟹鱸魚賤如土得錢相付何曾數碧筩時作象鼻彎白酒微帶荷心苦運肘風生看斫鱠隨刀雪落驚飛縷不將醉語作新詩飽食應慚腹如鼓

橋上遊人夜未厭共依水檻立風檐樓中煮酒初嘗芡月夜新妝半出簾南郭清遊繼顏謝北窗歸臥等羲炎人間寒熱無窮事自笑疏頑不受痁

送袁忠觀錢道士歸杭竝引

通教自杭來見余於吳與問觀亦卒工乎曰未也杭人比歲不登莫有助我者余曰異哉杭人重施輕財是不獨爲福田今歲成矣其行乎及還作詩送之

先王舊德在民心著令稱忠上意深墮淚行看會祠下挂名爭欲刻碑陰淒涼破屋塵凝坐憔悴雲孫雪滿簪未信諸豪容郭解卻從他縣施千金

次韻答孫倖

十年身不到朝廷欲伴騷人賦落英但得低頭拜東野不辭中路伺淵明艤舟苕霅人安在卜築江淮計已成千里論交一言足與君蓋亦不須傾

重寄

施注陸務觀云孫少述一字正之與荆公交最厚故荆公別少述詩云應須一曲千回首西去論心有幾人又云子今去此來何時後有不可誰予規其相與如此及荆公嘗

國數年不復相聞人謂二公之交遂暌故公詩云云劉貢父亦有詩曰不負與公遂初賦更傳中散絶交書

凜然高節照時人不信微官解浼君蔣濟謂能來阮籍薛宣直欲吏朱雲好詩衝口誰能擇俗子疑人未遣聞乞取千篇看俊逸不將輕比鮑參軍自此以上皆杭州密州徐州潁州之詩

陳州與文郎逸民飲別攜手河隄上作此詩自此以下出獄至黃州後之詩

白酒無聲滑瀉油醉行隄上散吾愁春風料峭羊角轉河水渺綿瓜蔓流君已思歸夢巴峽我能未到說黃州此生聚散何窮已未忍悲歌學楚囚

萬松亭并引

麻城縣令張毅植萬松於道周以芘行者且以名其亭去未十年而松之存者十不及三

四傷來者之不嗣其意也故作是詩

十年栽種百年規好德無人助我儀（公自注古語云一年之計樹之以穀十年之計樹之以木百年之計樹之以德）縣令若同倉庚氏亭松應長子孫枝天公不救斧斤厄野火解憐冰雪姿爲問幾株能合抱殷勤記取角弓詩

張先生 竝序

先生不知其名黃州故縣人本姓盧爲張氏所養陽狂垢汚寒暑不能侵常獨行市中夜或不知其所止往來者欲見之多不能致余試使人召之欣然而來既至立而不言與之言不應使之坐不可但俯仰熟視傳舍堂中久之而去夫孰非傳舍者是中竟何有乎然余以有思惟心追躡其意蓋未得也

熟視空堂竟不言故應知我未天全肯來傳舍人皆

悅能致先生子亦賢脫屣不妨眠糞屋流澌爭看浴冰川士廉豈識桃椎妙妄意稱量未必然

初到黃州

自笑平生爲口忙老來事業轉荒唐長江繞郭知魚美好竹連山覺筍香逐客不妨員外置詩人例作水曹郎秖慙無補絲毫事尚費官家壓酒囊公自注檢校官例折支多得退酒袋

今年正月十四日與子由別於陳州五月子由復至齊安以詩迎之

驚塵急雪滿貂裘淚灑東風別宛邱又向邯鄲枕中見卻來雲夢澤南州暌離動作三年計牽挽當爲十日留早晚青山映黃髮相看萬事一時休

次韻答子由

平生弱羽寄衝風此去歸飛識所從好語似珠穿一

一妾心如膜退重重山僧有味甯知子瀧吏無言秖笑儂尚有讀書清淨業未容春睡敵千鍾

觀張師正所蓄辰砂

將軍結髮戰蠻溪篋有殊珍勝象犀漫說玉牀收一作分箭鏃何曾金鼎識刀圭近聞猛士收丹穴欲助君王鑄褭蹏多少空巖人不見自隨初日吐虹蜺

正月廿日往岐亭郡人潘古郭三人送余於女王城東禪莊院

十日春寒不出門不知江柳已搖村稍聞決決流冰谷盡放青青沒燒痕數畝荒園留我住半瓶濁酒待君溫去年今日關山路細雨梅花正斷魂

與潘三失解後飲酒

千金敝帚人誰買半額蛾眉世所妍顧我自爲都眊矂憐君欲鬬小嬋娟青雲豈易量他日黃菊猶應似

去年醉裏未知誰得喪滿江風月不論錢

姪安節遠來夜坐三首

南來不覺歲峥嶸坐撥寒灰聽雨聲遮眼文書元不讀伴人燈火亦多情嗟予潦倒無歸日今汝蹉跎已半生免使韓公悲世事白頭還對短燈檠

心衰面改瘦峥嶸相見惟應識舊聲永夜思家在何處殘年知汝遠來情畏人默坐成癡鈍問舊驚呼半死生夢斷酒醒山雨絕笑看飢鼠上燈檠

落第汝爲中酒味吟詩我作忍飢聲便思絕粒真無策苦說歸田似不情腰下牛閑方解佩洲中奴長足爲生大弨一弛何緣彀已覺翻翻不受檠

樂全先生生日以鐵拄杖爲壽二首

先生真是地行仙住世因循五百年每向銅人話疇昔故教鐵杖鬬清堅入懷冰雪生秋思倚壁蛟龍護

晝眠。遙想人天會方丈衆中驚倒野狐禪

二年相伴影隨身踏遍江湖草木春擿石舊痕猶作眼閉門高節欲生鱗畏塗自衞真無敵捷徑爭先卻累人遠寄知公不嫌重筆端猶自斡千鈞

送牛尾貍與徐使君公自注時大雪中

風卷飛花自入帷一樽遙想破愁眉泥深厭聽雞頭鶻公自注蜀人謂泥滑滑爲雞頭鶻酒淺欣嘗牛尾貍通印子魚猶帶骨披綿黃雀漫多脂殷勤送去煩纖手爲我磨刀削玉肌

太守徐君猷通守孟亨之皆不飲酒以詩戲之

孟嘉嗜酒桓溫笑徐邈狂言孟德疑公獨未知其趣爾臣今時復一中之風流自有高人識通介甯隨薄俗移二子有靈應撫掌吾孫還有獨醒時

雪後到乾明寺遂宿

門外山光馬亦驚堦前屐齒我先行風花誤入長春苑雲月長臨不夜城未許牛羊傷至潔且看鴉鵲弄新晴更須攜被留僧榻待聽摧檐瀉竹聲

三朵花 並引

房州通判許安世以書遺予言吾州有異人常戴三朵花莫知其姓名郡人因以三朵花名之能作詩皆神仙意又能自寫真人有得之者許欲以一本見惠乃爲作此詩

學道無成鬢已華不勞千劫漫烝砂歸來且看一宿覺未暇遠尋三朵花兩手欲遮瓶裏雀四條深怕井中蛇畫圖要識先生面試問房陵好事家

正月二十日與潘郭二生出郊尋春忽記去年是日同至女王城作詩乃和前韻

東風未肯入東門走馬還尋去歲村人似秋鴻來有

信事如春夢了無痕江城白酒三杯釅野老蒼顏一
笑溫已約年年爲此會故人不用賦招魂

是日偶至野人汪氏之居有神降於其室自稱
天人李全字德通善篆字用筆奇妙而字不
可識云天篆也與余言有所會者復作一篇

仍用前韻

酒渴思茶漫扣門那知竹裏是仙村已聞龜策通神
語更看龍蛇落筆痕色瘁形枯應笑屈道存目擊豈
非溫歸來獨掃空齋臥猶恐微言入夢魂

紅梅三首

怕愁貪睡獨開遲自恐冰容不入時故作小紅桃杏
色尚餘孤瘦雪霜姿寒心未肯隨春態酒暈無端上
玉肌詩老不知梅格在更看綠葉與青枝公自注石曼卿紅梅
詩云認桃無綠葉辨杏有青枝

雪裏開花卻是遲何如獨占上春時也知造物含深意故與施朱發妙姿細雨裛殘千顆淚輕寒瘦損一分肌不應便雜夭桃杏數（一作半）點微酸已著枝

幽人自恨探春遲不見檀心未吐時丹鼎奪胎那是寶（公自注朱砂紅銀謂之不奪胎色）玉人頳頰更多姿抱叢暗蘂初含子落蓋穠香已透肌乞與徐熙新畫樣竹間璀璨出斜枝

和子由寄題孔平仲草菴

逢人欲覓安心法到處先爲問道菴盧子不須從若士蓋公當自過曹參羨君美玉經三火笑我枯桑困八蠶猶喜大江同一味故應千里共清甘

次韻答元素（并引○施注元素姓楊氏名繪前有分贈元素桂花詩）

余舊有贈元素詞云天涯同是傷流落元素以爲今日之先兆且悲當時六客之存亡六

客蓋張子野劉孝叔陳令舉李公擇及元素

與余也

不愁春盡絮隨風但喜丹砂入頰紅流落天涯先有識摩挲金狄會當同蘧蘧未必都非夢了了方知不落空莫把存亡悲六客已將地獄等天宮

謝陳季常惠一揞巾

夫子胸中萬斛寬此巾何事小團團半升僅漉淵明酒二寸纔容子夏冠好戴黃金雙得勝休教（一本作可憐）白苎一生酸臂弓腰箭何時去直上陰山取可汗

贈黃山人

面頰照人元自赤眉毛覆眼見來烏倦遊不擬談玄牝示病何妨出白鬢絕學已生真定慧說禪長笑老浮屠東坡若肯三年住親與先生看藥爐

六年正月二十日復出東門仍用前韻

亂山環合水侵門身在淮南盡處村五畝漸成終老計九重新掃舊巢痕豈惟見慣沙鷗熟已覺來多釣石溫長與東風約今日暗香先返玉梅魂

食甘

一雙羅帕未分珍林下先嘗愧逐臣露葉霜枝翦寒碧金盤玉指破芳辛清泉蔌蔌先流齒香霧霏霏欲噀人坐客殷勤爲收子千奴一掬奈吾貧

二月三日點燈會客

江上東風浪接天苦寒無賴破春妍試開雲夢羔兒酒快瀉錢塘藥玉船蠶市光陰非故國馬行燈火記當年冷煙溼雪梅花在留得新春作上元

次韻子由種杉竹

吏散庭空雀噪檐閉門獨宿夜厭厭似聞梨棗同時種應與杉篁刻日添糟麴有神熏不醉雪霜誇健巧

相沾先生坐待清陰滿空使人人歎滯淹

徐君猷挽詞

一舸南遊遂不歸清江赤壁照人悲請看行路無從涕盡是當年不忍欺雪後獨來栽柳處竹閒行復採茶時山成散盡樽前客舊恨新愁只自知

別黃州

病瘡老馬不任鞿獨向君王得敝幃一作帷桑下豈無三宿戀樽前聊與一身歸長腰尚載撐腸米闊領先裁蓋癭衣投老江湖終不失來時莫遣故人非

圓通禪院先君舊遊也四月二十日晚至宿焉明日忌日也乃手寫寶積獻蓋頌佛一偈以贈長老僊公僊撫掌笑曰昨夜夢寶蓋飛下著處輒出火豈此祥乎乃作是詩院有蜀僧宣逮事訥長老識先君云

石耳峰頭路接天梵音堂下月臨泉此生初飮廬山水他日徒參雪竇禪袖裏寶書猶未出夢中飛蓋已先傳何人更識嵇中散野鶴昂藏未是仙

次韻道潛留別參寥從先生於黃期年先生移汝同遊廬山乃還於潛山中

爲聞廬岳多真隱故就高人斷宿攀已喜禪心無別話尚嫌剃髮有詩斑異同更莫疑三語物我終當付八還到後與君開北戶舉頭三十六青山

次韻葉致遠見贈

欲求五畝寄樵蘇所至遲留似賈胡信命不須歌去汝逢人未免歎猶吾人皆勸我杯中物我獨憐君屋上烏一伎文章何足道要言一作知摩詰是文殊

次韻杭人裴維甫

餘杭門外葉飛秋尚記居人挽去舟一別臨平山上塔五年雲夢澤南州淒涼楚些緣吾發邂逅秦淮爲

子留寄謝西湖舊風月故應時許夢中游

次韻段縫見贈

季子東周負郭田須知力穡是家傳細思種薤五十本大勝取禾三百廛若得與君連北巷故應終老志西川短衣匹馬非吾事只擬關門不問天

次韻滕元發許仲途秦少游

二公詩格老彌新醉後狂吟許野人坐看青邱吞澤芥自慚黃潦薦谿蘋兩邦旌纛光相照十畝鋤犂手自親何似秦郎妙天下明年獻頌請東巡

次韻蔣穎叔 蔣穎叔名之奇宜興人

月明驚鵲未安枝一棹飄然影自隨江上秋風無限浪枕中春夢不多時瓊林花草聞前語罨畫谿山指後期公自注蔣詩記及第時瓊林苑宴坐中所言且約同卜居陽羨豈敢便爲雞黍約玉堂金殿要論思

王仲父哀辭並引

仁宗朝以制策登科者十五人軾忝冒時尚有富彥國張安道錢子飛吳長文夏公酉陳令舉錢醇老王中父并軾與家弟轍九人存焉其後十有五年哭中父於密州作詩弔之則子飛長文令舉歿矣又八年軾自黃州量移汝海與中父之子沇之相遇於京口相持而泣則十五人者獨三人存耳蓋安道及軾與家弟而已嗚呼悲夫乃復次前韻以遺沇之時沇之亦以辠謫家於錢塘云

生芻不獨比前人束藁端能廢謝鯤子達想無身後念吾衰不復夢中論已知毅豹爲均死未識荊凡定孰存堪笑東坡癡鈍老區區猶記刻舟痕

十八家詩鈔卷二十一

十八家詩鈔卷二十二目錄

蘇東坡七律下二百八十二首

玉津園

次韻王仲至喜雪御筵

次天字韻答岑巖起

次韻蔣穎叔扈從景靈宮

程德孺惠海中柏石兼辱佳篇輒復和謝

次秦少游韻贈姚安世

次韻穎叔觀燈

次韻王晉卿奉詔押高麗燕射

呂與叔學士挽詞

表弟程德孺生日

次韻曾仲錫承議食蜜漬生荔支

再和曾仲錫荔支

次韻滕大夫雪浪石

次韻滕大夫沈香石

吳子野絕粒不睡過作詩戲之芝上人陸道士
皆和予亦次其韻
次韻惠循二守相會
又次韻二守許過新居
又次韻二守同訪新居
循守臨行出小鬟復用前韻
客俎經旬無肉又子由勸不讀書蕭然清坐乃
無一事
次韻子由三首
十二月十七日夜坐達曉寄子由
上元夜過赴儋守召獨坐有感
海南人不作寒食而以上巳上冢予攜酒尋諸
生皆出矣獨老符秀才在因與飲至醉
庚辰歲人日作時聞黃河已復北流老臣舊數

持乳香嬰兒示予覺而思之蓋南華賜物也
豈復與伯固相見於此耶今得來書知已在
南華相待數日矣感歎不已故先寄此詩
次韻韶守狄大夫見贈二首
次韻韶倅李通直二首
李伯時畫其弟亮功舊隱宅圖
過嶺二首
留題顯聖寺
贈虔州術士謝晉臣
王子直去歲送子由北歸往返百舍今又相逢
贛上戲用舊韻作詩留別
次韻江晦叔兼呈器之
寒食與器之遊南塔寺寂照堂
永和清都觀道士童顔鬒髮問其年生於丙子

蓋與予同求此詩

贈詩僧道通

予昔作壺中九華詩其後八年復過湖口則石已爲好事者取去乃和前韻以自解云

次舊韻贈清涼長老

予以事繫御史臺獄獄吏稍見侵自度不能堪死獄中不得一別子由故作二詩授獄卒梁成以遺子由

十二月二十八日蒙恩責授檢校水部員外郎黃州團練副使復用前韻二首

十二月二十日恭聞太皇太后升遐以軾罪人不許承服欲哭則不敢欲泣則不可故作挽

詞二章

趙成伯家有麗人僕忝鄉人不肯開樽徒吟春

歇白塔鋪

西蜀楊耆二十年前見之甚貧今見之亦貧頃宿長安驛舍聞泣者甚悲問之乃昔富而今貧者乃作一詩以贈楊君

贈人

觀湖二首

寄高令

寄子由

詩送交代仲達少卿

次韻馬元賓

第五橋

次韻完夫再贈之什某已卜居毗陵與完夫有廬里之約云

和林子中待制

九日袁公濟有詩次其韻
和吳安持使者迎駕
鹿鳴宴
次韻張甥棠美晝眠
真興寺閣禱雨
惠州近城數小山類蜀道春與進士許毅野步
會意處飲之且醉作詩以記示西湖諸友
送蜀僧去塵
曾元恕遊龍山呂穆仲不至
黃河
壬寅重九不預會獨遊普門寺僧閣有懷子由
小飲公瑾舟中
和子由次王鞏韻如囊之句可爲一噱
儋耳

答李端叔
立春日病中邀安國仍請率禹功同來僕雖不能飲當請成伯主會某當杖策倚几於其閒觀諸公醉笑以撥滯悶也二首
和參寥見寄
東園
奉和陳賢良
秋興三首
夜直祕閣呈王敏甫
次韻參寥寄少游
謝曹子方惠新茶
題潭州徐氏春暉亭
贈仲勉子文
講武臺南有感

十八家詩鈔卷二十二

湘鄉曾國藩纂　合肥李鴻章審訂
東湖王定安校

蘇東坡七律下二百八十二首

和王斿二首

異時長怪謫仙人舌有風雷筆有神聞道騎鯨遊汗漫憶嘗捫蝨話悲辛氣吞餘子無全目詩到諸郎尚絕倫白髮故交空掩卷淚河東注問蒼旻

嫋嫋春風送度關娟娟霜月照生還遲留歲暮江淮上來往君家伯仲間未厭冰灘吼新洛且看松雪媚南山野梅官柳何時動飛蓋長橋待子閑

次韻張琬

施注是時有兩張琬一韓城人父昇樞密使歸老嵩少元祐初琬自齊州倅求便親養兩易衞尉丞以才擢知秀州崇甯閔爲廣東轉運副使移京東西路又一鄱陽人治平二年登第詩中有臨淮自古多名士之句臨淮乃泗邑疑自有一張琬而二人者皆非也姑載於此以俟知者正之

新洛霜餘兩岸隆塵埃舉袂識西風臨淮自古多名士樽酒相連一作從樂寓公半日偷閑歌嘯裏百年暗盡往來中知君不向窮愁老尚有清詩氣吐虹

贈梁道人

採藥壺公處處過笑看金狄手摩挲老人大父識君久造物小兒如子何寒盡山中無歷日雨斜江上一漁蓑神仙護短多官府未厭人間醉踏歌

泗州南山監倉蕭淵東軒二首

偶隨樵父採都梁公自注南山名都梁山出都梁香故也竹屋松扉試乞漿但見東軒堪隱几不知公子是監倉谿中亂石牆垣古山下寒蔬七箸香我是江南舊遊客挂冠知有老蕭郎

北望飛塵苦晝霾洗心聊復寄東齋珍禽聲好猶思越野橘香清未過淮有信微泉來遠嶺無心明月轉

空階。一官倉庾真堪老坐看松根落斷崖

泗州除夜雪中黃師是送酥酒二首

暮雪紛紛投碎米春流活活一作咽咽走黃沙舊遊似夢徒能說還一作逐客如僧豈有家冷硯欲書先自凍孤燈何事獨成一作生花使君半夜分酥酒驚起妻孥一笑譁

關右土酥黃似酒揚州雲液卻如酥欲從元放覓拄杖忽有麴生來坐隅對雪不堪令飽暖隔船應已厭歌呼明朝積玉深三尺高枕牀頭尚一壺

章錢二君見和復次韻答之

黃昏已作風翻絮半夜猶驚月在沙照沐玉峯明佛剎隔淮雲海暗人家來年有信迎三白薝蔔無香散六花欲喚阿咸來守歲林烏櫪馬鬬讙一作喧譁

分無纖手裁春勝更有新詩點蜀酥醉裏冰髭失纓

絡夢回布被起廉隅君應旅睫寒生暈我亦飢腸夜自呼明日南山春色動不知誰佩紫微壺

書劉君射堂集本云劉乙新作射堂公自注乙父嘗知眉州

蘭玉當年刺史家雙韝馳射笑穿花而今白首閑聽馬只有清樽照畫虵寂寂小軒蛛網遍陰陰垂柳鴈行斜手柔弓燥春風後置酒看君中戟牙

留題蘭皋亭

雪夜東風未肯和叩門遷客夜經過不知舊竹生新筍但見清伊換濁河無復往來乘下澤聊同笑語說東坡明年我亦閑三徑寂寂兼無雀可羅

和人見贈

只寫東坡不著名此身已是一長亭壯心無復春流起衰鬢從教病葉零知有雪兒供筆硯應嗤竈婦洗盆缾回來索酒公應厭京口新傳作客經

和田仲宣見贈

頭白江南醉司馬寬心時復喚殷兄寒潮不應淮無
信客路相隨月有情未許低頭拜東野徒言共飲勝
公榮好詩惡韻那容和刻燭應須便置觥

記夢並序

樂全先生夢人以詩三篇示之字皆旁行而
不可識旁有人道衣古貌爲讀其中一篇云
人事且常在留質悟圓閉凡四句覺而忘其
二以告其客蘇軾軾以私意廣之云

圓閉有物物閉空豈有圓空入井中不信天形真箇
樣故應眼力自先窮連環易一作已解如神手萬竅猶
號未濟風稽首問公公大笑本來誰礙更求通

與歐育等六人飲酒

忽驚春色二分空且看樽前半丈紅苦戰知君便白

羽倦遊憐我憶黃封年來齒髮老未老此去江淮東
復東記取六人相會處引杯看劍坐生風

和仲伯達

歸山歲月苦無多尚有丹砂奈老何繡谷只應花自
染鏡潭長與月相磨君方傍海看初日我已橫江擊
素波人不我知斯我貴不須雷雨起龍梭

送竹几與謝秀才

平生長物擾天真老去歸田只此身留我同行木上
座贈君無語竹夫人但隨秋扇年年在莫鬬瓊枝夜
夜新堪笑荒唐玉川子莫年家口若為親

次韻許遵

蒜山渡口挽歸艎朱雀橋邊看道裝供帳已應煩百
兩擊鮮無久溷諸郎問禪時到長干寺載酒閑過綠
野堂此味只憂兒輩覺逢人休道北窗涼

送穆越州穆名珦字東美

江海相忘十五年。羨公松柏蔚蒼顏。四朝耆舊冰霜後。兩郡風流水石閒。舊政猶傳蜀父老。先聲已振越溪山。樽前俱是蓬萊守。莫放高樓雪月閒。

贈葛葦

竹椽茅屋半摧傾。肯向蜂窠寄此生。長恐波頭卷室去。欲將船尾載君行。小詩試擬孟東野。大草閑臨張伯英。消遣百年須底物。故應憐我不歸耕。

次韻送徐大正公自注嘗與余約卜鄰於江淮閒將赴登州同舟至山陽以詩見送留別

別時酒醆照燈花。知我歸期漸有涯。去歲渡江萍似斗。今年並海棗如瓜。多情明月邀君共。無價青山爲我賒。千首新詩一竿竹。不應空釣漢江槎。

次韻徐積

殺雞未肯邀季路裹飯先須問子來但見中年隱槐市豈知平日賦蘭臺海山入夢方東去風雨留人得暫陪若說峨眉眼前事故鄉何處不堪回

過密州次韻趙明叔喬禹功

先生依舊廣文貧老守時遭醉尉嗔汝輩何曾堪一笑吾儕相對復三人黃雞唱曉淒涼曲白髮驚秋見在身一別膠西舊朋友扁舟歸釣五湖春

登州孫氏松堂

萬松誰種已摐摐半嶺蒼雲映此邦露重珠瓔蒙翠蓋風來石齒碎寒江浮空雨竹橫南閣倒景扶桑射北窗坐待夕烽傳海嶠重城歸去踏逢逢

次韻趙令鑠

東坡已報六年穰惆悵紅塵白首郎枕上谿山猶可見門前冠蓋已相望故人年少真瓊樹落筆風生戰

堵牆端向甕間尋吏部老來專以醉爲鄉

次韻王定國得潁倅二首

仙風入骨已淩雲秋水爲文不受塵一噫固應號地籟餘波猶足挂天紳買牛但自捐三尺射鼠何勞挽六鈞莫向百花潭上去醉翁不見與誰親

滔滔四海我知津每媿先生植杖耘自少多言晚聞道從今閉口不論文灩翻白獸樽中酒歸煑青泥坊底芹要識老僧無盡處牀前牛蟻不曾聞

次韻王震 自此以上皆黃州常州居住暨自登州將還朝之詩

攜文過我治平閒霧豹當時始一班聞道吹噓借餘論故教流落得生還清篇帶月來霜夜妙語先春發病顏詩酒暮年猶足用竹林高會許時攀

次韻周邠 自此以下入朝爲起居舍人翰林學士以後之詩

南遷欲舉力田科三徑初成樂事多豈意殘年踏朝

市有如疲馬畏陵坡羨君同甲心方壯笑我無聊鬢已皤何日西湖尋舊賞淡煙疏雨暗漁蓑

次韻胡完夫（完夫名宗愈晉陵人副樞宿之姪）

青衫別淚尚斕斑十載江湖困抱關老去上書還北闕朝來拄笏看西山相從杯酒形骸外笑說平生醉夢閑萬事會須咨伯始白頭容我占清閑

次韻錢穆父

老入明光踏舊班染須那復唱陽關故人飛上金鑾殿病（集作遷）客來從飯裹山大筆推君西漢手一言置我老劉（集作二劉）閑（公自注公行輒告詞引董仲舒劉向事）便須置酒呼同舍看賜飛龍出帝閑

次韻穆父舍人再贈之什

詔語春溫昨夜班屋頭鳴鳩便關關遊仙夢覺月臨幌賀雨詩成雲滿山憐我白頭來仗下看君黃氣發

眉閒鳳池故事同機務火急開樽及尚閑

再次韻答完夫穆父 公自注二公自言先世同在西掖

掖垣老吏一作史識郎君並轡天街兩絕塵汗血固應生有種夜光那復困無因豈知西省深嚴地也著東坡病瘦身免使謫仙明月下狂歌對影只三人

次韻答滿思復

自甘茅屋老三間豈意彤廷綴兩班紙落雲煙供醉後詩成珠玉看朝還誰言載酒山無賀記取嘑烏巷有顏但恐跛牂隨赤驥青雲飛步不容攀

和人假山

上黨攙天碧玉環絕河千里抱商顏試觀煙雨三峯外都在靈仙一掌閒造物何如童子戲寫真聊發使君閑何當挈取西征去畫作圍林六曲山

次韻子由送千之姪

江上松柟深復深。滿山風雨作龍吟。年來老幹都生
菌。下有孫枝欲出林。白髮未成歸隱計。青山儻有濟
時心。閑門試草三千牘。仄席求人少似今。

次韻錢舍人病起

牀下龜寒且耐支。杯中蛇去未應衰。殿門明日逢王
傅。櫑具爭先看不疑。坐覺香煙攜袖少。獨愁花影上
廊遲。何妨一笑千痾散。絕勝倉公飲上池。

次韻朱光庭初夏

朝罷人人識鄭崇。直聲如在履聲中。臥聞疏響梧桐
雨。獨詠微涼殿閣風。諫苑君方續承業。醉鄉我欲訪
無功。陶然一枕誰呼覺。牛蟻初除病後聰。

送賈訥倅眉二首

當年入蜀歎空回。未見峩眉肯再來。童子遙知頌襦
袴。使君先已洗樽罍。(公自注李大夫眉之賢守也)鹿頭北望應逢

鴈人日東郊尚有梅公自注人日出東郊渡江游蟇頤山眉之故事也我老
不堪歌樂職後生試覓子淵才
老翁山下玉淵回手植青松三萬栽父老得書知我
在蓬蒿親手爲君開試看一一龍蛇舞更聽蕭蕭風
雨哀便與甘棠同不翦蒼髯白甲待歸來公自注先君葬於蟇頤山之東二十餘里地名老翁泉君許爲一往感歎之深故及之

次韻李修孺留別二首

十年流落敢言歸魚鳥江湖只自知豈意青天掃雲
霧盡呼黃髮寄安危風流吾子真前輩人物他年記
一時我欲折繻留此老緇衣誰作好賢詩
此生別袖幾回麾夢裏黃州空自疑何處青山不堪
老當年明月巧相隨窮通等是思家意衰病難堪送
客悲好去江魚煑江水劍南歸路有姜詩

和周正孺墜馬傷手

平生學道已神完豈復兒童私自憐醉墜何曾傷內守色憂當爲念先傳書空漸覺新詩健把蟹行看樂事全賣卻老聽爲酒直大呼鄉友作新年

潘推官母李氏挽辭

南浦淒涼老逐臣東坡還往盡幽人杯柈（一作盤）慣作陶家客絃誦嘗叨孟母鄰尚有升堂他日約豈知負土一阡新今年我欲江湖去暮雨連山宰樹春

玉堂栽花周正孺有詩次韻

故山桃李半荒榛麤報君恩便乞身竹簟暑風招我老玉堂花蘂爲誰春纖纖翠蔓詩催發皎皎霜葩髮鬭新只有來禽青李帖他年留與學書人

杜介送魚

新年已賜黃封酒舊老仍分頳尾魚陋巷關門負朝日小園除雪得春蔬病妻起斫銀絲鱠稚子讙尋尺

素書醉眼朦朧覓歸路松江煙雨晚疏疏

送杜介歸揚州

再入都門萬事空閑看清洛漾東風當年帷幄幾人在回首觚稜一夢中採藥會須逢薊子問禪何處識龐翁歸來鄰里應迎笑新長淮南舊桂叢

次韻張昌言給事省宿

馮顛久已歛殘雪戎眼何曾眩落暉朔野按行猶爵躍東臺瞑坐覺烏飛（公自注道家有烏飛入兎宮之說）謾誇年少容吾在（公自注樂天詩云猶有誇張少年處笑呼張丈喚殷兄）若鬬樽前舉世稀待向嵩陽求水竹一犂煙雨伴公歸

送錢承制赴廣西路分都監

當年我作表忠碑坐覺江山氣未衰舞鳳尚從天目下收駒時有渥洼姿踞牀到處堪吹笛橫槊何人解賦詩知是丹霞燒佛手先聲應已懾羣夷

次韻曾子開從駕二首

槐街綠暗雨初勻瑞霧香風滿後塵清廟幸同觀濟濟豐年喜復接陳陳雍容已饜天庖賜俯伏初嘗貢茗新輦路歸來聞好語共驚堯額類高辛

入仗魂驚愧草萊一聲清蹕九門開暉暉日傍金輿轉習習風從玉宇來流落生還真一芥周章危立近三槐（公自注學士班近執政）道旁儻有山中舊問我收身蚤晚回

再和

眼花錯莫鬢霜勻病馬羸驂只自塵奉引拾遺叨侍從思歸少傅羨朱陳衰年壯觀空驚目嶮韻清詩苦鬬新最後數篇君莫厭擣殘椒桂有餘辛

憶觀滄海過東萊日照三山迤邐開桂觀飛樓凌霧起仙幢寶蓋拂天來不聞宮漏催晨箭但覺檐陰轉

古槐供奉清班非老處會稽何日乞方回公自注時方闕會稽守

次韻貢父省上

密雲今日破郊西疏雨脩脩未作泥要及清閑同笑語行看衰病費扶攜花前白酒傾雲液戶外青驄響月題不用臨風苦揮淚君家自與竹林齊公自注貢父詩中有不及與其兄原甫同時之歎然其兄子仲馮今爲起居舍人

再和

當年曹守我膠西共厭餔糟與汩泥自古赤丸成習俗因公黃犢免提攜生還各有青山興病起猶能小字題莫怪歌呼數相和曾將獄市寄全齊公自注貢父爲曹州盜賊皆奔鄰境嘗有詩云從教晉盜稍奔秦

和張昌言喜雨

二聖憂勤忘寢食百神奔走會風雲禁林夜直鳴江

瀨清洛朝回起縠紋夢覺酒醒聞好語帳空尊冷發餘薰秋來定有豐年喜賸作新詩準備君

次韻劉貢父西省種竹

要知西掖承平事記取劉郎種竹初舊德終呼名字外後生誰續笑談餘公自注昔李公擇種竹館中戲語同舍後人指此竹必云李文正手植貢父笑曰文正不獨繫筆亦知種竹邪時有筆工李文正成陰障日行當見取笋供庖計已疏白首林間望天上平安時報故人書

次韻劉貢父獨直省中

明窗畏日曉先曛高柳鳴蜩午更喧筆老新詩疑有物心空客疾本無根隔牆我亦眠風榻上馬君先瑣月軒共喜蚤歸三伏近解衣槃礴亦君恩

次韻張昌言喜雨

千里黃流失故居年來赤地到青徐遙聞爭誦十行

詔無異親巡六尺輿精貫天人一言足雲輿嶽瀆萬
靈趨愛君誰似元和老賀兩詩成即諫書

次韻孔常父送張天覺河東提刑

送君應典鸘鷞裘憑仗千鍾洗別愁脫帽風流餘長
史公自注君喜草書而不工故以此爲戲埋輪家世本留侯公自注張綱子房七世孫也犍爲武陽人墓在今彭山君豈其後耶子河駿馬方爭出公自注麟府馬出子河泌昭義疲兵得少休公自注唐福昭義步兵蓋澤潞弓箭手定向秋山
得佳句故關黃葉滿行舟

次韻王定國倅揚州

此身江海寄天遊一落紅塵不易收未許相如還蜀
道空教何遜在揚州又驚白酒催黃菊尚喜朱顏映
黑頭火急著書千古事虞卿應未厭窮愁

次韻張舜民自御史出倅虢州留別

玉堂給札氣如雲初起湘纍復佩銀樊口淒涼已陳

迹公自注昔與張同遊武昌樊口來詩中及之班心突兀見長身公自注臺史謂御史立處為班心江湖前日真成夢鄠杜他年恐卜鄰此去若容陪坐嘯故應客主盡詩人

次韻劉貢父所和韓康公憶持國二首

夢覺真同鹿覆蕉相君脫屣自參寥顏紅底事髮先白室邇何妨人自遙狂似次公應未怪醉推東閣不須招援毫欲作衣冠表盛事終當繼八蕭

閉戶端居念獨深小軒朱檻憶同臨燎鬢誰識英公意黃髮聊知子建心已託西風傳絕唱且邀明月伴孤斟他時內集應呼我下客先拚醉墮簪

次韻劉貢父叔姪扈駕

玉堂孤坐不勝清長羨枚鄒接長卿只許隔牆聞置酒時因議事得聯名機雲似我多遺俗廣受如君不治生共託屬車塵土後鈞天一餉夢中榮

次韻韓康公置酒見留

庭下黃花一醉同重來雪巘已穹窿不應屢費譏安石但使無多酌次公鍾乳金釵人似玉鶡紘鐵撥坐生風少卿尚有車茵在頗覺寬容勝弱翁

次韻王都尉偶得耳疾

君知六鑿皆爲贅我有一言能決疣病客巧聞牀下蟻癡人强覷棘端猴聰明不在根塵裏藥餌空爲僕婢憂但試周郎看聾否曲音小誤已回頭

和宋肇遊西池次韻

漢皇慈儉不開邊尚教千艘下瀨船貪看艨艟飛鬭檻不知贔屭舞鈞天故山西望三千里往事回思二十年自笑區區足官府不如公子散神仙

僕領貢舉未出錢穆父雪中作詩見及三月二十日同遊金明池始見其詩次韻爲答

雪知我出已全消花待君來未敢飄行避門生時小飲忽逢騎史有嘉招魚龍絶技來千里斑白遺民數四朝知有黃公酒爐在蒼顏華髮自相遥

次韻子由五月一日同轉對

施注元祐三年五月一日公以翰林學士兼侍讀文定以戶部侍郎同對先是公發策試廖正一館職問王莽曹操事侍御史王覿奏論以爲非是韓川趙挺之亦攻之公屢疏乞去故詩有憂患半生歸休上策云云結用趙堯事言事官中必有所指也

蹌奉新書笏在腰談王正欲伴耕樵晉陽豈爲一門事宣政聊同五月朝憂患半生聯出處歸休上策蚤招要後生可畏吾衰矣刀筆從來錯料堯

次韻許沖元送成都高士敦鈐轄

栘中老監本虛名懶作燕山萬里行坐看飛鴻迎使節歸來駿馬換傾城高才本不緣勳閥餘力還思治蜀兵西望雪山烽火盡不妨樽酒寄平生

臥病逾月請郡不許復直玉堂十一月一日鎖院是日苦寒詔賜官燭法酒書呈同院

微霰疎疎點玉堂詞頭夜下攬衣忙分光玉燭星辰爛拜賜宮壺雨露香醉眼有花書字大老人無睡漏聲長何時卻逐桑榆暖社酒寒燈樂未央

次韻王定國會飲清虛堂

何遜揚州又幾年官梅詩興故依然何人可復聞季孟與子不妨中聖賢卜築君方淮上郡歸心我已劍南川此身正似蠶將老更盡春光一再眠

夜直玉堂攜李之儀端叔詩百餘首讀至夜半書其後

玉堂清冷不成眠伴直難呼孟浩然暫借好詩消永夜每逢佳處輒參禪愁侵硯滴初含凍喜入燈花欲鬬妍寄語君家小兒子他時此句一時編

范景仁和賜酒燭詩復次韻謝之（公自注時公方進新樂）

笙磬分均上下堂游魚舞獸自奔忙朱絃初識孤桐韻（公自注舊樂金石聲高而絲聲微今樂金石與絲聲皆著）玉琯猶聞秬黍香（公自注舊法以尺生律今以黍定律以律生尺）萬事今方咨伯始一斑我亦媿真長此生會見三雍就無復遼遼歎未央

次韻劉貢父春日賜幡勝

寬詔隨春出內朝三軍喜氣挾狐貂鏤銀錯落翻斜月翦綵繽紛舞慶霄臘雪强飛纔到地曉風偷轉不驚條脫冠徑醉應歸臥便腹從人笑老韶（公自注前一日微雪是日暮次賜酒）

再和

與君流落偶還朝過眼紛綸七葉貂莫笑華顛飄彩勝幾人黃壤隔青霄行吟未許窮騷雅坐嘯猶能出教條記取明年江上郡五更春枕夢春韶

葉公秉王仲至見和次韻答之

袗絺方暑亦堪朝歲晚淒風憶皁貂共喜鵷鸞歸禁籞心知日月在重霄君如老驥初遭絡我似枯桑不受條强鑷霜須簪綵勝蒼顏得酒尚能韶

再和

衰遲何幸得同朝温勁如君合珥貂誰惜異材蒙徑寸自慙枯枿借凌霄光風泛泛初浮水紅糝離離欲綴條後日一樽何處共奉常端冕作咸韶

王鄭州挽詞

羨君華髮起琳宮右輔初還鼓角雄千里農桑歌子產一時冠蓋慕蕭嵩那知聚散春糧外便有悲歡過隙中京兆同僚幾人在猶思對案筆生風公自注吾爲開封府幕與子難同廳

送呂昌朝知嘉州

不羨三刀夢蜀都聊將八詠寄東吳臥看古佛淩雲
閣敕賜詩人明月湖得句會應緣竹鶴思歸寧復爲
蓴鱸橫空好在修眉色頭白猶堪乞左符

次韻黃魯直寄題郭明父府推潁州西齋二首

樹頭啄木常疑客客去而瞋定不然脫轄已應生井
沫解衣聊復起庖煙平生詩酒真相汙此去文書恐
獨賢蚤晚西湖暎華髮小舟翻動水中天
寂寞東京月旦州德星無復綴珠旒莫嗟平輿去聲空
神物尚有西齋接勝流春夢屢尋湖十頃家書新報
橘千頭雪堂亦有思歸曲爲謝平生馬少游

次韻秦少章和錢蒙仲

碧畦黃隴稻如京歲美人和易得情鑑裏移舟天外
思地中鳴角古來聲山圍故國城空在潮打西陵意
未平二子有如雙白鷺隔江相照雪衣明

次韻錢越州施注錢越州穆父先賦羣字韻詩東坡次其韻錢又和寄坡復次其韻先是東坡起流落中掌二制勇於報國不爲顧慮且復疏於言語是時衆賢雖聚本朝而已有洛黨川黨朔黨之語言路多以謗訕誣之二聖察其忠盡不以爲辠諸公無以洩其怒凡所薦引如黃魯直歐陽叔弼王定國秦少游皆被彈劾無得免者公乃屢章乞去歷辯謗傷元祐四年三月除龍圖閣學士知杭州而穆父時以京尹坐奏獄空事守越正言劉器之謂責之太薄錢與公以氣類厚善故此詩末章云年來齒頰生荊棘習氣因君又一言後又和云欲息波瀾須引去吾儕豈獨坐多言意皆有在也

髯尹超然定逸羣南遊端爲訪雲門讁仙歸侍玉皇案老鶴來乘刺史轓已覺簿書哀老子故知籩豆有司存年來齒頰生荊棘習氣因君又一言以上皆官翰林學士之詩以下又出守杭州

去杭州十五年復遊西湖用歐陽察判韻

我識南屏金鯽魚重來拊檻散齋餘還從舊社得心印似省前身覓手書葑合平湖久蕪沒人經豐歲尚

凋疏誰憐寂寞高常侍老去狂歌憶孟諸

送子由使契丹

雲海相望寄此身那因遠適更沾巾不辭驛騎淩風雪要使天驕識鳳麟沙漠回看清禁月湖山應夢武林春單于若問君家世莫道中朝第一人

次韻答劉景文左藏

我老詩壇仆鼓旗借君佳句發良時但空賀監杯中物莫示孫郎帳下兒夜燭催詩金燼落秋芳壓帽露華滋故應好語如爬癢有味難名只自知

坐上復借韻送岢嵐軍通判葉朝奉

雲間蹋白看纏旗莫忘西湖把酒時夢裏吳山連越嶠樽前羌婦雜胡兒夕烽過後人初醉春鴈來時雪未滋爲問從軍真樂否書來纔遣故人知

始於文登海上得白石數升如芡實可作枕聞

梅文嗜石故以遺其子子明學士子明有詩

次其韻

海隅荒怪有誰珍零落珊瑚泣季倫法供坐令微物重色難歸致孝心純只疑薏苡來交趾未信蠙珠出泗濱願子聚爲江夏枕不勞揮扇自甯親

次韻錢越州見寄

莫將牛弩射羊羣臥治何妨畫掩門稍喜使君無疾病時因送客見車轓搔頭白髮秋無數閉眼丹田夜自存欲息波瀾須引去吾儕豈獨坐多言

次韻劉景文周次元寒食同遊西湖

絮飛春減不成年老境同乘下瀨船藍尾忽驚新火後遨頭要及浣花前（公自注成都太守自正月二日出遊謂之遨頭至四月十九日浣花乃止）山西老將詩無敵洛下書生語更妍共向北山尋二士畫橈鼉鼓聒清眠

新茶送簽判程朝奉以餽其母有詩相謝次韻答之

縫衣付與溧陽尉舍肉懷歸潁谷封聞道平反供一笑會須難老待千鍾火前試焙分新胯雪裏頭綱輟賜龍從此升堂是兄弟一甌林下記相逢

次韻送張山人歸彭城

羨君飄蕩一虛舟來作錢塘十日遊水洗禪心都眼淨山供詩筆總眉愁雪中乘興真聊爾春盡思歸卻罷休何日五湖從范蠡種魚萬尾橘千頭

次韻林子中王彥祖唱酬

蚤知身寄一漚中晚節尤驚落木風（公自注近聞莘老公擇皆逝故有此句）昨夢已論三世事歲寒猶喜五人同（公自注余與子中彥祖子敦完夫同試舉人景德寺今皆健）雨餘北固山圍坐春盡西湖水映空差勝四明狂監在更將老眼犯塵紅

壽星院寒碧軒

清風肅肅搖窗扉窗前修竹一尺圍紛紛蒼雪落夏簟冉冉綠霧霑人衣日高山蟬抱葉響人靜翠羽穿林飛道人絶粒對寒碧爲問鶴骨何緣肥

贈善相程傑

心傳異學不謀身自要清時閱搢紳火色上騰雖有數急流勇退豈無人書中苦覓原非訣醉裏微言卻近真我似樂天君記取華顛賞遍洛陽春

次韻林子中蒜山亭見寄

奇逸多聞老敬通何人慷慨解憐翁十年簿領催衰白一笑江山發醉紅聞道賦詩臨北固未應舉扇向西風叩頭莫喚無家客歸掃岷峨一畝宮

再和並答楊次公

晛盧海上妙高峯二老遙知說此翁聊復𦫬舟尋紫

翠不妨持節散陳紅高懷卻有雲門與好句真傳雪
寶風唱我三人無譜曲馮夷亦合舞幽宮

次韻曹輔寄壑源試焙新芽

仙山靈草（一作雨）溼行雲洗遍香肌粉未勻明月來投玉川子清風吹破武林春要知玉（一作冰）雪心腸好不是膏油首面新戲作小詩君勿（一作一）笑從來佳茗似佳人

次韻袁公濟謝芎椒

燥吻時時著酒濡要令臥疾致文殊河魚潰腹空號楚汗水流骹始信吳（公自注吳真君服椒法云半年腳心汗如水）自笑方求三歲艾不如長作獨眠夫羡君清瘦真仙骨更助飄飄鶴背軀

次韻楊次公惠徑山龍井水（公自注龍井水洗病眼有效）

漏盡雞號厭夜行年來小器溢缾罍棄官縱未歸東

海罷郡猶堪作水衡幻色將空眼先暗勝遊無礙腳殊輕空煩遠致龍淵水甯復臨池似伯英

次韻林子中見寄

飄零洛社數遺民詩酒當年困惡賓元亮本無適俗韻孝章要是有名人蒜山小隱雖爲客江水西來亦帶岷卷卻西湖千頃葑笑看魚尾更莘莘

次韻蘇伯固主簿重九

雲閒朱袖拂雲和知（一作應）是長松挂女蘿髻重不嫌黃菊滿手香新喜綠橙搓墨翻衫袖吾方醉紙落雲煙子患多只有黃雞與白日玲瓏應識使君歌

送李陶通直赴清谿

忠文文正二大老（公自注司馬溫公范蜀公君之師友溫公謚文正蜀公謚忠文）蘇李廣平三舍人（公自注蘇子容宋次道與先公才元熙甯中封還李定詞頭天下謂之三舍人）喜見通家賢子弟自言得邑少風塵從來勢利關

心薄此去谿山琢句新冐向西湖留數月錢塘初識
小麒麟

聞錢道士與越守穆父飲酒送一壺

龍根爲脯玉爲漿下界寒醅亦漫嘗一紙鵝經逸少
醉他年鵬賦謫仙狂金丹自足留衰鬢苦淚何須點
別腸吳越舊邦遺澤在定應符竹付諸郎

次韻劉景文西湖席上

二老長身屹兩峯常撞大呂應黃鐘將辭鄴下劉公
幹卻見雲間陸士龍白髮憐君略相似青山許我定
相從吾今官已六百石慙愧當年邴曼容

次韻答馬忠玉

坡陀巨麓起連峯積累當年慶自鍾靈運子孫俱得
鳳慈明兄弟孰非龍河梁會作看雲別詩社何妨載
酒從秪有西湖似西子故應宛轉爲君容

次韻答黄安中兼簡林子中

老去心灰不復然一麾江海意方堅那堪黄散付子度空羨蘇杭養樂天病肺一春難白酒别腸三夜繞朱絃羣仙政欲吾歸去共把清風借玉川

次韻子由書王晉卿畫山水一首而晉卿和二首

誤點故教同子敬雜篇真欲擬湯休壠雲寄我山中信雪月追君谿上舟會看飛仙虎頭篋卻來顛倒拾遺裘王孫辦作玄真子細雨斜風不溼鷗

此境眼前聊妄想幾人林下是真休我今心似一潭月君已身如萬斛舟看畫題詩雙鶴鬢歸田送老一羊裘明年兼與士龍去萬頃蒼波没兩鷗

和劉景文見贈

元龍本志陋曹吳豪氣崢嶸老不除失路今爲噲等

伍作詩猶似建安初西來爲我風繫面獨卧無人雪
縞廬留子非爲十日飲要令安世誦士書

次韻陳履常

可憐擾擾雪中人飢飽終同寓一塵老檜作花真强
項凍烏儲肉巧謀身忍寒吟詠君堪笑得暖讙呼我
未貧坐聽屐聲知有路擁裘來看玉梅春

和陳傳道雪中觀燈

新年樂事歎何曾閑閤燒香一病僧未忍便傾澆別
酒且來同看照愁燈顆魚躍處新亭近湖雪消時畫
舫升秖恐樽前無此客清詩還有士龍能

次韻林子中春日新隄書事見寄

東都寄食似浮雲襆被真成一宿賓收得玉堂揮翰
手卻爲淮月弄舟人羨君湖上齋搖碧笑我花時甑
有塵爲報年來殺風景連江夢雨不知春公自注來詩有芍藥

春之句揚州近歲率爲此會用花十餘
萬枝吏緣爲姦民極病之故罷此會

雙石 並引

至揚州獲二石其一綠色岡巒迤邐有穴達於背其一玉白可鑒漬以盆水置几案間忽憶在潁州日夢人請住一官府榜曰仇池覺而誦杜子美詩曰萬古仇池穴潛通小有天乃戲作小詩爲僚友一笑

夢時良是覺時非汲井埋盆故自癡但見玉峯橫太白便從鳥道絕峨眉秋風與作煙雲意曉日令涵草木姿一點空明是何處老人真欲住仇池

王文玉挽辭

才名誰似廣文寒月斧雲斤琢肺肝玄晏一生都臥病子雲三世不遷官幽蘭空覺香風在宿草何曾淚葉乾猶喜諸郎有曹志文章還復富波瀾

行宿泗閒見徐州張天驥次舊韻

二年三蹋過淮舟款段還逢馬少游無事不妨長好
飲著書自要且窮愁孤松早偃原非病倦鳥雖還豈
是休更欲河邊幾來往衹今霜雪已蒙頭

次韻劉景文贈傅羲秀才

竗眇文章宜和寡崢嶸肝肺亦交難未能飛瓦彈清
角肯便投泥戲潑寒忽見秋風吹洛水遙知霜葉滿
長安詩成送與劉夫子莫遣孫郎帳下看

在彭城日與定國爲九日黃樓之會今復以是
日相遇於宋凡十五年憂樂出處有不可勝
言者而定國學道有得百念灰冷而顏益壯
顧予衰病心形俱瘁感之作詩

菊盞萸囊自古傳長房寧復是臞仙應從漢武橫汾
日數到劉公戲馬年對玉山人今老矣見恆河性故

依然王郎九日詩千首今賦黃樓第二篇

次韻蔣頴叔錢穆父從駕景靈宮二首

歸來病鶴記城闉舊踏松枝雨露新半白不羞垂領髮軟紅猶戀屬車塵公自注前輩戲語有西湖風月不如東華軟紅香土雨收九陌豐登後日麗三元下降辰麤識君王爲民意不才何以助精禋

與君並直記初元白首還同入禁門玉殿齊班容小語霜廷稽首泫微溫公自注適與穆父並拜庭中病地皆流溼相與小語道之貪賜茗浮銅葉老怯秋泉灩寶樽回首鵷行有人傑坐知羌鹵是遊魂

次韻穆父尚書侍祠郊邱瞻望天光退而相慶引滿醉吟

千章杞梓蔭雲天樗散誰收老鄭虔喜氣到君浮白裏豐年及我挂冠前令嚴鐘鼓三更月野宿貔貅萬

竈。煙。太息何人知帝力歸來金帛看頳眉

錢穆父蔣穎叔王仲至見和仇池詩復次韻答之

上窮非想亦非非下與風輪共一癡翠羽若知牛有角空瓶何必井之湄還朝暫接鵷鸞翼謝病行收麋鹿姿記取和詩三益友他年彈節過仇池

玉津園

承平苑囿雜耕桑六聖勤民計慮長碧水東流還舊派（公自注玉津分蔡河上流復合於下）紫壇南峙表連岡不逢遲日鶯花亂空想疎林雪月光千畝何時躬帝藉斜陽寂歷鏁雲莊

次韻王仲至喜雪御筵（施注元祐七年南郊罷時雪如期先生是歲自揚州召歸故云偶還仗內身如寄仲至名欽臣時權工部侍郎）

三軍喜氣爍飛花睡起空驚月在沙未集驊騮金騕

褭故殘嫣鵲玉橫斜偶還仗內身如寄尚憶江南酒
可賒宣勸不多心自醉強扶衰白拜君嘉

次天字韻答岑巖起

一聲清蹕霧開天百辟心莊豈貌虔回顧驚君珠玉
側同升愧我粃糠前裴回月色留壇影縹緲松香泛
蠟煙（公自注近制以椽燭松明易粃盆）莫歎郎潛生白髮聖朝求舊
鄙鳶肩

次韻蔣穎叔扈從景靈宮

道人幽夢曉初還已覺笙簫下月壇風伯前驅清宿
霧祝融參乘破朝寒英姿連璧從多士妙句鏘金和
八鑾已向詞臣得頗牧（公自注時穎叔新除熙河帥）路人莫作老
儒看

程德孺惠海中柏石兼辱佳篇輒復和謝

嵐薰瘴染卻斁腴笑飲貪泉獨繼吳未欲連車收薏

茲肯教沈網取珊瑚不知庾嶺三年別收得曹溪一
滴無但指庭前雙柏石要予臨老識方壺

次秦少游韻贈姚安世

帝城如海欲尋難肯捨漁舟到杏壇剝啄扣君容膝
戸巍峩笑我切雲冠問羊獨怪初平在牧豕應同德
曜看肯把參同較同異小窗相對爲研丹

次韻穎叔觀燈

安西老守是禪僧到處應然無盡燈永夜出遊從萬
騎諸羌入看擁千層便因行樂令投甲不用防秋更
打冰振旅歸來還侍宴十分宣勸恐難勝

次韻王晉卿奉詔押高麗燕射

北院傳呼陛楯郎東夷初識令君香天山自可三箭
取海國何勞一葦航宣勸不辭金盌側醉歸爭看玉
鞭長錦囊詩草勤收拾莫遣雞林得夜光

呂與叔學士挽詞

言中謀猷行中經關西人物數清英欲過叔度留終日未識魯山空此生議論凋零三益友功名分付二難兄老來尚有憂時歎此涕無從何處傾

表弟程德孺生日

仗下千官散紫庭微聞偶語說蘇程長身自昔傳甥舅壽骨遙知是弟兄公自注予與君皆壽骨貫耳班列中多指予二人不問而知其爲中表也曾活萬人寧望報公自注君在楚州予在杭州皆遇饑歲活數萬人祇求五畝卻歸耕四朝遺老凋零盡鶴髮他年幾箇迎

次韻曾仲錫承議食蜜漬生荔支

代北寒齏擣韭萍奇葩零落似晨星逢鹽久已成枯腊得蜜猶應一作疑是薄刑欲就左慈求拄杖便隨李白跨滄溟攀條與立新名字兒女稱呼恐不經公自注俗有十八娘荔支

再和曾仲錫荔支

柳花著水萬浮萍荔實周天兩歲星公自注柳至易成飛絮落水中經宿即爲浮萍荔支難長至二十四五年乃實本自玉肌非鵠浴至今丹殼似猩刑侍郎賦詠窮三峽妃子煙塵動四溟莫遣詩人說功過且隨香草附騷經

次韻滕大夫雪浪石

我頃三章乞越州欲尋萬壑看交流且憑造物開山骨已見天吳出浪頭公自注石中似有海獸形狀履道鑿池雖可致玉川卷地若爲收洛陽泉石今誰主莫學癡人李與牛

次韻滕大夫沈香石

壁立孤峯倚硯長共疑沈水得頑蒼欲隨楚客紉蘭佩誰信吳兒是木腸山下曾逢化松石玉中還有辟邪香早知百和俱灰燼未信人間弱勝剛

和錢穆父送别並求頓遞酒

聯鑣接武兩長身鵷鷺行中語笑親九子羨君門戶壯八州憐我往來頻佇聞東府開賓閣便乞西湖洗塞塵更向青齊覓消息要知從事是何人

寄鎦合刷瓶與子由

老人心事日摧頹宿火通紅手自焙小甑短瓶良具足稺兒嬌女共燔煨寄君東閤閑烝栗知我空堂坐畫灰約束家僮好收拾故山梨棗待翁來

次韻劉燾撫句蜜漬荔支

時新滿座聞名字别久何人記色香葉似楊梅烝霧雨花如盧橘傲風霜每憐蓴菜下鹽豉肯與蒲萄壓酒漿回首驚塵卷飛雪詩情真合與君嘗

次韻曾仲錫元日見寄

蕭索東風兩鬢華年年幡勝翦宮花愁聞塞曲吹蘆

管喜見春盤得蓼芽吾國舊供雲澤米（公自注定武齋酒用蘇州米）君家新致雪坑茶（公自注近得曾坑茶）燕南異事真堪紀三寸黃甘擘永嘉

次韻李端叔送保倅翟安常赴闕兼寄子由

中山保塞兩窮邊臥治雍容已百年顧我迂愚分竹使與君談笑用蒲鞭松荒三徑思元亮草合平池憶惠連白髮歸心憑說與古來誰似兩疏賢

中山松醪寄雄守王引進

鬱鬱蒼髯千歲姿肯來杯酒作兒嬉流芳不待龜巢葉（公自注唐人以荷葉為酒杯謂之碧筩酒）掃白聊煩鶴踏枝醉裏便成欹雪舞醒時與作嘯風辭馬軍走送非無意玉帳人閑合有詩

次韻王雄州還朝留別

老李威名八十年壁間精悍見遺顏自聞出守風流

似稍覺承平氣象還但遣詩人歌杕杜不妨侍女唱陽關內朝接武知何日白髮羞歸供奉班

次韻王雄州送侍其涇州 自次韻周邠至此凡三入朝三出刺州初出杭州繼出潁州改揚州後出定州之詩

威聲又數中去聲與年二鹵行當一矢聯聞道名城得真將故應驚羽落空弦追鋒歸去雄三衞授鉞重來定十連別酒回頭便陳迹號呶端合發初筵

贈清涼寺和長老 自此以下南遷英州惠州儋州之詩

代北初辭沒馬塵江南來見臥雲人問禪不契前三語施佛空留丈六身老去山林徒夢想雨餘鐘鼓更清新會須一洗黃茅瘴未用深藏白氎巾

壺中九華詩 並序

湖口人李正臣蓄異石九峯玲瓏宛轉若窗櫺然予欲以百金買之與仇池石爲偶方南

遷未暇也名之曰壺中九華且以詩記之
清溪電轉失雲峯夢裏猶驚翠掃空五嶺莫愁千嶂
外九華今在一壺中天池水落層層見玉女窗明處
處通念我仇池太孤絕百金歸買碧玲瓏

八月七日初入贛過惶恐灘

七千里外二毛人十八灘頭一葉身山憶喜懽勞遠
夢公自注蜀道有錯喜歡鋪在大散關上地名惶恐泣孤臣長風送客
添帆腹積雨浮一作扶舟減石鱗便合與官充水手此
生何止略知津

天竺寺 並引

予年十二先君自虔州歸謂予言近城山中
天竺寺有樂天親書詩云一山門作兩山門
兩寺元從一寺分東澗水流西澗水南山雲
起北山雲前臺花發後臺見上界鐘清下界

聞遙想吾師行道處天香桂子落紛紛筆勢奇逸墨跡如新今四十七年予來訪之則詩已亡有刻石存爾感涕不已而作是詩

香山居士留遺跡天竺禪師有故家空詠連珠吟疊璧已亡飛鳥失驚蛇林深野桂寒無子雨浥山薑病有花四十七年真一夢天涯流落淚橫斜

舟行至清遠縣見顧秀才極談惠州風物之美

到處聚觀香案吏此邦宜著玉堂仙江雲漠漠桂花溼海雨翛翛荔子然聞道黃柑常抵鵲不容朱橘更論錢恰從神武來弘景便向羅浮覓稚川

廣州蒲澗寺

不用山僧導我前自尋雲外出山泉千章古木臨無地百尺飛濤瀉漏天昔日菖蒲方士宅後來薝蔔祖師禪而今只有花含笑笑道秦皇欲學仙公自注山中多含笑

花

贈蒲澗長老

優鉢曇花豈有花問師此曲唱誰家已從子美得桃竹（公自注此山有桃竹可作杖而上人不識予始錄子美詩遺之）不向安期覓棗瓜燕坐林間時有虎高眠粥後不聞鴉勝遊自古兼支許爲採松肪寄一車

浴日亭

劍氣崢嶸夜插天瑞光明滅到黃灣坐看暘谷浮金暈遙想錢塘涌雪山已覺滄涼蘇病骨更煩沆瀣洗衰顏忽驚鳥動行人起飛上千峯紫翠間

十月二日初到惠州

彷彿曾遊豈夢中欣然雞犬識新豐吏民驚怪坐何事父老相攜迎此翁蘇武豈知還漠北管寧自欲老遼東嶺南萬戶皆春色（公自注嶺南萬戶酒）會有幽人客寓公

朝雲詩并引

世謂樂天有粥駱馬放楊柳枝詞嘉其主老病不忍去也然夢得有詩云春盡絮飛留不得隨風好去落誰家樂天亦云病與樂天相伴住春隨樊子一時歸則是樊素竟去也予家有數妾四五年相繼辭去獨朝雲者隨予南遷因讀樂天集戲作此詩朝雲姓王氏錢塘人嘗有子曰幹兒未朞而夭云

不似楊枝別樂天恰如通德伴伶玄阿奴絡秀不同老天女維摩總解禪經卷藥鑪新活計舞衫歌扇舊因緣。丹成逐我三山去不作巫陽雲雨仙

新釀桂酒 施注先生桂酒頌序楚辭曰奠桂酒兮椒漿是桂可以爲酒也有隱居者以桂酒方教吾釀成而玉色香味超然非世間物也

擣香篩辣入瓶盆盎盎春溪帶雨渾收拾小山藏社

甕招呼明月到芳樽酒材已遣門生致菜把仍叨地
主恩爛煮葵羹斟桂醑風流可惜在蠻村
惠守詹君見和復次韻
已破誰能惜甑盆頹然醉裏得全渾欲求公瑾一倉
米試滿莊生五石樽三杯卯困忘家事萬戸春濃感
國恩刺史不須要半道籃輿未暇走山村
詹守攜酒見過用前韻作詩聊復和之
箕踞狂歌老瓦盆燎毛燔肉似羌渾傳呼草市來攜
客灑掃漁磯共置樽山下黃童爭看舞江干白骨已
銜恩（公自注時詹方議葬暴骨）孤雲落日西南望長羨歸鴉自識
村
正月二十六日偶與數客野步嘉祐僧舍東南
野人家雜花盛開扣門求觀主人林氏媪出
應白髮青裙少寡獨居三十年矣感歎之餘

作詩記之一首

縹蔕緗枝出絳房綠陰青子送春忙涓涓泣露紫含笑焰焰燒空紅拂桑落日孤煙知客恨短籬破屋爲誰香主人白髮青裙袂子美詩中黃四娘

贈王子直秀才

萬里雲山一破裘杖端閑挂百錢遊五車書已留兒讀二頃田應爲鶴謀水底笙歌蛙兩部山中奴婢橘千頭幅巾我欲相隨去海上何人識故侯

真一酒 並引

米麥水三一而已此東坡先生真一酒也

撥雪披雲得乳泓蜜蠭又欲醉先生稻垂麥仰陰陽足器潔泉新表裏清曉日著顏紅有暈春風入髓散無聲人間真一東坡老與作青州從事名

二一作三月十九日攜白酒鱸魚過詹使君食槐

葉冷淘

枇杷已熟粲金珠桑落初嘗灩玉蛆暫借垂蓮十分盞一澆空腹五車書青浮卵椀槐芽餅紅點冰盤藿葉魚醉飽高眠真事業此生有味在三餘

連雨漲江二首

越井岡頭雲出山牂牁江上水如天牀牀避漏幽人屋浦浦移家蜑子船龍卷魚蝦并雨落人隨雞犬上牆眠衹應樓下平階水長記先生過嶺年

急雨蕭蕭作晚涼臥聞榕葉響長廊微明燈火耿殘夢半濕簾帷浥舊香高浪隱牀吹甕盎闇風驚樹擺琳琅先生不出晴無用留向空階滴夜長

桄榔杖寄張文潛一首時初聞黃魯直遷黔南范湻父九疑也

睡起風清酒在亡身隨殘夢兩茫茫江邊曳杖桄榔

瘦林下尋苗華撥香獨步儻逢句漏令遠來莫恨曲江張遙知魯國真男子獨憶平生盛孝章

答周循州

蔬飯藜牀破衲衣掃除習氣不吟詩前生自是盧行者後學過呼韓退之未敢叩門求夜話時叨送米續晨炊知君清俸難多輟且覓黃精與療飢

六月十二日酒醒步月理髮而寢

羽蟲見月爭翾翻我亦散髮虛明軒千梳冷快肌骨醒風露氣入霜蓬根起舞三人謾相屬停杯一問終無言曲肱薤簟有佳處夢覺瓊樓空斷魂

十一月九日夜夢與人論神仙道術因作一詩八句既覺頗記其語錄呈子由弟後四句不甚明了今足成之耳

析塵妙質本來空更積微陽一綫功照夜一燈長耿

耿閑門千息自濛濛養成丹竈無煙火點盡人間有暈銅寄語山神停伎倆不聞不見我何窮

章質夫送酒六壺書至而酒不達戲作小詩問之

白衣送酒舞（一作海）淵明急掃風軒洗破觥豈意青州六從事化爲烏有一先生空煩左手持新蟹漫繞東籬嗅落英南海使君今北海定分百榼餉春耕

和子由盆中石菖蒲忽生九花

春英秋荚兩須臾神藥人間果有無無鼻何由識薝蔔有花今始信菖蒲芳心未飽兩蛺蝶寒意知鳴幾蟪蛄記取明年十二節小兒休更鑷霜鬢

悼朝雲并引

紹聖元年十一月戲作朝雲詩三年七月五日朝雲病亡於惠州葬之棲禪寺松林中東

南直大聖塔予既銘其墓且和前詩以自解

朝雲始不識字晚忽學書麤有楷法蓋嘗從

泗上比邱尼義沖學佛亦略聞大義且死誦

金剛經四句偈而絕

苗而不秀豈其天不使童烏與我玄駐景恨無千歲

藥贈行惟有小乘禪傷心一念償前債彈指三生斷

後緣歸臥竹根無遠近夜燈勤禮塔中仙

白鶴峯新居欲成夜過西隣翟秀才二首

林行婆家初閉戶翟夫子舍尚留關連娟缺月黃昏

後縹緲新居紫翠間繫悶豈無羅帶水割愁還有劍

鋩山中原北望無歸日隣火村舂自往還

甕間畢卓防偷酒壁後匡衡不點燈待鑿平江百尺

井要分清暑一壺冰佐卿恐是歸來鶴次律甯非過

去僧他日莫尋王粲宅夢中來往本何曾

吳子野絶粒不睡過作詩戲之芝上人陸道士皆和予亦次其韻

聊爲不死五通仙終了無生一大緣獨鶴有聲知半夜老蠶不食已三眠憐君解比人間夢公自注芝有夢齋子由作銘許我時逃醉後禪會與江山成故事不妨詩酒樂新年

次韻惠循二守相會

共惜相從一寸陰酒杯雖淺意殊深且同月下三人影莫作天涯萬里心東嶺近聞松菊徑南堂初絶斧斤音知君善頌如張老猶望攜壺更一臨

又次韻二守許過新居

數畝蓬蒿古縣陰曉窗明一作清快夜堂深也知卜築非真宅聊欲跏趺看此心聞道攜壺問奇字更因登木助微音相娛北戸江千頃直下都無地可臨

又次韻二守同訪新居

此生真欲老牆陰卻掃都忘歲月深拔薤已觀賢守政折蔬聊慰故人心風流賀監常吳語憔悴鍾儀獨楚音治狀兩邦俱第一潁川歸去肯重臨

循守臨行出小鬟復用前韻

學語雛鶯在柳陰臨行呼出翠帷深通家不隔同年面（公自注文之與南圭令弟同年）得路方知異日心趁著春衫遊上苑要求國手教新音嶺梅不用催歸騎截鐙須防舊所臨（公自注文之嘗倅韶）

客俎經旬無肉又子由勸不讀書蕭然清坐乃無一事

病怯腥鹹不買魚爾來心腹一時虛使君不復憐烏攫屬國方將掘鼠餘老去獨收人所棄遊哉時到物之初從今免被孫郎笑絳帕蒙頭讀道書

次韻子由三首

東亭

仙山佛國本同歸世路玄關兩背馳到處不妨閑卜築流年自可數期頤遥知小檻臨廛市定有新松長棘茨誰道茅檐劣容膝海天風雨看紛披

東樓

白髮蒼顏自照盆董生端合是前身獨棲高閣多詞客為著新書未絶麟小醉易醒風力軟安眠無夢雨聲新長歌自誚真堪笑底處人間是所欣公自注柳子厚詩云高歌返故室自誚非所欣

椰子冠

天教日飲欲全絲美酒生林不待儀自漉疏巾邀醉客更將空殼付冠師公自注前漢高紀注云薛有作冠師規摹簡古人爭看簪導輕安髮不知更著短簷高屋帽東坡何事

不違時

十二月十七日夜坐達曉寄子由

燈燼不挑垂暗蘂爐灰重撥尚餘薰清風欲發鴉翻樹缺月初升犬吠雲閉眼此心新活計隨身孤影舊知聞雷州別駕應危坐跨海幽光與子分

上元夜過赴儋守召獨坐有感

使君置酒莫相違守舍何妨獨掩扉靜看月窗盤蜥蜴臥聞風幔落蛜蝛燈花結盡吾猶夢香篆消時汝欲歸搔首淒涼十年事傳柑歸遺滿朝衣

海南人不作寒食而以上巳上冢予攜一瓢酒尋諸生皆出矣獨老符秀才在因與飲至醉

符蓋儋人之安貧守靜者也

老鴉銜肉紙飛灰萬里家山安在哉蒼耳林中太白過鹿門山下德公回管甯投老終歸去王式當年本

不來記取南城上巳日木棉花落刺桐開

庚辰歲人日作時聞黃河已復北流老臣舊數論此今斯言乃驗二首

老去仍棲隔海村夢中時見作詩孫天涯已慣逢人日歸路猶欣過鬼門三策已應思賈誼孤忠終未赦虞翻典衣剩買河源米屈指新蒭作上元

不用長愁挂月村檳榔生子竹生孫新巢語燕還窺硯舊雨來人不到門春水蘆根看鶴立夕陽楓葉見鴉翻此生念念隨泡影莫認家山作本元

庚辰歲正月十二日天門冬酒熟予自漉之且漉且嘗遂以大醉二首

自撥牀頭一甕雲幽人先已醉濃芬天門冬熟新年喜麴米春香並舍聞（公自注杜子美詩云聞道雲安麴米春蓋酒名也）菜圃漸疏花漠漠竹扉斜掩雨紛紛擁衾睡覺知何處吹

面東風散縠紋

載酒無人過子雲年來家醞有奇芬醉鄉杳杳誰同夢睡息齁齁得自聞口業向詩猶小小眼花因酒尚紛紛點燈更試淮南語汎溢東風有縠紋

追和戊寅歲上元

春鴻社燕巧相違白鶴峯頭白板扉石建方欣洗牏廁姜龐不解歎蠨蛸一龕京口嗟春夢萬炬錢塘憶夜歸合浦賣珠無復有當年笑我泣牛衣

汲江煎茶

活水還須活火烹（公自注唐人云茶須緩火炙活火煎）自臨釣石取深清大瓢貯月歸春甕小杓分江入夜缾茶雨已翻煎處脚松風忽作瀉時聲枯腸未易禁三椀坐聽荒城長短更

六月二十日夜渡海

參橫斗轉欲三更苦雨終風也解晴雲散月明誰點綴天容海色本澄清空餘魯叟乘桴意麤識軒轅奏樂聲九死南荒吾不恨茲遊奇絕冠平生

次韻王鬱林

晚途流落不堪言巾上春泥手自翻漢使節空餘皓首故侯瓜在有顏垣平生多難非天意此去殘年盡主恩誤辱使君相抆拭甯聞老鶴更乘軒

送鮮于都曹歸蜀灌口舊居

籥盡霜鬢照碧銅依然春雪在長松朝行犀浦催收芋夜渡繩橋看伏龍莫歎倦遊無駟馬要將老健敵千鍾子雲三世惟身在為向西南說病容

送邵道士彥肅還都嶠

乞得紛紛擾擾身結茅都嶠與仙鄰少而寡欲顏常好老不求名語益真許邁有妻還學道陶潛無酒亦

從人相隨十日還歸去萬刼清遊結此因

題馮通直明月湖詩後

老衍清篇墨未枯小馮新作語尤姝呼兒淨洗涵星硯爲子賡歌墮月湖聞道牂江空抱珥（公自注南詔有西珥河即古牂牁江也河形如月抱珥故名西珥）年來合浦自還珠請君多釀蓮花酒準擬王喬下履鳧

次韻鄭介夫二首

一落泥塗迹愈深尺薪如桂米如金長庚到曉空陪月太歲今年合守心相與齧氊持漢節何妨振履出商音孤雲倦鳥空來往自要閑飛不作霖

一生憂患萃殘年心似驚蠶未易眠海上偶來期汗漫葦間猶得見延緣良醫自要經三折老將何妨敗兩甄收取桑榆種梨棗祝君眉壽似增川

昔在九江與蘇伯固唱和其略曰我夢扁舟浮

震澤雪浪橫江一作空千頃白覺來滿眼是盧
山倚天無數開青壁蓋實夢也昨日又夢伯
固手持乳香嬰兒示予覺而思之蓋南華賜
物也豈復與伯固相見於此邪今得來書知
已在南華相待數日矣感歎不已故先寄此
詩
扁舟震澤定何時滿眼廬山覺又非春草池塘惠連
夢上林鴻鴈子卿歸水香知是曹溪口眼淨同看古
佛衣不向南華結香火此生何處是真依

次韻韶守狄大夫見贈二首

華髮蕭蕭老遂良公自注褚河南帖云即日遂良鬢髮盡白蓋謫長沙時也一身
萍挂海中央無錢種菜爲家業有病安心是藥方才
疏正類孔文舉癡絕還同顧長康萬里歸來空泣血
七年供奉殿西廊公自注邇英閣在延和殿西廊下

森森畫戟擁朱輪坐詠梁公覺有神白傅閒遊空誦句公自注事見白樂天吳郡詩石記拾遺窮老敢論親公自注事見子美寄狄明府詩東海莫懷疏受意西風幸免庾公塵爲公過嶺傳新唱催發寒梅一信春疑作一樹春

次韻韶倅李通直二首

一篇瀧吏可書紳莫向長沮更問津老去常憂伴新鬼歸來且喜是陳人曾陪令尹蒼髯古又見郎君白髮新回首天涯一惆悵卻登梅嶺望楓宸

青山祗在古城隅萬里歸來卜築初會見四山朝鶴駕更看二李跨鯨魚欲從抱朴傳家學應怪中郎得異書待我丹成馭風去借君瓊佩與霞裾公自注僕昔爲開封幕先公爲赤令暇日相與論內外丹且出其丹示僕今三十年而見君曲江同遊南華宿山水閒數日道舊感歎且勸我卜居於舒故詩中皆及之

李伯時畫其弟亮功舊隱宅圖

樂天早退今安有摩詰長閑古亦無五畝自栽池上竹十年空看輞川圖近聞陶令開三徑應許揚雄寄一區晚歲與君同活計如雲鵞鴨散平湖

過嶺二首

暫著南冠不到頭卻隨北鴈與歸休平生不作兎三窟今古何殊貉一邱當日無人送臨賀至今有廟祀潮州劍關西望七千里乘與眞爲玉局遊

七年來往我何堪又試曹溪一勺甘夢裏似曾遷海外醉中不覺到江南波生濯足鳴空澗霧繞征衣滴翠嵐誰遣山雞忽驚起半巖花雨落毿毿

留題顯聖寺

渺渺疏林集晚鴉孤村煙火梵王家幽人自種千頭橘遠客來尋百結花浮石已乾霜後水焦坑閑試雨前茶祇疑歸夢西南去翠竹江村遶白沙

贈虔州術士謝晉臣

屬國新從海外歸君平且莫下簾帷前生恐是盧行者後學過呼韓退之死後人傳戒定慧生時宿直斗牛箕憑君爲算行年看便數生時到死時

王子直去歲送子由北歸往返百舍今又相逢贛上戲用舊韻作詩留別

米盡無人典破裘送行萬里一鄒游解舟又欲攜君去歸舍聊須與婦謀聞道年來丹伏火不愁老去雪蒙頭剩買山田添鶴口廟堂新拜富民侯

次韻江晦叔兼呈器之

橫空初不跨鵬鼇但覺胡牀步步高公自注器之言嘗夢飛自覺身與坐牀皆起空中一枕晝眠春有夢扁舟夜渡海無濤歸來又見顛茶陸公自注往在錢塘嘗語晦叔陸羽茶顛君亦然多病仍逢止酒陶公自注陶淵明有止酒詩器之小時飲量無敵今不復飲矣笑說南荒底處所

祇今榕葉下庭臯

寒食與器之遊南塔寺寂照堂

城南鐘鼓鬬清新端爲投荒洗瘴塵總是鏡空堂上客誰爲寂照境中人紅英掃地風驚曉綠葉成陰雨洗春記取明年作寒食杏花曾與此翁鄰

永和清都觀道士童顏鬒髮問其年生於丙子蓋與予同求此詩

鏡湖敕賜老江東未似西歸玉局翁羈枕未容春夢斷清都宛在默存中每逢佳境攜兒去試問行年與我同自笑餘生消底物半篙清漲百灘空

贈詩僧道通

雄豪而邁苦而腴祇有琴聽與蜜殊公自注錢塘僧思聰總角善琴後捨琴而學詩復棄詩而學道其詩似皎然而加雄放安州僧仲殊詩敏捷立成而工妙絕人殊辟穀常啖蜜語帶煙霞從古少公自注李太白云他人之文如山無煙霞春無草木氣含

蔬筍到公無（公自注謂無酸餡氣也）香林乍喜聞薝蔔古井惟
甓斷轆轤爲報韓公莫輕許從今島可是詩奴

予昔作壺中九華詩其後八年復過湖口則石
已爲好事者取去乃和前韻以自解云

江邊陣馬走千峯問訊方知冀北空尤物已隨清夢
斷（公自注劉夢得以九華爲造物一尤物）真形猶在畫圖中（公自注道藏有五嶽真形圖）歸來晚歲同元亮卻掃何人伴敬通賴有銅盆
修石供仇池玉色自璁瓏（公自注家有銅盆貯仇池石正綠色有洞水達背予又嘗以怪石供佛印師作怪石供一篇）

次舊韻贈清涼長老（自贈清涼寺和長老起至此皆南遷英州惠州儋州及北歸之詩）

過淮入洛地多塵舉扇西風欲汚人但怪雲山不改
色豈知江月解分身安心有道年顏好（一作少）遇物無
情句法新送我長蘆舟一葉笑看雪浪滿衣巾

予以事繫御史臺獄獄吏稍見侵自度不能堪死獄中不得一別子由故作二詩授獄卒梁成以遺子由自此以下施注本補遺之詩

聖主如天萬物春小臣愚暗自亡身百年未滿先償債十口無歸更累人是處青山可埋骨他年夜雨獨傷神與君世世爲兄弟又結來生未了因

柏臺霜氣夜淒淒風動琅璫月向低夢繞雲山心似鹿魂飛湯火命如雞眼中犀角真吾子身後牛衣愧老妻百歲神遊定何處桐鄉知葬浙江西公自注獄中聞杭湖閒民爲余作解厄道場者累月故有此句

十二月二十八日蒙恩責授檢校水部員外郎黃州團練副使復用前韻

百日歸期恰及春餘年樂事最關身出門便旋風吹面走馬聯翩鵲啅人卻對酒杯渾是夢試拈詩筆已

如神此災何必深追咎竊祿從來豈有因
平生文字爲吾累此去聲名不厭低塞上縱歸他日馬城東不鬭少年雞休官彭澤貧無酒隱几維摩病有妻堪笑睢陽老從事爲予投檄向江西公自注予由聞予下獄乞以官爵贖予罪貶筠州監酒

十二月二十日恭聞太皇太后升遐慈聖后也以軾罪人不許承服欲哭則不敢欲泣則不可故作挽詞二章

巍然開濟兩朝勳信矣才難十亂臣原廟故應祠百世先王何止活千人和熹未聖猶貪位明德雖賢不及民月落風悲天雨泣誰將椽筆寫光塵

未報山陵國士知遶林松柏已猗猗一聲慟哭猶無所萬死酬恩更有時夢裏天衢隘雲仗人間雨淚變彤帷關雎卷耳平生事白首纍臣正坐詩

趙成伯家有麗人僕忝鄉人不肯開樽徒吟春雪美句次韻一笑

繡簾朱戶未曾開誰見梅花落鏡臺試問高吟三十韻何如低唱兩三杯公自注世言檢死秀才衣帶上有雪詩三十韻又云陶穀學士買得黨太尉家妓遇雪陶收雪水烹團茶謂妓曰黨家應不識此妓曰彼麤人安得此但能於銷金煖帳中淺斟低唱喫羊羔兒酒陶嘿然慙其言莫言衰鬢聊相映須得纖腰與共回知道文君隔青瑣梁園賦客肯言才公自注聊答來句義取婦人而已罪過罪過

贈虔州慈雲寺鑒老

居士無塵堪洗沐道人有句借宣揚窗閒但見蠅鑽紙門外惟聞佛放光徧界難藏眞薄相一絲不挂且逢場卻須重說圓通偈千眼薰籠是法王

觀開西湖次吳左丞韻

偉人謀議不求多事定紛紛自唯阿盡放龜魚還綠

淨肯容蕭葦障前坡一朝美事誰能紀百尺蒼崖尚可磨天上列星當亦喜月明時下浴明疑作清波

渝州寄王道祖祖一作矩

曾聞五月到渝州水泊長亭砌下流唯有夢魂長繚繞共論唐史更綢繆舟經故國歲時改霜落寒江波浪收歸夢不成冬夜永厭聞船上報更籌

聞洮西捷報

漢家將軍一丈佛詔賜天池八尺龍露布朝馳玉關塞捷書夜到甘泉宮似聞指揮築上郡已覺談笑無西戎牧臣不見天顏喜但驚草木放一作皆春容

己未十月十五日獄中恭聞太皇太后不豫有赦作詩

庭柏陰陰晝掩門烏知有赦鬧黃昏漢宮自種三生福楚客還招九死魂縱有鋤犂及田畝已無面目見

邱園只應聖主如堯舜猶許先生作正言

謝人惠雲巾方舄二首

燕尾稱呼理未便翦裁雲葉卻天然無心祇是青山物覆頂宜歸紫府仙轉覺周家新樣俗公自注頭巾起後周未容陶令舊名傳鹿門佳士勤相贈黑霧玄霜合比肩公自注皮襲美贈天隨子沙巾詩云掩斂作疑裁黑霧輕明渾似帶玄霜

胡鞾短靿格麤疏古雅無如此樣殊妙手不勞盤作鳳公自注晉永嘉中有鳳頭鞋輕身只欲化爲鳧魏風褊儉堪羞葛楚客豪華可笑珠擬學梁家名解脫公自注武帝作解脫履便於禪坐作跏趺

被命南還途中寄定武同僚

人事千頭及萬頭得時何喜失時憂祇知紫綬三公貴不覺黃粱一夢遊適見恩綸臨定武忽遭分職赴英州南行若到江干側休宿潯陽舊酒樓

次韻王定國得晉卿酒相留夜飲

短衫壓手氣橫秋更著仙人紫綺裘使我有名全是酒從他作病且忘憂詩無定律君應將醉有真鄉我可侯且倒餘樽盡今夕睡蛇已死不須鉤

秋晚客興

草滿池塘霜送梅疏林野色近樓臺天圍故越侵雲盡潮上孤城帶月迴客夢冷隨楓葉斷愁心低逐鴈聲來流年又喜經重九可意黃花是處開

陳伯比和回字復次韻

百里馮生甯屑去湖海陳侯猶肯來詩書好在家四壁蒲柳蓊然城一隈騎上下山亦疏矣儵從容出何爲哉市橋十步卽塵土晚雨蕭蕭殊未回

留別登州舉人

身世相忘久自知此行閑看古黃腄自非北海孔文

擧誰識東萊太史慈落筆已吞雲夢客抱寒欲訪水
仙師莫嫌五日悤悤守歸去先傳樂職詩

過嶺寄子由二首

投章獻策謾多談能雪寃忠死亦甘一片丹心天日
下數行清淚嶺雲南光榮歸佩呈佳瑞瘴癘幽居弄
曉嵐從此西風瘦梅謝卻迎誰與馬毿毿

山林瘴霧老難堪歸去中原荼亦甘有命誰憐終反
北無心卻笑亦巢南蠻音慣習疑傖語脾病縈纏帶
嶺嵐賴有祖師清淨水塵埃一洗落毿毿

歇白塔鋪

甘山廬阜鬱長望林隙依稀（一作熹微）漏日光吳國晚蠶
初斷葉占城蚤稻欲移秧迢迢澗水隨人急冉冉巖
花撲馬香望眼儘從（一作窮）飛鳥遠白雲深處是吾鄉

西蜀楊耆二十年前見之甚貧今見之亦貧所

異於昔者蒼顏華髮耳女無美惡富者妍士無賢不肖貧者鄙使其逢時遇合豈減當世之士哉頃宿長安驛舍聞泣者甚怨問之乃昔富而今貧者乃作一詩今以贈楊君

孤村漸一作微雨逐秋涼逆旅愁人怨夜長不寐相看唯櫪馬愁吟一作悲歌互答有寒螿天寒滯穗猶橫畝晚歲空機尚倚牆勸爾一杯聊復睡人間貧富海茫茫

贈人

別後休論信息疏仙凡自古亦殊途蓬山路遠人難到霜柏威高道轉孤舊賞未應忘楚國新詩聞已滿皇都誰憐澤畔行吟者目斷長安貌欲枯

觀湖二首

乘槎遠引神仙客萬里清風上海濤回首不知沙界小飄衣猶覺色塵高須彌有頂低垂日兜率無根下

戴鼇釋梵茫然齊劫火飛雲不覺醉陶陶
朝陽照水紅光開玉濤銀浪相徘徊山分宿霧儘寛
遠雲駕高風馳送來昇霞影色斂殘火及物氣發明
纖埃可憐極大不知已浮生野馬悠悠哉

寄高令

滿地春風掃落花幾番曾醉長官衙詩成錦繡開胸
臆論極冰霜繞齒牙别後與誰同把酒客中無日不
思家田園知有兒孫委蚤晚扁舟到海涯

寄子由

厭暑多應一向慵銀鉤秀句益疏通也知堆案文書
滿未暇開軒硯墨中湖面新荷空照水城頭高柳漫
搖風吏曹不是尊賢事誰把前言語化工

詩送交代仲達少卿

此身無用且東來賴有江山慰不才舊尹未嫌衰廢

久清樽猶許再三開滿城遺愛知誰繼極目扁舟挽不回歸去青雲還記否交遊勝絕古城隈

次韻馬元賓

流落江湖萬里歸相逢自慰已差池初聞好句驚人倒悔過東庭識面遲握手甯知無賀監結交誰復許袁絲塞鴻正欲摩天去垂老追攀豈可期

第五橋

白露淒風洗瘴煙夢回相對兩淒然雀羅廷尉非當日鳩杖先生愈少年世事飽諳思縮手主恩未報恥歸田誰憐第五橋東水獨照台州老鄭虔

次韻完夫再贈之什某已卜居毗陵與完夫有廬里之約云

柳絮飛時筍籜班風流二老對開關雪芽我爲求陽羨乳水君應餉惠山竹簟水風眠晝永玉堂制草落

人閒應容緩急煩閭里桑柘聊同十畝閑

和林子中待制

兩翁留滯各皤然人笑迂疏老更堅共把鷺兒一作鴟夷一樽酒相逢柳色五湖天江邊遺愛虒斑白海上先聲入管絃蚤晚淵明賦歸去浩歌長嘯老斜川

九日袁公濟有詩次其韻

古來靜治得清閑我愧真常也一班舉酒東榮挹江海回樽落日勸湖山平生傾蓋悲歡裏蚤晚抽身簿領閒笑指西南是歸路倦飛弱羽久知還

和吳安持使者迎駕

小雪疏煙雜瑞光清波寒引御溝長曈曈日色籠丹禁杳杳鞭聲出建章鵷鷺偶叨陪下列天閽聊啓望中央歸來喜氣傾新句滿座疑聞錦繡香

鹿鳴宴

連騎悤悤畫鼓喧喜君新奪錦標還金罍浮菊催開
宴紅蘂將春待入關他日曾陪探禹穴白頭重見賦
南山何時共樂昇平事風月笙簫坐夜閑

次韻張甥棠美晝眠

炎歊五月北窗涼更覺甘如飯稻粱宰我糞牆譏敢
避孝先經笥謔兼忘憂虞心謝知時鴈安穩身同挂
角羊要識熙熙不爭競華胥別是一仙鄉

真興寺閣禱雨

太守親從千騎禱神翁遠借一杯清雲陰黯黯將噓
遍雨意昏昏欲醞成已覺微風吹袂冷不堪殘日傍
山明今年秋熟君知否應向江南飽食粳

惠州近城數小山類蜀道春與進士許毅野步
會意處飲之且醉作詩以記適參寥專使欲
歸使持此以示西湖之上諸友庶使知余未

嘗一日忘湖山也

夕陽飛絮亂平蕪萬里春前一酒壺鐵化雙魚沈遠素劍分二嶺隔中區花曾識面香仍好鳥不知名聲自呼夢想平生消未盡滿林煙月到西湖

送蜀僧去塵

十年讀易費膏火盡日吟詩愁肺肝不解丹青追世好欲將芹芷薦君盤誰爲善相寧嫌瘦復有知音可廢彈拄杖挂經須倍道故鄉春蕨已闌干

曾元恕遊龍山呂穆仲不至

青春不覺老朱顏强半銷磨簿領閒愁客倦吟花以字疑譌酒佳人休唱日銜山共知寒食明朝過且赴僧窗半日閑命駕呂安邀不至浴沂曾點暮方還

黃河

活活何人見混茫崑崙氣脈本來黃濁流若解污清

濟驚浪應須動太行帝假一源神禹跡世流三患梗堯鄉靈槎果有仙家事試問青天路短長

壬寅重九不預會獨遊普門寺僧閣有懷子由

花開酒美盍不歸來看南山冷翠微憶弟淚如雲不散望鄉心與鴈南飛明年縱健人應老昨日追歡意正違不問秋風強吹帽秦人不笑楚人譏

小飲公瑾（一作謹）舟中

青泥赤日午相烘走訪（一作扣）船窗柳影中輟我東坡無限睡賞君南浦不貲風坐觀邸報談迂叟閑說滁山憶醉翁此去澄江三萬頃秪應明月照還空（公自注鄧滁人也是日坐中觀邸報云叟入下省）

和子由次王鞏韻如囊之句可爲一噱

平生未省爲人忙貧賤安閑氣味長麤免趨時頭似葆稍能忍事腹如囊簡書見迫身今老樽酒聞呼首

一昂欲挹天河聊自洗塵埃滿面鬢眉黃

儋耳

霹靂收威莫雨開獨憑欄檻倚崔巍垂天雌霓（音齧）雲端下快意雄風海上來。野老已歌豐歲語除書欲放逐臣回殘年飽飯東坡老一壑能專萬事灰

答李端叔

若人如馬亦如班笑履壺頭出玉關已入西羌度沙磧又來東海看濤山識君小異千人裏慰我長思十載閒西省憐君（一作鄰居）時邂逅相逢有味是偷閑

立春日病中邀安國仍請率禹功同來僕雖不能飲當請成伯主會某當杖策倚几於其閒觀諸公醉笑以撥滯悶也

孤燈照影夜漫漫拈得花枝不忍看白髮欹簪羞彩勝黃耆煮粥薦春盤東方烹狗陽初動南陌爭牛臥

作園老子從來與不淺向隅誰有滿堂歡

齋居臥病禁煙前辜負名花已一年此日使君不強喜青春風物爲誰妍青衫公子家千里白首先生杖百錢曷不相將來問病已教呼取散花天

和參寥見寄

黃樓南畔馬臺東雲月娟娟正點空欲共幽人洗筆硯要傳流水入絲桐且隨侍者尋西谷莫學山僧老祝融待我西湖借君去一杯湯餅潑油蔥

東園

岑寂東園可散愁膠膠擾擾夢神州萬竿苦竹旌旗卷一部鳴蛙鼓吹收雨後月前天欲冷身閑心遠地偏幽杜門謝客恐生謗且作人間鵬鷃遊

奉和陳賢良

不學孫吳與六韜敢將駑馬並英豪望窮海表天還

遠傾盡葵心日愈高身外浮名休瑣瑣夢中歸思已
滔滔三山舊是神仙地引手東來一釣鼇

秋興三首

野鳥游魚信往還此身同寄水雲閒誰家晩吹殘紅
葉一夜歸心滿舊山可慰摧頹仍健食此生通脫屢
酡顏年華豈是催人老雙鬢無端祇自斑
故里依然一夢前相攜重上釣魚船嘗陪大幕今陳
迹謬忝承明愧昔年報國無成空白首退耕何處有
名田黄雞白酒雲山約此計當時已浩然
浴鳳池邊星斗光宴餘香滿上書囊樓前夜月低韋
曲雲裏車聲出未央去國何年雙鬢雪黄花重見一
枝霜傷心無限厭厭夢長似秋宵一倍長

夜直祕閣呈王敏甫

蓬瀛宫闕隔埃氛帝樂天香似許聞瓦弄寒暉鴛臥

月樓生晴靄鳳盤雲共誰交臂論今古祇有閑心對此君大隱本來無境界北山猿鶴漫移文

次韻參寥寄少游

岩棲木石已皤然交舊何人慰眼前素與晝公心印合每思秦子意珠圓當年步月來幽谷拄杖穿雲冒夕煙臺閣山林本無異故應文字不離禪

謝曹子方惠新茶

陳植文華斗石高景公詩句復稱豪數奇不得封龍額祿仕何妨有馬曹囊簡久藏科斗字鉛鋒新瑩鸊鵜膏南州山水能爲助更有英辭勝廣騷

題潭州徐氏春暉亭

曈曈曉日上三竿客向東風竟倚欄穿竹鳥聲驚步武入簷花影落杯盤勿嫌步月臨玄圃冷笑乘槎向海灘勝概直應吟不盡憑君寄與畫圖看

贈仲勉子文

雨昏南浦曾相對雪滿荊州喜再逢有子才如不羈馬知君心似後凋松閑看書冊應多味老傍人門想更慵何日晴軒觀筆硯一杯相屬更從容按此詩亦見黃山谷集題作和高仲本喜相見

講武臺南有感又見黃山谷集

山城九月冒朝寒講武臺南路屈盤騶子雨中乘馬去村童煙外倚牆看鴉啼冢木秋風急鷺立漁船夜水乾花似去年堪折贈插花人去淚闌干

題寶雞縣斯飛閣

西南歸路遠蕭條倚檻魂飛不可招野闊牛羊同鴈鶩天長草樹接雲霄昏昏水氣浮山麓汎汎春風弄麥苗誰使愛官輕去國此身無計老漁樵

重遊終南子由以詩見寄次韻

去年新柳報春回今日殘花覆綠苔溪上有堂還獨宿誰人無事肯重來古琴彈罷風吹座山閣醒時月照杯嬾不作詩君錯料舊逋應許過時陪

次韻和子由欲得驪山沈泥硯沈一作澄

舉世爭稱鄴瓦堅一枚不換百金頒豈知好事王夫子自採臨潼繡領山經火尚含泉脈暖弔秦應有淚痕潛封題寄去吾無用近日從戎擬學班

次韻子由彈琴

琴上遺聲久不彈琴中古義本長存苦心欲記常迷舊信指如歸自看痕應有仙人依樹聽空教瘦鶴舞風騫誰知千里溪堂夜時引驚猿撼竹軒

十八家詩鈔卷二十二

珍倣宋版印

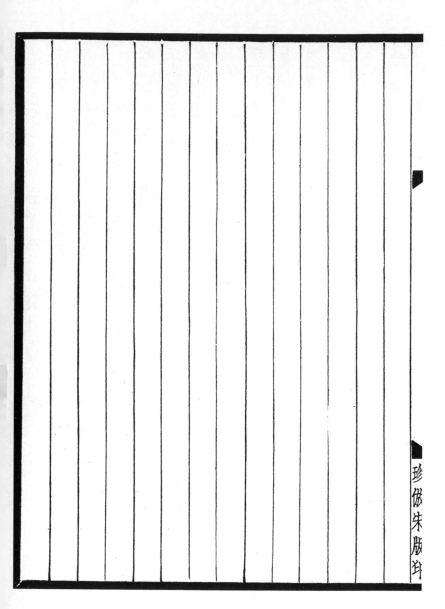

西元二〇二二年一月一日重製一版

十八家詩鈔　冊三（清曾國藩輯）

平裝四冊基本定價參仟捌佰元正
（郵運匯費另加）

發行人　張敏君

發行處　中華書局

臺北市內湖區舊宗路二段一八一巷八號五樓（5FL., No. 8, Lane 181, JIOU-TZUNG Rd., Sec 2, NEI HU, TAIPEI, 11494, TAIWAN）

客服電話：886-8797-8396

公司傳真：886-8797-8909

匯款帳戶：華南商業銀行西湖分行
179100026931

印　刷：維中科技有限公司
海瑞印刷品有限公司

No. N3080-3

國家圖書館出版品預行編目(CIP)資料

十八家詩鈔/(清)曾國藩輯. -- 重製一版. -- 臺北市 : 中華書局, 2022.01
冊 ; 公分
ISBN 978-986-5512-71-2(全套 : 平裝)

831 110021465